講談社文庫

新装版
海も暮れきる

吉村 昭

講談社

岩波文庫

神曲
煉獄篇

ダンテ

目次

海も暮れきる

一

放哉《ほうさい》は、小さな汽船の船尾に据えられたベンチに腰をおろしていた。

船は入江のような湾内に入り、動揺もやんでいる。おだやかな海面には、帆をあげた漁船が所々に浮んでいた。陸地は、濃い緑におおわれていた。丘の中腹に寄りかたまった藁ぶき屋根の家々は、緑の色の中に深々と埋もれ、その上方に潮風で曲った松が人家におおいかぶさっていた。

まばゆい陽光に眼が痛み、熱いものが湧き出てきた。それは、病状が進むにつれて少しの刺激にも他愛なく流れ出てくるようになり、濃度もかなり薄まってきているように思える。放哉は、眼をしばたたき、指で眼のふちににじみ出たものをぬぐった。

汽笛が長々と鳴り、船が減速した。甲板には、船室から出てきた人々が手すりにもたれたりして、船の動いてゆく方向に眼を向けている。船着場が接近し、船は右方に大きく舳《へさき》を曲げて回頭すると、海水を泡立てて後退してゆく。麦藁帽子をかぶった船員が、船尾から桟橋に止め綱を投げた。

エンジン音が、やんだ。船体が軽い衝撃とともに桟橋に接し、同時に、蟬の声がかれの体をつつみこんできた。無数のさまざまな蟬が、互に種属の優劣をきそい合うように鳴きしきっている。空気が蟬の声で凝固していた。エンジン音にさまたげられてきこえなかったが、船がせまい湾内に入った時から、両側に迫る樹葉におおわれた陸岸で湧く蟬の声が海面の上をつたわってきていたのだろう。

かれは、小さな風呂敷包みを手に腰をあげた。乗客が、錆びた鉄製の浮き桟橋に降りてゆく。日和下駄を手に裸足になった老婆もいれば、白い日傘をひろげた女もいる。潮が干いていて浮き桟橋と波止場にかけられた板は傾斜し、かれらは、慎重に板をふんで波止場にあがる。放哉も、その後にしたがった。

瓦ぶきの小さな港務所で切符を渡したかれは、空地を横切り、川沿いの道を歩き出した。対岸には堤防が伸びていて、海は見えない。陽光が無帽の頭に熱く、道は白っぽく乾いていた。

歯のすりへった下駄で、かれはゆっくりと歩いていった。呼吸が荒くなると肺臓の患部に悪影響をあたえるので、急いで歩くことはしない。それに、小豆島《しようどしま》の俳人井上一二のもとに行くのをためらう気持も胸に湧いてきていて、足どりも鈍りがちだった。島に来たことが早計にも思え、このまま波止場にもどり、汽船の出発港である宇野に引返したい気持にすらなっていた。

かれは、前夜、友人の俳人荻原井泉水《せいせんすい》と京都の路上で仰いだ天の川を思い起した。天の川は、冴えざえとした白さで夜空を横ぎっていた。京都の夜は蒸し暑く空気も淀んでいたが、その微細な星の群の輝やきに秋の訪れが近いのを感じた。

井泉水は、放哉の第一高等学校、東京帝国大学時代の一年上級生で、かれの参加している俳誌「層雲」の主宰でもあった。いわば、井泉水は放哉にとって兄事する友人であり、同時に流浪生活を送るかれの物心両面にわたる庇護者でもあった。

放哉は、二年前朝鮮火災海上保険株式会社支配人の職を辞し、妻からもはなれて京都の一燈園に入った。ついで、京都知恩院塔頭《たっちゅう》常称院の寺男になったが、そこを追われ、兵庫須磨寺をへて福井県小浜町の常高寺の寺男にもなった。が、かれの胸部疾患は徐々に悪化し、寺男としての労働に堪えられなくなっていた。かれは、「一燈園」の主宰西田天香になじめず、須磨寺では寺の内紛に嫌悪をいだき、常高寺では過重な労働と煩《わずら》わしい雑事に辟易《へきえき》し、身の置き場を失ったような寂莫さを味わっていた。

そうしたかれに、一燈園で親しかった男から手紙が寄せられた。男は台湾のバナナ会社に籍を置いていて、かれに台湾へくるようすすめてくれた。台湾は冬も暖く放哉の病状を好転させるにちがいなく、物価も安く暮しよいという。放哉は、その誘いに心を動かされた。むろん健康をとりもどせることに期待もしたが、それよりも遠く台湾まで落ちてゆくことが、一所に安住できぬ自分にふさわしいように思えた。

かれは、小浜の常高寺を去ると、知人のいる沼津、大阪におもむいて台湾行きの旅費を無心し、京都へもどった。長い間の友人である荻原井泉水に別れを告げたかったのである。

放哉は、京都市今熊野の円通寺橋畔に住む井泉水を訪れ、台湾に行く予定であることを告げた。井泉水は、驚きの表情をみせた。一流会社の要職にもあった放哉が、職を辞し妻と別れて寺男になり、さらに台湾行きまで決意していることに、流浪者の悲哀をみたのである。放哉の顔色はすぐれず手足も瘦せ細り、井泉水は、かれの台湾行きが死を意味するのを感じた。俳人として特異な作風をもつ放哉を、異境の地に放つことは堪えがたかった。

井泉水は、かれの台湾行きに同意しなかった。日本の地に、かれ一人を置く場はあるはずで、どこか適当な場所を探すから待つように、と放哉に言った。放哉は、一応井泉水の言葉にしたがい、京都の龍岸寺の寺男になって住みこんだ。かれは、井泉水

の探してくれる場所の希望条件として、
○淋シイ処デモヨイカラ、番人ガシタイ。
○近所ノ子供ニ読書ヤ英語デモ教ヘテ、タバコ代位モラヒタイ。
○小サイ庵デヨイ。
○ソレカラ、スグ、ソバニ海ガアルト、尤ヨイ。

と、葉書にしたためて書き送った。托鉢や寺男のきびしい労働を自らに課しつづけてきたかれは、肉体的な衰えを強く自覚し、孤独な安息に身をゆだねたいと思うようになっていた。

しばらくすると、井泉水からかれのもとに便りがあった。瀬戸内海の小豆島に、「層雲」同人の井上一二がいるが、かれは代々醤油醸造を業とする島の名家の当主で、かれに頼れば住むのに適当な場所を探してくれるにちがいないという。小豆島にはお遍路の詣《もう》でる八十八ヵ所の札所があり、小さな庵の一つぐらいは探すのに困難はないはずだと記されていた。井泉水は、時折り小豆島に赴き、その度に井上一二の家に身を寄せた。一二にとって井泉水は師であり、句作の指導をうけていた。むろん、一二は、放哉の新鮮な自由律の作風を「層雲」を通して熟知しているはずであった。放哉は、その便りに一つの救いを見出した。台湾におもむいてもそこが安住の地であるかどうかは不明で、一度行ったことのある小豆島がなつかしく、そこに身を落着けたいと思った。

かれは、その日に井泉水を訪れ、小豆島行きを斡旋して欲しいと申し出た。すでに井泉水は、小豆島淵崎村に住む井上一二宛に、放哉を受け入れてくれる意志があるか否かを問う手紙を出してくれていた。

放哉は一二からの返事を待っていたが、便りはこない。龍岸寺では、早朝から夜遅くまできびしい労働が課せられ、病身のかれには堪えきれず、寺を去った。

かれは、もしも一二から不承知の返信があった折には台湾落ちを心にきめていた。身を寄せる場所もなく、かれは井泉水の家に世話になった。井泉水は妻子に先立たれていて、女中と二人きりの生活を送っていた。放哉は、その夜から一人寝の蚊帳《かや》の中に入れてもらい、井泉水と一組のふとんに体を並べて寝た。

一二からの返信はなく、放哉の苛立ちは増した。井泉水は、近々北越地方へ吟行の旅に出る予定で、かれは、一人取残されることが心細く、井泉水のいるうちに自分の落着く場所を決めたかった。

かれは、一二の返事も待たず小豆島へ行くことを決心した。直接一二に会って庵を探してくれるよう懇願し、その希望がいれられぬ折には台湾へ行けばよいのだと思った。かれがそのことを井泉水に話すと、井泉水は、少し思案した後、同意した。放哉の切迫した苛立ちがかれには理解でき、意のままにさせる方がよいと思ったのである。

放哉は、その日、小豆島の井上一二宛に書簡をしたためた。

拝啓、誠ニ突然ノ事デアリマス、恐縮千万オ許シヲ乞ヒマス。先日、井師（井泉水）カラ御願シテイタヾイタ通リノ事情デ、何トカ御世話様ニナリ度イト思ヒマス。

何分、已《すで》ニ四十歳ヲ超エマシタノデハゲシイ労働ハ、到底ツトマリマセン。ソコデ、簡単ナ御掃除ト御留守番位デ、ドツカ、庵ノ如キモノヲ、オ守リサセテイタダキ度御願致シマス。

ソレニ、小生、海ヲ見テ居レバ、一日気持ガヨク、之ガ一番ピツタリ来マスノデ、之等ノ条件ヲモツテ井師ニ相談シマシタ処、ソレデハ一二氏ニ相談スレバ、ナントカ方法ガツクダラウト云フノデ、先日ノ御願トナツタワケデアリマス。誠ニ御イソガシイ中、恐縮千万デスガ御助力御願致シマス。

と記し、直接一二宅を訪れ御願いすることにしたので、明晩か明後晩に京都を出発する予定と書き添えた。

井泉水は、放哉を送別するため「層雲」の同人で近くに仮寓する著名な陶工内島北朗を招き、その夜、酒を酌み合った。

放哉は、井泉水と北朗に遠慮するような視線を向けながら、酒を口にふくんでいた。

かれは、句作以外に心をひかれているのは酒だけと言ってよかったが、酒癖は類のないほど質の悪いものであった。暴力を使うことはなかったが、酔うにつれて顔は青ざめ、相手を見据えて傷つけるような言辞を吐く。酔いが頭脳を異常な形で冴えさせるらしく、相手の感情の動きを鋭く察知し、辟易した者が放哉の機嫌を直そうとすると、それを阿諛《あゆ》と解し、一層刺すような言葉を執拗に浴びせかける。かれの加わる酒席は白けるのが常で、親しい者もかれと酒を酌み合うことを避ける。放哉の酒は昼夜の別がなく、そうした酒癖が主な原因で、勤務先でも居辛くなり、一燈園をはじめ寺々でも人の顰蹙《ひんしゅく》を買ってきた。放哉は、酒が自分を窮迫させてきたことを十分に知っていたが、酒の誘惑に打ち克つことはできなかった。

井泉水は、むろん放哉に禁酒を求める立場にあったが、その夜はすすんでかれに杯をとらせた。放哉が小豆島にとどまることを拒まれた折には台湾まで流れてゆかねばならず、かれとの最後の別れになるかも知れぬ、と思ったのである。

放哉は、常になく陽気で、歌もうたった。井泉水も北朗も、機嫌よく酔った。その席で、井泉水と北朗は、無収入の放哉のため短冊会を作ることを定めた。画箋紙に放哉と井泉水が自作の句を書き、北朗が絵を添え、それを五円で頒布する。中込は北朗が受け、代金はまとめて放哉に送る。いわば、放哉を経済的に援助する会であった。

放哉はそれを謝し、井泉水に記念の句を望んだ。井泉水は承諾し、扇子に、

翌《あす》からは禁酒の酒がこぼれる

と書き、放哉に贈った。

翌日、小豆島へ出発することになり、放哉は短冊会のための句を書き、下駄の鼻緒を立て替えたりした。着物は、井泉水からもらった着古しの浴衣で、風呂敷包みには女中が洗ってくれた猿また、道行き、鼻紙、手帳、封筒などを入れた。

夜になって、放哉は井泉水と女中に送られて家を出た。夜空には、天の川が流れていた。京都七条駅につくと発車時間には間があり、放哉は井泉水に帰るようにすすめ、別れた。

かれは、十時三十分発の夜汽車に乗り、翌朝、岡山駅についた。そこから宇野に行ったが、小豆島の土庄《とのしょう》行きの船は出た後で、正午過ぎの船に乗った。かれは、船室のゴザの上に寝て、風呂敷から出した古新聞を顔の上にかけて眠った。

突堤がきれて、海が右方にひろがった。

かれは、足をとめた。夏の海らしく光り輝いている。まばゆい閃きが所々にみえるが、それはゆるやかな波のうねりの頂きに反射する陽光であった。

かれは、海を見るのが好きであった。兵庫の須磨寺、小浜の常高寺に寺男として勤めたのも海辺の地であったからであり、小豆島にやってきたのも海を見て暮したいという願いからであった。海と雲とは、密接な関係があるように思えた。四季、そして朝夕に、雲はさまざまな形と色をしめす。その多様な変化は、海辺でなくては眼にすることができない。かれは、深山幽谷には体がしめつけられる怖れに似たものを感じるが、海を見ていると、温かく抱擁されているようなやわらいだ気持になる。

海を眼にしている折りの安息が、どのような心の動きから発しているのか、かれは知っていた。それは、死を願えば海に歩いて入ってゆくだけでかなえられるからであり、いつでも自分の肉体を受け入れてくれる海が身近にあるということに、深い安らぎを感じていた。

海面に反射する陽光が視神経を刺戟し、また涙がにじみ出てきた。放哉は、手の甲で涙を拭い、白く乾いた道をたどってゆく。波止場から半町も歩かぬのに疲労が四肢を麻痺させ、下駄をはいた足が熱をおびていた。

蟬の声は、驟雨《しゅうう》のように頭上から降り注いできている。樹木という樹木に蟬がむらがり、樹液を貪婪《どんらん》に吸い翅《はね》をふるわせて鳴きしきっているように思える。まばゆい陽光を浴びた海にかこまれ蟬の声におおわれたこの島が、限りない活力を秘めているようにも感じられた。

このようにおびただしい蟬の生存を許しているこの島は、自分の肺臓に巣食う菌を追い払ってくれる要素をそなえているかも知れぬ、とかれは思った。潮風は海水中の塩分、沃度《ヨード》をふくんでいて結核菌の発育をさまたげ、海辺の空気にふくまれたオゾンは肺臓内を清浄にするという。海は、自分の肉体に安らかな死をあたえてくれると同時に、生命を維持してくれる機能も持っているらしい。

入江に永代橋と刻まれた木橋が架っていて、日傘をさした中年の女が下駄を鳴らして渡ってくる。放哉は、欄干に手を置きながら橋上を進んだ。橋脚の下に、群れた小魚の鱗《うろこ》がひらめいていた。

京都で荻原井泉水から渡された略図をひらき、橋を渡るとすぐに左に曲って土手道を歩いた。雑草から立ち昇る土の匂いのする熱気で、坊主刈りの頭から汗が頰や首筋に流れ落ちる。かれは、足をとめて手拭で汗をぬぐい、呼吸を整えた。右方に塩田がつらなり、菅笠《すげがさ》をかぶった男女が長柄《ながえ》を手に働いている。田の中には、海水まじりの塩が一面に薄白くひろがっていた。

略図にしたがって土手道を降りた放哉は、前方に視線を伸ばした。醬油醸造業を営む旧家である井上一二の家は、ひときわ大きいと井泉水に言われていたが、前方に蔵のある家が見えていた。かれは、土塀に沿って門に近づいていった。その附近には樹木が多く、蟬の声が一層激しくなった。

門の前に立ったかれは、門柱にとりつけられた井上と書かれている表札を見上げた。醸造所は裏手にあるらしく、門内に桶や樽はなかったが醬油の匂いが漂い流れていた。

かれは、門を入ることにためらいを感じた。井泉水が一二に手紙を出してくれたが、一二からの返事はなく、それに苛立って勝手にやって来たのだが、そうした自分を一二がどのように迎え入れてくれるか心許なかった。かれは気が臆し、このまま波止場へ引き返そうかとも思ったが、坐りこみたいような深い疲労が体にひろがっていて、これ以上歩く気にはなれない。もしも一二に断わられれば台湾へ行けばいいし、一二は井泉水の弟子筋になっているので一夜泊らせるぐらいのことはしてくれるだろう、と、少し居直った気持にもなった。

かれは、思い切って門をくぐると玄関に立った。

案内を乞うと、皮膚の浅黒い小間使らしい娘が出てきて坐り、小さな風呂敷包一つを手にしただけの放哉をいぶかしそうに見つめ、奥に消えた。

しばらくすると、白絣《しろがすり》を着た三十年輩の長身の男が出てきて膝をついた。男は、放哉が名を告げると、

「一二です」

と言って、頭をさげた。旧家の若い当主らしい端正な容貌をしていた。

男は、小間使を呼ぶと水を張った小さな盥《たらい》を運ばせ、放哉に足を洗うようにすすめた。その水は井戸から汲まれたばかりらしく、火照った足に快く、だるさも薄らぐようだった。

放哉は、一二に案内されて廊下を渡り簾《すだれ》の垂れている奥の間に入った。部屋の内部は涼しかった。

二人は、初対面の挨拶をすると「層雲」のことについて会話を交した。自由律俳句を唱える荻原井泉水が俳誌「層雲」を創刊したのは明治四十四年四月で、すでに十四年間が経過している。放哉が「層雲」に参加したのは大正五年で、すでにその頃一二は、

白き牛なり　朝のしづかさ見まはせり
雨ふる音の　とうがらしぬれてあり

などの句を「層雲」に発表、中堅同人として句作をつづけていた。

その頃、同人としては、芹田鳳車、野村朱鱗洞が最もすぐれた句を発表し、放哉の存在は無に等しかった。が、三年ほど前から「層雲」に発表される放哉の句は、新鮮な鋭い作風をしめしてにわかに高い評価をうけるようになり、大橋裸木とともに句界の注目を浴びていた。放哉は、「層雲」を代表する俳人の一人で、一二の態度には、そうした放哉に対する畏敬《いけい》の念がにじみ出ていた。

話がとぎれると、一二は、

「私の電報をお読みいただけましたか」

と、放哉の顔をうかがうように言った。

放哉は頭をかしげ、見ていない、と答えた。不吉な予感が胸をよぎった。

一二の顔に困惑の色が浮び、電報を打たねばならなかった事情について述べた。井泉水から依頼状が来た後、一二は、放哉の住むに適した庵を探してみたが見当らず返事も出しかねていたが、昨日、放哉から直接来島するという手紙が来たので、あわてて時機を待つよう井泉水宛に電報を打ち、事情を説明した手紙も出したという。

放哉は、不安が的中したことを知った。一二から返事もこないのに、独断で出向いてきた自分の行為が恥しかった。

放哉は、深く息をついた。断りの電報と手紙を出したという一二の家にいることに、堪えがたい重苦しさを感じた。

「折角おいでになられたのですから、ゆっくりしていって下さい。その間に、どこか良い庵でも見つかるかも知れません。このようなことは急いでも良い結果は得られません」

一二は、放哉に言った。

初めに予定した通り台湾へ行こう、と放哉は思った。一二に断わられることを想定して、京都で台湾行きの汽船の出港日時を調べてきたが、五日後の八月十八日に神戸から出港する船があり、島の坂手港から神戸港に船で行き、そこで乗船すればいい。

放哉は、

「十八日の船で台湾へ行くことにします。お差支えなければそれまでお世話になりたい」

と、言った。

「御遠慮なく句作でもなさって御滞在下さい」

一二は、承諾してくれた。

台湾に行くことをきめると、放哉は落着いた気分になった。初めから自分は内地をはなれる定めになっていて、その直前に小豆島で遊ぶことができるのはむしろ幸いというべきかも知れぬ、と思った。が、台湾に行くには懐中が乏しい。京都で井泉水と北朗が経済的援助をするため短冊会を設けてくれたが、放哉はその会から少くとも三十五円程度は送ってもらいたかった。井泉水は、近々北越に吟行の旅に出る予定になっているので、出発前に手紙を送り、旅費を郵送してもらわねばならない。

放哉は、

「井泉水師と北朗さんが私の後援会を作ってくれたので、その基金から台湾行きの旅費を送ってもらうよう依頼状を書きたい」

と、一二に言った。

一二は、後援会という言葉に苦笑し、便箋、封筒、筆硯を用意してくれた。

放哉は、筆をとった。

啓、一二氏健在ニ有之候。一二氏よりの電報及手紙御らん下されし事と存申候。扨《さて》、色々の御事情ノため、御厚意ありながら一寸早い事には行かぬわけニ有之候。その為め、出発前御相談申上候通り、台湾行ときめ申候。最近出航十八日故、ソレニテ、所謂《いわゆる》台湾落ときめ申候、

と書き、旅費三十五円の郵送を乞い、追記として、

台湾に行くとすると、

お金とイッショに、セッタ（船に乗るには便利故）と、アンタの、フダンの浴衣一枚御送り下され度し（ムギワラ帽ハコチラで買ひます）

と、書き添えた。

かれは、一二にその手紙を見せた上で封をした。一二に対して批判的な手紙を井泉水に送るのではないことをしめしたかったし、その文面を見た一二が、旅費の一部を自分に恵んでくれるかも知れぬというひそかな期待もあった。勤務先を追われ妻とも別れて一燈園に入ってから托鉢をつづけてきたかれは、他人から金品をもらい受けるのに逡巡はなかった。

一二は、醸造所の見廻りをしてくると言って腰をあげ、放哉の封書を手にして部屋を出ていった。

放哉は、句帖を風呂敷包みの中から取り出すと、少し思案してから、

ここまで来てしまつて急な手紙書いてゐる

という句を書きとめ、庭にうつろな眼を向けた。

日が傾いたらしく、庭に西日があふれている。鳴きしきる蟬の声は、いつの間にか弱まっていた。

しばらくすると、徐々に蟬の声がまばらになり、やがてそれが絶えると、代りに蜩《ひぐらし》の鳴く声が遠くきこえはじめ、互に誘い合うように数を増し、庭でも鳴き声が起った。空は明るさを残していたが西日は消え、樹葉が青澄んでみえた。

放哉は、昏れてゆく庭に視線を向けていた。夕刻になると必ず訪れてくる発熱が四肢の筋肉を弛緩《しかん》させ、かれは畳に後手をついていたが堪えきれずに身を横たえた。温湯に漬ったようなけだるさを感じながら、眼を閉じた。蚊取線香の匂いが濃く流れてきて、かれは軽い咳をした。眠りが徐々に意識をかすませていった。

二

電灯の光で眼を開き、かれは半身を起した。

「やすんでおられたのに申訳ありませんが、食事の仕度がととのいましたので……」

電灯をつけた一二が、立ったまま言った。

廊下には小間使がいて、一二にうながされ膳部を部屋の中に運び入れた。焼魚、煮つけた南瓜、漬物などが皿にのせられていた。一二の母と妻が連れ立って姿をあらわすと、丁重に挨拶をし、廊下を去っていった。小間使が、お櫃《ひつ》のふたをひらき、茶碗に飯を盛った。

放哉は、酒を口にしたい、と思った。焼魚をむしり、南瓜を食べながらビールでも飲みたかった。井泉水は、「翌《あす》からは禁酒の酒がこぼれる」と扇子に書いて贈ってくれたが、それは、むろん酒癖の悪い放哉に対する禁酒の忠告であった。しかし、酒でさまざまな失策をおかし、それが自らを蝕《むしば》んできたことは知っていても、酒への欲望を抑制する意志に欠けていた。

「ビールをいただけまいか」

放哉は、膳部を前に向き合って坐った一二に言った。

一二は、顔をあげた。その眼には、あきらかに困惑の色がうかび出ていた。一二は、低い声で小間使にビールを持ってくるように言った。

放哉は、一二も自分の酒癖の悪さを知っている、と思った。「層雲」同人たちは、放哉が酒を所望すると、恐れに似た表情をみせる。ビール一、二本ですめばよいが、それが誘い水になって酒を次々に強要し、見境いもなく人にからみ、罵倒し、怒声をあげる。時には、他家へ深夜押しかけて、家人が主人は不在だと言うとそれを疑い、家中を探しまわり、押入れの中まで調べたりすることもある。かれが強度の酒乱であることは人の口から口に伝えられ、一二の耳にも伝わっているにちがいなかった。

放哉は、一二が自分を引き受けることを拒んだのは、酒癖の悪さに恐れをなしたからかも知れぬと思った。酒のために父や親族たちの怒りを買い、友人からも嫌悪されている自分を、初対面の一二が喜んで迎え入れてくれるはずもなかった。それに、肺病患者である自分は、一二とその家族に病源菌をうつす可能性も多分にある。治療法もこれと言ってなく、家族の一人が発病すれば他の者にも感染し、一家絶滅する例も多い。その上、放哉は無収入で生活費の援助もしてやらなければならず、そうしたことを考えて一二が自分を避けようとしたにちがいないと思った。

小間使が、ビールを盆にのせて持ってきた。コップは、一個であった。

放哉は、小間使の注ぐビールをコップに受けながら一二にたずねた。

「あなたは?」

「私は、一滴もやれません」

一二は、こわばった表情で言った。

放哉は、コップに口をつけた。一二の家では商売柄来客にビールを常時用意してあるらしく、ビールは適度に冷えていてうまかった。酒は詩的だ、面白く愉快で素敵な代物だ、とかれは胸の中でつぶやきながら、ビールを咽喉の奥に流しこんだ。台湾落ちをする身なのだから思いのまま酒を飲み、そうした自分がやりきれなくなれば死を自ら迎え入れればよいのだ、とかれは思った。

一二は、無言で飯を食べていた。

風が出てきたのか、時折りかすかに波の音がきこえてくる。旅の疲れのためか、酔いが早目にまわってきた。体が熱をおび、夕刻から発する熱と融け合い、胸部に疾患のある不安も薄らいでくる。これが酒のありがたさだ、と放哉は自ら納得するような思いでコップを傾けた。

ビール瓶の表面が濡れ、量が三分の一ほどに減っている。それを飲んでしまえば飯にする以外にないことが淋しかったが、初めて訪れた一二の家で、さらに酒の追加を頼むことも出来かねた。

「運勢を観てもらったことがありますか」

一二が、小間使に飯のお代りをさせながら言った。

放哉は、ないと答えた。

一二は、箸を置き、

「どうしても台湾へ行かねばならぬのですか」

と、言った。

「井泉水師への手紙にも書きましたように、台湾落ちにきめました」

放哉は、ビールを口にふくんだ。

「台湾まで行かなくとも、この日本の中でどこか身を落ちつける場所ぐらいはあるはずです。果して台湾へ行ってよいかどうか、運勢を観てもらってはいかがです」

と言って、一二は、高松の近くにある国分寺の住職童銅龍純の名を口にした。龍純は、風水学と称する運勢占いに造詣が深く、多くの人々に乞われて運勢を観ているという。

「金稼ぎの千里眼などとはちがいます。龍純師は立派な御住職であり、人間も風や水と同じように自然の中で流れ来り去るものとのお考えから、進むべき道をお教え下さるのです。私も龍純師の風水学の信者です。龍純師に台湾行きがよいかどうか、観ていただいたらどうです」

一二は、真剣な眼をして言った。

放哉は、ビールが残り少なくなったことが気になっていた。台湾という地に対する期待は別になく、一燈園時代に親しかった男が声をかけてくれたから行くだけのことで、運勢を観てもらう必要もない。台湾に行けばさらに激しい暑熱に悩まされるし、不便な生活も強いられるだろう。そうしたことを知りながらその地に行くときめたのは、そのような遠い外地へ流れてゆくことについての自虐に似た感情によるものでもあった。

「その寺は、どこにあるのです」

放哉は、瓶に残ったビールをコップに注いだ。

「高松から汽車で三つ目の駅で降りればすぐです。高松へ渡るのは容易ですし……」

一二は、再び箸をとった。

放哉は、少し心が動いた。四国へは行ったことがなく、内地を離れる前にその地をふんでみるのもいい、と思った。台湾から生きて帰れる望みは薄いし、それが最後の四国行きになるだろう。台湾行きの汽船が神戸を出港するのは十八日で、それまで一二の家にとどまっているよりも少し足をのばして四国に渡ってみたくなった。

「観てもらいましょうか」

放哉は、コップを手にして言った。

「そうなさるといい。学識のある御住職です」

一二は、放哉が応じてくれたのが嬉しいらしく、表情をゆるめた。

「贅沢を言うようだが、もう一本ビールをいただけまいか。もう一本飲むことができれば大満足。それ以上は決して所望しない。このような無心をして申訳ない」

放哉は、明るい声で言った。運勢を観てもらうことを承諾したことで一二の機嫌が良いのを察し、自然に言葉が流れ出たのだ。

一二は表情をかたくしたが、

「あと一本にしていただきます。母をはじめ家の者は、酒を飲む方になれておりませんので……」

と言って、お櫃の傍に坐っている小間使にビールを持ってくるよう命じた。

放哉は、煮付けた南瓜を箸でつまみ、汁が垂れそうなので掌を添えて口に入れた。甘味が十分で、うまかった。かれは、一二におもねるように国分寺の僧のことについてたずね、一二の口にする風水学の解釈にしきりに相槌をうっていた。

「国分寺に近い丸亀に行き、『層雲』同人の内藤寸栗子さんの家に泊らせていただくといいでしょう」

一二は、小間使が持ってきたビールをコップに注ぐ放哉の手もとを見つめていた。

玄関の方で電話のベルの音がし、それがやむと受け応えする女の声がした。

やがて廊下に足音が近づき、簾の外側で膝をついた一二の妻が、

「西光寺様からです」

と、言った。

茶を飲んでいた一二は、立ち上った。また、波の音がきこえてきた。庭がほのかに明るんでいるのは、月がのぼったからにちがいなかった。

一二の声がしていたが、すぐに受話器をかける気配がし、廊下を引返してくる足音がした。

一二は、坐ると、

「庵が一つ空くかも知れません」

と、言った。

「私の住む庵が、ですか」

放哉は、問うた。

「そうです。土庄の西光寺の御住職杉本宥玄師から電話があり、西光寺の奥の院の庵が空く見込みとのことです」

と、一二は言い、宥玄も句に親しみ、前年井泉水が小豆島に来て遍路として霊場巡りをした折も同行し、放哉のことも「層雲」に発表される句で知っていて、一二の依頼で庵を探してくれていたことを告げた。

放哉は、思いがけぬ話に、

「それはありがたい」

と、はずんだ声をあげた。胸が熱くなった。一二に対して幾分冷たい人柄だと思っていた気持も消え、かれと西光寺の住職の温情が嬉しかった。

「国分寺に行く必要もなさそうですね」

一二が、茶を飲みながら言った。

「いや、行ってみます。立派な僧に会えるのは楽しみです」

放哉は、一二の好意に報いるためにも四国へ渡ってみようと思った。

二本目の瓶も空になった。放哉は、無言で飯茶碗を小間使に差し出した。それ以上酒を所望して一二を不安がらせたくはなかった。

その夜、放哉は句帖に、

　島の小娘にお給仕されてゐる

と、書きとめた。

翌日、朝食をすませた放哉は、弁当を作ってもらい一二の家を出た。

おびただしい蟬の声が、体をつつみこんできた。かれは、淵崎の村道をたどり土庄の町に入った。

高松行きの船は町の東の沖合に碇泊し、小さな桟橋に艀《はしけ》が待っていた。艀には、嬰《えい》児《じ》を背負った若い女、白い日覆いのついた帽子をかぶった巡査、薬売りらしい商人などが乗っていて、放哉が乗ると後は客もなく、艀は桟橋をはなれ、船に横づけされた。

錨が揚げられ、船は汽笛を鳴らすと動き出した。空は晴れ、海はおだやかだった。

放哉は、海面にひらめくものを見た。それは故郷鳥取の海でもみられる夏トビと称される小さな飛魚で、船に驚くのか、舳の前方から飛び立ち右に左に飛んでゆく。ブリキ製の動く玩具のように、ぎごちない動きで海面すれすれに飛ぶと、かすかな水しぶきをあげて落ちる。

かれは後部甲板の縁台に坐って、陽光を浴びてきらめく飛魚の動きを眼で追っていた。飛魚は、船が島の突出部をまわる頃から少くなり、やがて見えなくなった。

前方に小さな島々が重り合うようにつづき、その後方に四国がみえる。強い夏の陽光に海面から水蒸気でも湧いているのか、陸影は霞んでいた。

かれは、海を見つめているうちに、二年前満州の大連から長崎まで船に乗って眼にした海を思い起した。海の色は、眼前の海と異って黒ずんでみえるほど濃く、季節も初冬で風も冷たかった。

大陸へ赴いたのは、かれが再起する最後の機会であった。かれは、東京帝国大学卒業後十年間勤務していた東洋生命保険株式会社の東京本社契約課長の任にあったが、退職を余儀なくされた。朝から酒を飲み、出社、退社も気ままな勤務態度が、重役たちの顰蹙《ひんしゆく》を買ったのである。

かれは、やむなく故郷鳥取に帰ったが、学生時代からの友人であり太陽生命保険会社の要職にあった難波誠四郎が、かれに就職口を斡旋してくれた。太陽生命では、京城に朝鮮火災海上保険会社を創設することになり、難波が放哉を支配人に推挙したのである。むろん、難波は、放哉の酒癖を十分に知っていた。放哉は東洋生命時代酒で借金がかさみ、難波がその借用証書の連帯保証人にさせられてもいて、放哉が支配人として職責を全うすることができるか不安も大きかった。が、妻をかかえて生活に困窮している放哉を見捨てておくこともできなかったのだ。

難波は、重役とともに放哉に禁酒を誓わせ、京城に赴任させた。放哉も難波の忠告にしたがい、井泉水宛の書簡にも「京城が小生の死に場所と定め……ウンと腰をするてヤル考で居ります」と書き、勤務にはげんだ。しかし、それもわずかな期間のことで、かれは難波との間で交した誓いにそむき、酒に耽溺し、その度に粗暴な言動をとるようになった。社長との間も険悪になり、かれの放埒《ほうらつ》な生活は内地の本社にも伝えられた。

赴任して半年後、かれは高熱を発し、肋膜炎と診断されて病臥《びょうが》する身になった。やがて、熱も正常にもどり出社したが、連日酒にひたり、生活も一層荒んだものになった。勤務も怠りがちで、上役のみならず部下からも冷たい眼を向けられ、それがさらにかれの酒を荒れさせた。

赴任して一年後、かれは社長から退職を命じられた。その折、放哉は難波に手紙を出し、会社から慰労金を出すよう交渉して欲しいと依頼した。が、難波には、すでに放哉に力を貸す気持は失せていた。かれは、放哉の借金の保証人として、高利貸に責め立てられる身になっていた。かれは、朝鮮にいる放哉に何度も金を返すよう催促の手紙を出したが返事はなく、難波の妻は質屋通いまでしている状態だった。そうした迷惑をかけながら、放哉が会社から慰労金を出させるよう交渉して欲しいと依頼してきたことに、難波は憤りを感じたのである。

放哉は、妻の馨《かおる》を連れて満州の長春に行き、東京時代に知り合った小原楓の家に寄寓した。が、数日後には再び高熱を発し、左胸部の激しい痛みに呻吟した。かれは小原の家で臥《ふ》しつづけ、満鉄病院に入院した。診断の結果は左胸部の湿性肋膜炎で、胸部に太い注射針をさされ、多量の胸水をとられた。その処置によって熱はさがり、かれは療養につとめた。

かれは、大陸の気候が自分の肉体を蝕んだのだと考え、内地に引返すことを決意した。が、内地にもどってみても病いを得た身では妻とともに生活できる自信はなかった。それに、関東地方に大地震があって東京、横浜が壊滅したという新聞報道も伝えられていて、かれは日本に自分の身を置く場所はないように思った。

かれは、死を意識していた。生きている間に内地の土を踏みたかった。長崎に従弟の宮崎義雄がいるので、その家に身を寄せようと思った。そして、ベッドからはなれ廊下を歩けるようになった晩秋に、病院を出て小原宅にもどり、大連に赴いて長崎行きの船に乗ったのである。

かれは、船室で身を横たえていたが、出港した翌日の夕方、馨とともに甲板に出た。手すりにもたれたかれの眼前に、青黒い海水のうねりがひろがっていた。

「死んでくれないか」

かれは、海に眼を向けながら傍に立つ妻に言った。

おれたちに子はない、病いを得た上に勤めもやめさせられた自分に生きる望みは失われた、おれと一緒に海に身を投げてくれ、と、かれは訴えた。美しく若い馨を残して死ぬ気にはなれなかった。自分だけが死ねば、馨は再婚するかも知れない。妻が他の男に抱かれる姿を想像することは堪えられなかった。

馨は、無言であった。

放哉は、海面から視線を妻の横顔に移した。かれは、妻を凝視した。体が、冷えた。今まで眼にしたことのない妻の顔が、そこにあった。他人の顔であった。傍に立つ放哉を見知らぬ男のようにしか意識せぬ、冷えびえとした顔であった。かれは、突き放されたような萎縮感におそわれた。

死を……というかれの訴えには、妻に対する甘えがあった。妻がかれの言葉に驚き、いさめ、慰めてくれることを望んでいた。が、妻は、なんの反応もみせず、口をつぐみつづけている。

あの時から、妻は他人の顔をもつ女になった、と、放哉は、四国の陸影に眼を向けながら思った。

死んで欲しい……と馨に言ったのは、気まぐれに近いものでもあった。もしも、馨がそれに応じようとしたら、おそらく馨を押しとどめ、その気持だけでもありがたい、と涙を流して馨の手をにぎりしめたにちがいない。

そのようなことを口にしたのは、放哉の意識の中に馨の母としの存在がひそんでいためでもあった。馨の父利貞は朝鮮で教師をしていたが急死し、としは一男四女の遺児を連れて内地へもどった。その船上で、としは行末を悲観し子供を抱いて海に身を投じようとしたという。が、その後、故郷鳥取に落着き、経営難で閉鎖していた私立鳥取女学校の再興につとめていた遠藤董に協力し、同校の舎監になった。としは、些細な過失をも許さぬきびしい生き方をしてきた意志強固な女で、その訓育をうけて馨は成育した。

むろん、としは、酒乱で会社の要職も追われた放哉に悪感情をいだいているはずであった。娘を嫁がせたことを深く悔いているにちがいなかったが、ひとたび嫁いだ馨に実家の敷居はまたがせぬという強い姿勢ももちつづけていた。放哉は、絶えず馨の背後にとしを意識し、それを振り払うためとしに、馨を貰った上は私に一切をまかせてもらわねば困るという手紙を出した。それに対して折返し返書があり、「私の方では、馨は貴方に差上げたものでございますから、一言の文句もございませぬ。煮て喰べようと、焼いて喰べようと随意になさつて下さい」と、書かれていた。

そうしたとしに、放哉は気圧《けお》されるものを感じ、恐れに似た感情もいだいていた。としは常に毅然としていて、隙というものをみせない。わずかに、朝鮮から内地にもどる船上で子とともに身を投げようとした一挿話に、人間らしさをみる思いだった。

放哉が馨に入水を口にしたのは、としと同じような苦悩を自分も味わっていることを馨に知ってもらいたかったし、としもそのような心の弱みをしめした時期もあったことを思い出させたかったからであった。

しかし、馨にはなんの反応もなく、冷やかな横顔を見せて口をつぐんでいただけであった。

放哉は、馨と気まずい船旅をした後、長崎の従弟の家に身を寄せ、馨に、

「一燈園に入って、ひとりで過したい」

と言ったが、馨はひきとめる気配もみせず、そのまま去っていった。

放哉は、馨が当然母のいる郷里鳥取へもどるのだろうと想像し、としのもとへ手紙を送ったりしたが返事はなく、馨の消息はそれきり絶えてしまった。半年後、ようやく馨の病死した妹倶子の夫であった小倉康政からの手紙で、馨が母のもとに赴くことはせず、大阪に出て東洋紡績株式会社四貫島工場に勤め、女子工員の寮母として住込み、裁縫、生花を教えていることを知った。

放哉は、小倉康政に手紙を送った。冒頭に、馨の消息を教えてくれた感謝の言葉をつらね、

……私ハ実ハ最近、少々ヤケニナツテ居タトイフノハ、唯一人ノ同情者タルカオルノ行方不明、昨年末来、ハガキ一本見ナイノデ、カオルガ外ニ嫁ニデモ行ツタナラ、私ハ世ノ中ニ只、一人ボツチニナルワケ、淋シサニタヘナイカラ、実ハ、ウント方々ヲ呑ミ廻ツテ、死ンデシマフ考ダツタノデス。

と、書き、末尾に、

強イ様ナ事ヲ申シテ居テモ、実ハ私ハ弱イノデスヨ

と、書き加えた。また、小倉家を中継して馨と手紙の交換をさせて欲しいと懇願した。

放哉は、馨に禁酒、禁煙を守り労働で体もきたえ立ち直りたいから、二、三年待っていて欲しい、という手紙を書き送った。が、馨からは葉書一枚もこず、わずかに金が送られてきただけであった。十三年近い結婚生活で馨が自分に絶望しきっているのだと思うと同時に、としからうけついだ血のきびしい頑さをも感じた。

放哉は、小汽船のベンチに坐って四国の陸影に眼を向けていた。

馨の整った目鼻立ちと白い肌をした豊かな肉体が、眼の前に浮び上ってくる。結婚後、馨は、いつの間にか放哉との生活になじんですすめられるままに酒を飲むこともおぼえていた。友人を招いた夜、放哉の求めで文金高島田に髪を結い、酌をしたこともある。そのあでやかな美しさに、放哉は、

「馨は別嬪《べつぴん》だろうが」

と、友人に繰返し自慢したりした。

自分には分に過ぎた女だ、と放哉は思う。八歳下だが、時には自分と同等または年長のような落着いた分別と思慮をしめすこともある。馨は生殖器に障害があり、結婚後東京帝国大学附属病院で木下益雄教授の執刀によって子宮筋腫の手術をうけ、不妊の身になった。放哉は子のないことが淋しくもあったが、美しい妻と二人で暮す生活に満ち足りたものも感じていた。そして、流浪に近い奔放な生活に馨もなれて、自分に従って朝鮮、満州へと流れていったことが哀れでもあり、また好都合にも思っていた。が、放哉が入水を口にした時、馨はかれとの生活が正常さを欠いたものであることに突然のように気づき、自らを顧みたのではないか。

放哉は、その瞬間から馨が自分の手のとどかぬ所に遠くはなれていってしまったことを感じた。ひとりで台湾へ行こうと思ったのも、妻への強い未練を断ち切りたいと

いう意識からでもあった。

船は、単調なエンジンの音をひびかせて進んでゆく。海は凪《な》いでいて、そのおだやかな海面に身をゆだねたい気もしたが、積極的に死ぬ気持はなかった。四国に渡って運勢を観てもらい、空いた庵に入って小豆島に落着くことができれば、新しい道がひらけるかも知れない。それは、馨との再会につながるものにも思えた。

もう少し生きてみよう、放哉は海の輝きに眼をしばたたきながら胸の中でつぶやいた。

三

四国行きは楽しかったが、ほろ苦い旅でもあった。

高松港で下船した放哉は、駅まで歩いて汽車に乗り、三ツ目の国分駅でおりた。東の方向に欝蒼《うっそう》と生い繁る松林があり、その中に寺の屋根がみえた。かれは、両側に田《たん》圃《ぼ》のひろがる狭い道を進み、仁王像の置かれた山門をくぐった。

国分寺は四国八十番の札所で、風趣にみちた寺であった。

一二からの手紙を差し出すと、すぐに部屋に案内され、住職童銅龍純が会ってくれた。龍純は、一二の手紙で放哉の用件を知り、生れてから現在までの経歴についてたずねた。

放哉は、概略を口にした。龍純は、放哉が第一高等学校をへて東京帝国大学法学部を卒業した後、著名な保険会社に入社したことを知って驚きの表情をみせた。洗い晒《ざら》しの浴衣を着、見すぼらしい姿をした放哉がそのような経歴をもっていることを信じかねるようであった。

放哉は、龍純の問いに、先祖が大和の豪士で南北朝時代に南朝に味方したため追われ、鳥取の地に身をひそめたとされていると答えた。龍純は、

「あなたが井上一二殿のもとに来られたことは、自然の理だ」

と、即座に言った。小豆島は、豪族佐々木信胤《のぶたね》が南朝側に立って四国の細川勢など北朝側と激しく対立した地で、一二の家も南朝側の豪士であり、放哉の先祖と同一の立場にあるという。

また、龍純は、空いた庵を所有する西光寺の名にも注目した。放哉にとって小豆島は先祖の地大和からみて西にあたり、そこに光明を見出そうとして渡ってきた放哉の世話になるのが西光寺であることは、定められた因縁でもあるという。

放哉は、興味半分にきいていたが、家系について龍純の口にすることがすべて的中

するので、いつの間にか熱心に耳を傾けていた。

龍純は、

「小豆島に住みつくのは、川の流れと同じく自然のことであり、前世より定められた因縁です。ゆっくりと島に落着いたらよい」

と、断定するように言った。

放哉は、明るい気分になった。一二からは西光寺の庵があきそうだと言われたが、台湾へ流れ落ちてゆこうかという気持も残っていた。自らをどのように処置すべきか判断もつきかねた不安定な心情にあったが、龍純の言葉で、台湾行きの気持は失せ、小豆島に腰を据える決心がついた。

かれは、龍純に厚く礼を述べ、駅にもどると汽車に乗り、丸亀に赴いた。すでに夕色は濃く、家並の間を縫って「層雲」同人内藤寸栗子の家にたどりついた。

寸栗子は、「層雲」の有力同人放哉の不意の来訪に驚き、丸亀の俳句同好者を呼び集めると句会をもよおしてくれた。会が終ってから、席に酒食がはこばれ、にぎやかな宴になった。放哉は杯をかさねた。酔いが急速にまわり、かれは、同席の者に刺すような言葉を浴びせはじめ、句を酷評し、やがて手当り次第に罵倒するようになった。

席は白け返って、人々は顔を青ざめさせ、しばらくすると堪えきれぬように席を立つ者がつづいた。放哉は、かれらに蔑《さげす》みにみちた言葉を投げかけた。

その夜は寸栗子の家に泊り、翌朝、汽車に乗って高松へ、さらに午後の船便で小豆島にむかった。

放哉は、深い後悔の念におそわれ、船に乗ってからも何度も呻き声をあげた。かれの訪れを喜んで迎え入れてくれた寸栗子も、その日の朝は顔をこわばらせ口をつぐんでいた。

昨夜、自分の吐いた暴言が思い出され、放哉は居たたまれぬ気持になっていた。なぜ懲《こ》りもせず失策をくり返すのか、酒の魅力に打ちかつことができぬのか、と、かれは自らを激しく責めた。酒を飲んでも上機嫌になる人が多いのに、自分は酒が入ると毒をふくんだ言葉を発し、粗暴な行為にまで及ぶ。いっそ死んでしまった方がいいのだ、とかれは真剣に思った。

深酒をしたので体がだるく、咽喉も乾き気味であった。体調を恢復させ謦と再び生活することを望んでいる自分は、酒などに溺れている余裕はない。酒をやめよう、と胸の中でつぶやいてみたが、それがむなしいものであることを、かれは知っていた。数限りなく禁酒の誓いをしてみたが、それはすぐに破られる。

かれは、客室のゴザに寝ころんだり、半身を起したりしていた。

やがて、汽笛が鳴り、船が減速した。薬売りらしい中年の女と若い女が、角ばった黒い風呂敷包みを肩に背負い、客室から出てゆく。かれも立ち上ると、女たちの後から甲板に出た。

船が停止し、艀《はしけ》が近づいてきた。日は傾き、海も島も西日にかがやいている。かれは、艀に乗り移った。島から蟬の声がつたわってきていて、艀が進むにつれてたかまってくる。かれは、定住することにきめた小豆島をあらためて見直すようにながめた。

小さな栈橋におり立ったかれは、蟬の声につつまれながら歩き出した。

土庄の町に入ると、西日は薄れた。浜にいた白い犬が、頭を垂れて後からついてきていた。かれは時折りふりかえってみていたが、小さな橋を渡った頃いつの間にか犬はいなくなっていた。

蜩《ひぐらし》が、鳴きはじめた。

かれは、淵崎村の村道を進み、一二の家の前にたどりついた。体が熱をおび、足が火照っていて感覚が失われている。玄関に入ってゆけば、一二は小間使に水をみたした盥《たらい》を運ばせ、足を洗わせてくれるだろう。が、自分は寄食している身であり、そのような贅沢が許される立場にはない。庵を探してくれた一二の好意に対しても、つつましく身を処さねばならぬと思った。

かれは、門を入ると、母屋の裏手にまわった。蜩の声はうすれ、薄暗くなった裏庭の所々に蚊柱が立っていた。

井戸の傍に行くと、ポンプを押して盥に水をみたし、足を漬けた。冷気が体の中を刺しつらぬき、快い。かれは、丹念に足を洗った。蚊音が、耳もとでしている。かれは、井戸の傍をはなれ、玄関にまわった。

「帰りました」

かれは、声をあげた。

廊下に足音がして、小間使が顔を出した。小間使は手をついて頭をさげると、かれを離室に案内した。

「御主人は?」

放哉がたずねると、小間使は、村の寄合いがあって出掛けたという。一二は、村の有力者であった。

小間使が去り、放哉は電灯の下で足をのばした。国分寺の住職が口にした運勢を一二に報告したいと思っていただけに、留守であることが残念だった。小間使が、お風呂に入るように、と言いにきた。湯から出るまでに食事を用意し、運んでおくという。

「明朝、水で体を洗い清めるから、風呂には入らない」

放哉は、答えた。

入浴は、肺病に害があると言われている。湯につかれば動悸が増し、肺臓に大きな負担をかける。入浴後、喀血する例が多いのは、それが病巣を刺戟する証拠だという。放哉は、喀血を恐れていた。喀血は肺臓の病変部の血管が破れるために起きる現象だと言われているが、そのようなことがあったら、自分はおそらく失神してしまうだろう、と思った。

かれは、時折り胸の中で呼吸する度にかすかな音がするようになっているのに気づいていた。それは、破れた障子の紙がすき間風に鳴るような音にもきこえるし、なにか水泡が水面でつづいて割れるような音にもきこえる。かれは、畳に投げ出した足を見つめていた。

放哉は、蚊帳の匂いにつつまれて身を横たえていた。

夕闇の濃くなった井戸端で足を洗った折のことがしきりに思い起された。蚊柱が立ち樹葉はそよぐこともなく、空気は静止していた。その情景が鮮明によみがえり、足に水をかけていた自分の姿も客観化された。句の生れ出る雰囲気であり、夕景が抽象されて文字に表現できるはずだった。洗われた足が、仄白《ほのじろ》く浮び上ってみえた。その白さに夕闇が凝固しているようにも感じられた。

かれは、枕もとに置かれた句帖を引き寄せると、

足のうら洗へば白くなる

と、矢立の筆で書きとめた。裏という文字では夾雑物が入りこんできて重苦しく、裏は、うらでなければならない。かれは、素直に句が生れたことに満足し再び仰向けになった。

一二は、まだ帰ってきた気配がない。国分寺住職の運勢では小豆島にとどまるのがよいと言われたが、西光寺の庵が空く予定、というだけで確実にそこに住みつくことができるかどうかはわからない。いっそ、この家に居候として腰を据えてしまおうか、とかれは居直ったような気持にもなった。素封家の一二の家は部屋数も多く、自分一人ぐらい身を置いても痛痒《つうよう》は感じまい。この離室に住みついて世話になれればそ

れにこしたことはない、と、かれはあらためて部屋の中を見まわした。

旅の疲れで、眠気が訪れてきた。かれは大儀そうに身を起し、蚊帳を持ち上げるようにして電灯のスイッチをつまむと、ひねった。

闇がひろがり、その中に再び夕景の中の仄白い足が浮び上った。

……翌朝、一二の妻が小間使の娘に箱膳を運ばせてきて朝の挨拶をした。かれは、一人で食事をとった。その日も空は澄み、蟬の声がしきりだった。

一時間ほどたった頃、一二が廊下を渡って部屋に入ってきた。

「国分寺の御住職はお元気でしたか」

一二は、醸造所に行っていたらしく衣服にもろみの匂いを漂わせていた。

放哉は、童銅龍純の口にした運勢のことを一二に報告した。一二と放哉の先祖が、いずれも南朝側に立っていた人物で、放哉が一二のもとに身を寄せたのは定められた因縁であり、さらに放哉が先祖の地大和の西方にある小豆島に光明を求めて来て西光寺の庵に入る可能性があることは、風水学の上からも自然の理だ、と龍純が口にしたことを告げた。

「西方に光明を求めたあなたが、西光寺のお世話になる。龍純師はさすがに鋭いことを言われる」

一二は、感嘆したように言った。

「庵は、まちがいなく空きますか」

放哉は、一二の顔を見つめた。

「いえ、まだたしかな連絡はありません。空く予定というだけです」

一二は、無表情に答えた。

蟬の声が一層はげしくなり、放哉は、一二に問われるままに龍純のことや、その夜泊った内藤寸栗子のことについて答えた。寸栗子の家で句会を開いたことは話したが、酔って参会者の顰蹙《ひんしゅく》を買ったことは口にしなかった。

その日、放哉は、離室に寝ころんで過した。小豆島にとどまれるのかどうか未定であることに、苛立ちを感じた。島には八十八ヵ所の霊場があるというのに自分一人を容れる庵も探し出せぬ一二が、島の有力者らしからぬ、と恨めしくも思った。いつまでも待たされるなら、運勢はどうあろうと、思い切って台湾落ちをした方が気が晴れるとも思った。昼食をとった後、かれは畳に寝ころんで午睡した。風が通り抜け、部屋は涼しかった。

かれは、人声に眼をさまし半身を起した。一二が、部屋の入口に立っていた。

「今、西光寺から電話があり、庵がまちがいなく空くとのことです。龍純師の言われた運勢通りになり、私も嬉しく思います」

一二は、頬をゆるめた。

「それは、ありがたい」

放哉は、膝をそろえて坐り直した。一二の好意が嬉しく、西光寺住職の温い配慮にも感謝したい思いだった。

一二は、西光寺住職杉本宥玄が放哉を夕食に招きたいと言っているので、礼を述べるためにも出掛けて行ったらどうか、とすすめてくれた。

放哉は、うなずいた。

日が傾いた頃、かれは、一二の家を出て淵崎村から土庄町に入った。右手に海がひろがり、西日にまばゆく輝いている。岸には古びた漁船がもやわれ、鉢巻をした老いた男が舟べりに腰をおろして煙管《キセル》をくわえていた。

道は少し高くなっていて、左側の低い地に漁師の家がひしめくように並んでいる。藻と魚の匂いが立ちこめ、家の板壁は一様に潮風にさらされて白けていた。

家並が切れると、砂地に石の群が見えた。かれは、足をとめた。石は墓碑で、乱雑に一個所に集められている。倒れている墓も多く、逆さになっているものもある。腐蝕したカマスが砂の上に置かれていて、その中から白いものがこぼれ出ていた。人骨であった。霊場のある島であるのに、そのように仏を粗略に扱うことが意外であった。墓は、死者に安らぎを得させるために建てられたものであり、その墓石を放置し人骨までさらしていることは死者への冒瀆でもある。

かれは自分の死後をそこに見たような気がした。流浪して日を送る自分には、死を迎えても墓石すら建てられることもなく、たとえ小さな墓標があたえられても、眼前の墓石の群のように打ち捨てられ、骨も風化し消散してしまうかも知れない。死んだ時は死んだ時のことだ、芥《あくた》のように朽ちてもいいではないか、かれは白っぽい道を歩きながら拗《す》ねたようにつぶやいた。

家並の中に入り、細い道をたどると寺の前に出た。王子山蓮華院西光寺という大きな木札が門柱にかけられている。小豆島霊場八十八ヵ所第五十八番の札所で、由緒ある寺らしい風格が感じられた。山門の前には、右に地蔵菩薩、左に弥勒菩薩の石仏があり、境内は薄暗い。銀杏の巨樹が、空をおおっていた。

かれは、山門をくぐり、玄関に立つと案内を乞うた。

廊下にかすかな足音がして、十八、九歳の小僧が現われた。放哉は、

「尾崎秀雄、号は放哉というものです」

と言って、住職に挨拶に来たことを告げた。

小僧は、丁重に頭をさげると、

「お待ち申しておりました。どうぞ……」

と、かれをうながした。

放哉は下駄を脱ぐと、本堂に向って合掌し、小僧の後に従った。廊下を渡り、電灯のともった部屋に入ると、中年の僧が坐っていた。宥玄であった。

放哉は、宥玄の鼻翼にある疣《いぼ》を見つめながら、庵をあたえてくれた礼を述べ、期待にそむかぬよう庵を守ってゆくと言った。

宥玄は、庵について説明した。西光寺には南郷庵《みなんごう》という別院があり、墓守りを役目としている。それまで放哉と同じ鳥取県生れの男が庵を守っていたが、他の庵に移ることになったので、放哉の希望をかなえることができたのだという。

放哉は、宥玄が玄々子という俳号で句作をしていることを荻原井泉水から聞き知っていたので、初対面とは思えぬ親しみを感じた。

「今、御案内した弟子は横山玄浄と言いますが、玄浄も句を作り木星という号を、二番弟子の赤木宥中はさらに熱心に句にはげみ叶亭という号を持っており、放哉さんに作句指導をしていただくことができると喜んでおります」

宥玄は、口もとをゆるめて言った。

案内してくれた小僧が、少し年下らしい小僧とともに食膳を運んできた。二人は、姿勢を正して頭をさげた。

宥玄は放哉に顔を向けると、

「一二さんからききましたが、放哉さんはお酒がお好きなようですな。ビールを冷やしておきましたが、ビールでよろしいですか」

と、おだやかな眼をして言った。

放哉は、言葉に窮した。そのようなことを他人から言われたことはない。むろん宥玄は一二から自分の酒癖が悪いことを耳にしているはずだが、それを知っていながら酒をすすめる宥玄に威圧されるものを感じた。

放哉は、無言でうなずいた。

二人の小僧が部屋を出てゆくと、すぐに十二、三歳の小僧が二本のビールを盆にのせてもってきた。そして、ぎごちない手つきで栓を抜くと、放哉の前に置いた。放哉は、涙ぐみそうになった。未知の自分を温く迎え入れてくれる住職の気持がありがたく、それまで転々としてきた寺の人たちよりも情の篤さを感じ、やはり小豆島に来てよかったと思った。

かれは、ビールをコップに注ぎ、一息に飲んだ。ビールのうまさが咽喉を越えていった。

「御住職は？」

かれは、自分だけビールを飲んでいることに気づいて宥玄の顔をうかがった。

「私もいただきます。酒というものはまことに良いものです」

宥玄は、コップを手にとった。放哉は、くつろいだ気分になった。常に相手に気兼ねしながら酒を飲まねばならぬのに、公然とビールを口にできることが嬉しかった。

宥玄はかなり酒が強いらしく、顔に酔いの色も現われない。ビールが何本も追加された。

放哉は、海岸に放置されていた墓石と人骨を思い起した。宥玄に視線を据えるとそのことを口にした。呂律の乱れていることが自分にも意識された。僧職にある宥玄に挑みたい気持が湧いてきていた。

「あれですか。あそこは旧墓地でしてね、無縁墓ばかりが立っていました。町では墓を新墓地に移転させるため整理しているのです」

宥玄は、おだやかな口調で言った。

放哉は反撥したくなったが、宥玄の柔和な眼を見ていると、その気持も失せてしまった。宥玄と対していると、体を温く包みこまれているような安らぎを感じ、腹立たしさも薄らぐ。それに、庵をあたえてくれた宥玄の前で、荒れた言動を見せたくはなかった。

雷鳴がきこえ、庭の樹木がざわつきはじめた。風が部屋の簾を揺らし、庭に大粒の雨の落ちる音が起った。廊下を走る足音と、雨戸をしめる音がきこえてきた。

閃光が樹々を一瞬明るく浮び上らせ、大きな雷鳴がとどろいた。激しい雨音が満ち、雨戸が小僧の手で閉められていった。雨音が真綿に包まれたような音に変ったが、雷鳴は家を震わせ、稲光が天窓から放哉の眼を射た。

かれは、黙々とビールを飲んだ。停電したらしく、電灯が消えた。部屋は闇になり、時折り青白い光が閃いた。

廊下がほのかに明るみ、玄浄が大きな燭台を手に姿を現わし、部屋の中に置くと去っていった。

放哉は、煮た茄子や高野豆腐に箸を伸ばし、ビールを飲んだ。近くで落雷したらしく、雷鳴が閃光とともにとどろいた。

かれは顔をあげ、宥玄に眼を向けた。かれの体が、かたくなった。宥玄の顔におだやかな表情が消え、自分に視線が注がれている。放哉は、その眼に憐れみの色がうかんでいるのを見た。洗いざらした浴衣を着、膝をそろえて坐り、あたえられたビールを飲んでいる自分の姿が思われた。最高学府を出て一流会社の要職にもついた男が、職を追われ妻にも去られて落魄《らくはく》の身となってこの島まで流れてきている。燭台の灯に、宥玄はそこに哀れな一人の男を見たにちがいなかった。

放哉は、視線を落した。萎縮感が、体にひろがった。かれは、射竦《いすく》められたように黙々とコップを傾けた。

雷鳴が遠ざかり、雨音もかすかになって雨戸が繰られた。涼しい風が流れ、燭台の灯がゆれた。庭の闇に、時々稲光がかすかにひらめいていた。

宥玄は、墓守りをしている男が二日後に庵を出るので、入庵はその後になる、と言った。放哉は、再び礼を述べ、席を立った。

最年少の小僧が、提灯を手に送ることになった。放哉は、よろめく足で下駄をはき、玄関に見送りに出てくれた宥玄に頭をさげて山門を出た。

いい酒だった、このような酔い方をすれば酒を飲んでも支障はない、とかれは思った。卑屈にならず酒への罪の意識もなく飲むことができたのは、宥玄の人徳につつまれたからだ、とも思った。

かれは、提灯を手にした小僧の後から道をたどっていった。

「名はなんと言う」

かれは、小僧に声をかけた。

「玄妙と申します」

小僧が、顔を少し振向けた。眼の澄んだ少年だった。

「いい名だ。この島に生れたのか」

「いえ、豊島です。海上二里の所にあります」

「その島の寺の子か」

放哉は、その少年に愛らしさを感じた。

「いえ、百姓の子です」

「それが、なぜ小僧になどなる気になった」

「本を読むのが好きで、西光寺へ行けと言われました。小豆島へ行くと自動車があり、電灯も灯っているというので、御住職様に弟子入りしました」

放哉は、小僧の子供らしい言葉に笑い声をあげた。

海岸沿いの道に出た。前方に、墓石の放置された砂地が近づいてきた。

かれは、小僧の後姿を見つめた。妻の馨の体に欠陥さえなければ、当然自分もこのような少年の父になっていたはずである。子がないことを別に淋しいとも思っていなかったが、妻に去られてから自然に子供に視線を向けている自分に気づくようになった。提灯の灯で足もとを明るませて歩いている小僧が、いじらしく思えた。

放哉の胸に、悪戯《いたずら》心が起った。乱雑に放置された墓石の群の中に置かれたカマスからこぼれ出ている人骨が、ほの白く見えてきた。

かれは、不意に小僧の小さな肩をつかんだ。小僧が、驚いたように足をとめ、振向いた。手にした提灯が、揺れた。

「あそこにあるのは無縁墓だ。成仏できぬ霊がこのあたりをさ迷っている。ほれ、見ろ。しゃりこうべがのぞいている」

放哉は、砂地を指さした。

小僧は、その方向に眼を向けた。

「亡霊がお前の後にいる」

放哉は、おびえたような表情をしてみせた。

玄妙は、放哉を見上げた。その眼に、恐れの色はみられない。

「恐しくはないのか」

かれは、小僧をみつめた。

「墓が恐しくては坊主になれませぬ」

小僧が、口をひらいた。

放哉は、思いがけぬ答に小僧の顔を見つめた。理にかなっている言葉に、可笑《おか》しさを感じた。

「しゃりこうべも恐しくはないのか」

「この近くの子供たちは、しゃりこうべの頭を叩いたり歯を抜いたりして遊んでいます。恐しくもなんともありません」

小僧は、落着いた声で言うと、背を向けて歩きはじめた。

放哉は、苦笑した。小僧が、すでに僧への道を着実に歩いていることを感じた。魚でも群れて夜光虫が湧いているのか、左方の海の一郭がほのかに明るんでいる。かれは、小僧の後からゆっくりと道を歩いていった。


三日後の午後、杉本宥玄が小僧の玄妙を伴って井上家に放哉をたずねてきた。玄妙は雑巾を入れたバケツを手にもち、箒を肩にかついでいた。

「庵があきました。今日は掃除をし、明日からでも入庵なさったらいかがです」

宥玄は、放哉に言った。

放哉は、住職自ら庵の掃除に立ち会ってくれることに感激した。

「これから庵に御案内します」

宥玄は、腰をあげた。

放哉は、宥玄の後から井上家を出ると土庄町への道をたどった。宥玄は通行人の挨拶にこたえながら、無言で歩いてゆく。道は、土庄町に入った。

野菜畠の中の道を歩いてゆくと、塩田のひろがる浜が見えた。道は曲りくねっていて、低い山が迫ってきた。

宥玄が足をとめると、

「ここが奥の院の南郷庵です」

と、言った。古びた庵が、道から少し高くなった場所に立っている。庵の傍には松の巨木が枝をひろげていた。

宥玄が短い石段をふんで庭にあがり庵に近づくと、戸を引きあけた。放哉は、宥玄の後から庵に足をふみ入れた。庵は、三つの部屋に仕切られていた。奥の六畳間は仏間で弘法大師がまつられ、次の部屋は八畳間、ついで二畳の畳と一畳ほどの板の間の台所があり、土間に竈《かまど》が二つ置かれている。仏間以外の部屋に天井はなく、壁は粗壁であった。

「私一人住むには勿体《もったい》ないほどの庵です」

放哉は、庵の中を見まわしながら言った。適度な広さをもつ庵で独居できることに胸がはずんだ。

「お気に入られたようでなによりです。今まで住んでいた墓守りが掃除をしていったようですが、気分がお悪いでしょうから畳でも拭かせましょう」

宥玄は、仏間に入ると合掌し、玄妙に掃除を命じた。

井戸が庭の隅にあって、玄妙はバケツに水をくみ、仏間から雑巾をあてはじめた。

放哉は八畳間の壁にうがたれた小さな窓をあけてみた。かれは、眼を輝やかせた。窓の下に道をへだてて粗末な家があってその背後に野菜畠がひろがり、塩田につづいて海が見えた。かれは、兄事している荻原井泉水に身を置く場所の斡旋《あっせん》を書簡で依頼した時、小サイ庵デヨイと書き、さらに、ソレカラ、スグ、ソバニ海ガアルト、尤ヨイと記した。その希望がそのままかなえられたことを、かれは知った。

これからこの庵で毎日海をながめて暮すことができる、かれは南郷庵に住むきっかけをあたえてくれた井泉水、一二、宥玄の好意に感謝した。

かれは、庵の中を歩きまわった。厠《かわや》は裏手にあって、赤い地肌を出した丘が近々と迫っている。斜面の上方から、蟬の鳴き声がきこえていた。

かれは、八畳の部屋に坐っている宥玄の傍に腰をおろし、狭い庭をながめた。

「この庵の経済状態のことを、お話ししておかなくてはなりません」

宥玄が、おだやかな口調で言った。

放哉は、宥玄の顔を見つめた。常にかれをおびえさせてきたのは飢えであった。俳人として「層雲」の有力同人と言われてはいるが、それによって金銭的な恩恵をうけることはほとんどない。老父、姉、親戚、知人に、時には虚勢をはり、時には泣きごとを並べて金品を手に入れてきたが、度重る芝居じみた無心に大半の者たちがかれを避けるようになり、中には交りを断つと憤りにみちた書簡を送ってきた者もいる。

かれは、寺から寺へ転々とし、托鉢をしてわずかな金銭と食物を手にしてきたが、肺臓に疾患のある身では、托鉢にまわる体力も気力も失われてしまっている。小豆島に来たのも、島の素封家の当主である井上一二にすがって安楽な日々を送りたい気持からでもあった。

宥玄の口にした庵の経済とはどういう意味か。住居はあたえてくれたが、生活の資は出さぬというのだろうか。放哉は、不安になった。

かれは、宥玄の口からもれる言葉に耳を傾けた。庵の墓守りは、小豆島八十八ヵ所の霊場をまわるお遍路たちの恵みをうけて生活してきている。第五十八番の札所である西光寺の奥の院南郷庵にもお遍路が立ち寄り、賽銭や米、豆などを置いてゆく。ただし、お遍路がやってくるのは、例年三月中旬から五月初旬までに集中され、南郷庵の墓守りたちは、その期間に得た金品を一年間の生活費にあてるという。

「今の季節にはお遍路さんも来ず、来年二月下旬までは庵の収入は望めません。三月になれば、お金も食物も入りますが……」

宥玄は、再び庭に眼を向けた。

放哉は、宥玄のおだやかな表情に気持も少しやわらいだ。宥玄は、先住の墓守りたちの生活のことを口にしているだけで、自分は別扱いにしてくれるつもりなのだろう。一二と宥玄が南郷庵に入庵をすすめてくれたのは、むろん生活の面倒をみてくれる意味をふくんだもので、少くとも来年三月までは援助してくれるにちがいなかった。放哉は、三月までは出来るだけ生活費をきりつめ、一二と宥玄の負担にならぬようつとめねばならぬと思った。

玄妙が、掃除を終えましたと告げに来た。

宥玄は、天井を見上げると、

「この庵には電灯がありませんが、すぐに引かせるようにしましょう」

と、言った。

放哉は、頭をふると、

「いずれ適当な折に……ということにしておいて下さい。身分相応にランプで過させていただきます」

と、殊勝な表情で言った。

宥玄はうなずき、必要な物を寺から運ばせるので、遠慮なく言って下さい、と言った。放哉は思案しながら、小机、ふとん、石油ランプ、炭、食物として梅干し、ラッキョウ少々と答えた。

「それでは、明日午前中にそれらの物をとどけさせます」

宥玄は、腰をあげた。

放哉は、宥玄の後から庭におり、道を歩いていった。曲りくねった道を進むと、右手に塩田がひろがり海が見えた。願ってもない場所に住むことができる、ようやく自分も安住の地を見出した、とかれは胸の中でつぶやいた。一二、宥玄の好意がありがたく、掃除をしてくれた小僧にも感謝の言葉を口にしたかった。かれは、涙ぐみながら凪いだ海をながめた。

土塀に沿って進むと、西光寺の山門の前に出た。放哉は、宥玄に深く頭を下げると、

「それでは、お言葉に甘えて明日入庵させていただきます」

と、言った。

宥玄は丁重に挨拶を返し、門をくぐっていった。

四

翌日朝食をすますと、放哉は一二の母と妻に世話になった礼を述べ、風呂敷包み一つを手に玄関を出た。一二が、門のところまで送ってきた。

門をくぐりかけた放哉は足をとめると、

「このまま庵に入っても困るだけです」

と、つぶやいた。

一二は、いぶかしそうに放哉の表情をうかがった。

「入庵して生活するには、金がいります。私は四国行きで金も費やし、お恥しいことだがほとんど懐中無一文に近い。十円、いや八円でよい、お貸しいただけまいか」

放哉は、弱々しげな眼を一二に向けた。

一二は、黙っている。

「井泉水師から私の後援会の金として、一両日中にあなたの家気付で三十五円が送られてきます。そこからお金は返します。八円お貸し下さいな。それがなければ、どうにもやってゆけません」

放哉は、淀みない口調で言った。

一二は、困惑したように口をつぐんでいたが、かすかにうなずくと玄関の方へ引返していった。

一二にとって、それほどの金は少しの負担にもならず、近々のうちに返すのだから卑屈になる必要はない、当座の金を貸してくれるのは庵を世話してくれた一二の義務に近いものだ、とも放哉は思った。

やがて一二が玄関から出てくると、

「それでは……。十円入っています」

と言って、紙に包んだものを渡してくれた。

「ありがたい。すぐにお返しできるはずです」

放哉は、喜捨をうけるように押しいただき、門を出た。

空は雲にとざされ、蒸暑い。小さな家の裏手の道を歩きながら、かれは軒下に置かれた漬物樽に眼をとめた。重石につかわれているのは、あきらかに半ば欠けた墓石で、旧墓地の整理墓の中から持ってきたものかも知れなかった。樽の傍には、痩せた犬が腹這いになってこちらにうつろな眼を向けていた。

放哉は土庄町の道を進み、南郷庵の前に出た。附近の野菜畠には、西瓜が所々にころがっていた。

石段をあがって庭に入り、庵の戸をひらいてみると、すでに寺から小僧が運んでくれたらしく八畳間に小机、ふとん、蚊帳が置かれ、石油ランプも針金で吊るされている。台所をのぞくと、棚に小さな壺が二個のせられ、土間に炭を入れた木箱と柴が置かれていた。

放哉は、畳の上に仰向きに寝ころんだ。歩いているうちはわからなかったが、あきらかに発熱していて体が熱い。かれは、眼を閉じた。

背に当る畳の感触に、安らぎを感じた。ようやく得た棲家《すみか》に、ひとりで身を横たえていることが嬉しかった。オゾンをふくむ島の澄んだ空気と、人にわずらわされることのない静寂につつまれて、自分の病いも徐々に癒《い》えるにちがいない、と思った。

かれは、しばらくして身を起すと、窓をあけてみた。海上には帆をはった小船が二艘うかび、右方に動いている。新しい生活に必要な買物をせねばなるまい、とかれは、あらためて庵の中を見まわした。

咳がつづいて出たが、かれは庵を出ると西光寺に通じる道をたどり、山門の前を過ぎた。その方向には家並がつづき、商いをしている家もみえた。

まず主食を買い求めねばならぬが、田地のない島では米が高いようだった。芋かソバ粉でも買って飢えをしのぐのが分相応だろうと思い、余島米店という看板の出ている店に入るとソバ粉はないかと問うた。が、ソバ粉は新ソバがとれるまで出廻らぬと言われ、やむなく代りに麦粉を買った。

その店では酒も売っていて、かれは入庵祝いにビールを頼み、立ったままコップを傾けた。さらにかれは他の店を歩きまわって、鍋、釜、飯茶碗、箸を買い、八百屋に入ると西瓜を求めた。洗い晒しの浴衣を着たかれの姿を、店の者たちは、いぶかしそうな眼で見つめていた。

かれは、八百屋で紙を譲り受け、矢立の筆を走らせて宥玄宛に短い手紙をしたためた。

啓、色々、御世話様になりまして、感謝の辞ありません。どうか将来、不肖私のいつまでも盟兄として御厚誼御願申上げます。

と、書き、

『西瓜の青さごろ〳〵と見て庵に入る』

という句を記し、西瓜を小僧たちに差し上げて欲しいと書き添え、

買物ノ出サキニテ　尾崎生

と、結び、封筒に入れた。

放哉は、八百屋に西瓜を手紙とともに西光寺へとどけるよう頼み、別の道をたどって庵に向った。酔いで体が火照り、汗が流れた。

かれは、時々足をとめて息をととのえながら道を歩いていった。

五

放哉は、八畳の座敷の南寄りにある細い柱に背をもたせて、北の空をふさぐ連山を眺めていた。日が傾き、山肌の西半分が明るく輝いている。少し首をさしのべると、左手にゆるい傾斜につくられた芋畠がひろがり、その後方に土庄町の家並の一部と西の空がみえる。蟬の声が空間を密度濃く占めていて、庵が滝壺にでもあるようだった。

かれは、宥玄の眼の光を思い浮べていた。四日前の夜、宥玄はランプの灯の中で酒を飲む自分をじっと見つめていた。その眼には、あきらかに落魄し流浪して島にまでやってきた自分に対する憐れみの色が濃く浮び出ていた。今まで見たことのない眼の光であった。自分に注がれる眼に憐れみの色を見たことは何度かあるが、それには、蔑みや嫌悪の色がふくまれているのが常であった。

島にやってくる前、兄事している井泉水から西光寺住職としての宥玄のことを耳にしたことがある。霊場の一つである西光寺には、さまざまな人間が島に渡ってきて寄食し、それを宥玄は分けへだてなくうけいれている。駈け落ちをしてきた男女、犯罪の匂いのする男、厭世的になっている学生などさまざまだが、宥玄は、かれらの素性も寺にやってきた理由もきかず世話をし、かれらが去るのも黙って見送る。井泉水が、なぜそのようにかれらをうけ入れるのかと問うと、宥玄は、かれらが世を捨てた者たちだからだと答えたという。僧門にある自分は、俗事を捨て、仏の不変の世界に身を置く人間であり、たとえ仏教に帰依してはいなくても世俗からのがれて寺に身を寄せてきた者たちは、いわば同類の人間でもある。そうした意識から、かれらを受けいれ、乏しいながらも食物をあたえ雨露をしのぐ場所を提供するのが自分のみ仏に対する勤めだ、とも言ったという。

ただし……と、宥玄はかすかな笑みをもらし、

「外見上、世を捨てたとみえても、かれらが世捨て人とは思いませぬ。よくて半捨て、中には自ら捨てたと思いこむことによって世間に甘え自らに甘えている者もいる。大半の者がそうだと言っていいと思います」

とも、言ったという。

ランプの灯の下で自分を見つめていた宥玄の眼に気づいた時、放哉は、井泉水のもらした言葉を思い起した。

かれは、自らを顧みた。職をはなれ妻に去られてから、いくつかの寺の寺男になり、雑役をし托鉢をして一年九ヵ月をすごした。むろん、その間に読経にも親しんだが、果して仏教に自分のすべてを託しているか否か、自信はない。かれは、身を置く場所として仏教を利用している意識が自分の内部にひそんでいることも知っている。仏教とはそのようなものであってよいとも言えるが、それが宥玄の口にした甘えに通じるものであることにも気づいていた。

寺男になったことを知れば、肉親、知人が同情してくれるだろうという気持があった。世俗をいとい、精神的な悟りを求めて寺男になったのだと、神妙な考え方をする者もいるにちがいないという期待に似たものもある。弊衣《へいい》をまとい、食物を乞うて

も、仏門に近い身であれば、それが許されるという利点もある。いわば、自分にとって、仏教は身をひそませるのに好都合なものであると言っていい。

そうした自分を、多くの流浪者に接してきた宥玄は、的確に見ぬいているにちがいない。一流会社の要職をはなれ妻とも別れて寺々を転々とし小豆島まで流れてきた自分を、半捨て人か、それとも単なる落魄者と見ているのだろう。宥玄が自分に庵をあたえ、好意をしめしてくれるのは、僧門にある身として、漂泊し食物と住居を欲する自分をうけ入れてくれたにすぎないのだろう。

かれは、小僧の玄妙に送られて海岸沿いの夜道をたどった折のことも思い起した。墓石の群と散った人骨におびえるかと思った玄妙は、墓が恐しくては坊主になれぬ、漁師の子供たちは人骨の頭をたたき歯をぬいて遊んでいると、こともなげに言った。人骨を弄《もてあそ》ぶのは死者を冒瀆するものだが、玄妙の淡々とした言葉が、なにか仏教の深奥部とかたくむすびついていることも感じた。

畳の上に、黒いものが落ちている。放哉は、手をのばすとつまみ上げた。死んだ蛍で、尾部が赤い。

西日が、前庭に明るくかがやきはじめていた。

ひどい蚊であった。あたりが暗くなると同時に、蚊音がかれをつつみこんできた。

かれは、土間におりて麦粉を水でとき、飯茶碗に入れて部屋にもどると、梅干とラッキョウを副食にして食べた。贅沢は許されぬ身であった。来年の三月まで霊場をまわるお遍路はいず、庵に金銭や食物をもたらしてくれる者はない。井泉水の作ってくれた後援会の金と、宥玄、一二の恵みを乞わねばならぬ身である。主食は麦粉、芋程度にし、細々と暮してゆかねばならなかった。

蚊音が絶えず耳もとをかすめ、所きらわず刺してくる。かれは、早々に食器を井戸端で洗うと、蚊帳を吊ってもぐりこんだ。

蒸し暑い夜で、かれはふとんの上に坐ると、浴衣を脱いだ。ランプの淡い灯に、自分の裸身が浮び上った。かれは、胸をなでながら体を見まわした。肋骨が浮き出ていて、手首の骨も突き出ている。

腹の工合が三月ほど前から、際立って悪くなってきている。下痢は習慣化し、腹痛が起ることもある。食物は療養書に従って咀嚼《そしやく》し易いものを口にすることを心掛けているが、消化器の具合はいっこうに好転しそうもなく、むしろ悪い方向にむかっているようにも思える。

かれは、胸に湧いてきた不安を打ち消した。腸結核になっているのではないかというおそれが、時折り胸をかすめる。療養書によれば、患者の肺臓から出てくる結核菌をふくんだ痰が嚥下《えんか》されると、腸粘膜に接触伝染して潰瘍を作る。それによって食物の栄養摂取力は低下して体を衰弱させ、患者を死に追いやるという。予防法は、菌を嚥下させぬことだけだが、唾液にまじった菌が腸に送りこまれることは避けられない。肺病患者は病勢の進行につれて、腸に潰瘍を生じ菌に咽喉もおかされて死亡するといわれている。痩せてきていることは腸が菌におかされはじめている証拠ではないのだろうか、と、胸に手をふれながら思った。

かれは、肺病患者の死が、激しい苦しみをともなうものであることを耳にしていた。吐いた血が気管をふさいで窒息し悶死する者もいるというし、機能を失った肺臓で必死に呼吸をつづけながら死を迎える者も多いという。そのような死が、かれには恐しくてならなかった。

かれは、身を横たえ、ランプの灯をぼんやりながめた。胸の中で呼吸するたびに起る凩《こがらし》の鳴るような音が、音高くきこえている。咳をすると音はやんだが、再びかすかに水泡のつぶれるのに似た音がしてきて、それが次第に大きくなってきた。

眼を閉じた。体が地底深く沈んでゆくような鬱々とした気分になり、悶え死ぬ折の自分の姿が想像された。かれは、蚊帳の編目を見上げながら、

すさまじく蚊がなく夜の痩せたからだが一つ

と、つぶやいた。

雨音が、庵をつつんでいた。

かれは、ただ一つ開いた八畳間の小窓をひらいてみた。野菜畠と塩浜に人の姿はなく、海も雨で白く煙っている。

庵の前の一段低くなった道には、一軒の家しかない。家の前に碑名のない墓石が並べられているので石屋らしいとは思っていたが、予想した通りかれの眼に、家の土間で背をまるめ槌を動かして石を刻んでいる男の姿がみえた。庵の裏手には墓所がひろがり、男はそこに建てられる墓石の依頼をうけて仕事をしているのだろう。墓守りの役目をもつ庵の住人である自分とその石屋は、墓石を通じてむすびついている。

放哉は、蚊帳をたたみふとんを部屋の隅に片づけると、仏壇の前に坐った。寺を転々としている間に経文もおぼえ、般若心経と観音経を読経するのが習わしになっていた。庵の主になったかぎり、毎朝、夕、お経をあげねばならぬと思った。声をあげることが肺臓の負担になることを恐れたが、肺病は精神力によって克服されるもので、宗教を信心して快癒《かいゆ》した者もいるという。無心に経文を口にすることは、たしかに気分を爽快にさせた。

読経を終えると、麦粉を水でとき、梅干をふくんで朝食をとった。白湯《さゆ》を飲んで一服後、細い柱の前に机を置き、筆墨をそろえ、便箋をひらいた。

かれは、浴衣の片袖をぬいで筆を手にした。雨の降る庭を前に手紙を書く気分は、快かった。まず井泉水に入庵を報告したかったが、かれは北越へ吟行の旅に出ているはずで京都にはいない。放哉は、親しい小沢武二宛に手紙を出し、井泉水宛の手紙を同封して旅先に転送してもらおうと思った。

武二は、

太陽馬を髣してなほも燃えに燃える
乞食の群にかがやかな野道にて逢ひし

などという句を作っている「層雲」の有力同人で、当然井泉水の吟行先を知っているはずであった。

放哉は、井泉水宛の手紙に入庵までのいきさつ、一二、宥玄の好意によって昨日庵に落着いたことを述べ、来年三月まで無収入なので自分のために作ってくれた後援会で金を集め、「……ソレヲ、井上氏迄、送ツテオイテイタヾケバ、小生モ大変ニ、安心ガ出来ルワケナノデス」と、記した。

京都から小豆島へ出発する夜、酒を飲んだ井泉水と、同席していた「層雲」同人内島北朗の二人が放哉に同情して後援会を作ることを口にしたが、放哉はたとえ酒席での言葉であろうと他に金銭を入手する道はなく、あくまでもそれにすがりついてゆきたかった。井泉水も北朗も、酔った勢でそのようなことを口にしたことを悔い、無心をうけることに迷惑しているにちがいなかったが、放哉はかれらから少しでも多く金を入手したかった。

ついで、かれは一二宛の手紙を書きはじめた。一二は、自分の周囲に厚い壁をめぐらし生活をかたく守ろうとしているように見える。それは醬油業を家業とする島の素封家の当主であるかれの当然とるべき姿勢で、放哉のような常軌を逸した男がころげこんできたことを不快に思っているはずであった。

しかし、放哉には、かれがどのように感じようと気にかけるつもりはなかった。自分は肺病患者で、生きるためには手段を選ばないという開き直ったような気持がある。むしろ、経済力に恵まれた一二は、自分を援助する義務があるとさえ思う。それに、自分は、「層雲」屈指の俳人で、句作の上で後輩の一二が自分に仕えるのは当然のことだとも思っていた。

啓、昨夜ハジメテ庵ニ寝テ、愈《いよいよ》、一城ノ主人ニ有之候、御喜ビ下サレ度候。扨、御尊母様ハジメ御一同様ノ御親切、御礼ノ申様ナク、至レリ、尽セリ、ト只々感佩《かんぱい》ノ外無之候。将来、ユルユル、謝恩ノ時期有之ベシト存ジ居リ申候。

と、寄食したことについての礼を述べ、一二からも井泉水に自分が入庵した旨の手紙を送ってくれれば、井泉水も大安心するだろう、と記した。さらに、「処デ、ナンデモ御願ヒ」と書き、一二への無心をつづった。

「味噌」ヲ少シ下サイマセンカ。盛ニ「味噌汁」ヲヤル考ニ有之候。ソレカラ、「醤油ノ実」少シイタヾケマスマイカ。オイシイノガ、オ宅ニハ必、アル事ト思ハレテ、ソレカラ、西光寺サンカラ、イタヾイタ炭ガ、カタクテ、一寸、火ガ、オキ難イノデスガ、ヨク、オコル炭ヲ少シ、イタダケウレバ、ソレト、カタイノト一緒ニシテ、用ヒタイト思ヒマスガ、御願出来マスマイカ、御伺申シマス。勝手バカリ申シマス。

敬具

そして、追記で、

（ソレカラネ、……何ノ豆デモヨイカラ、少々、カタク煮テモラヘマセンデセフカ。……常食ニスル考）

と、記し、封筒に入れた。

かれは、「層雲」同人飯尾星城子に南郷庵に住むことになった旨を報せる葉書もしたため、二通の封書とともに浴衣のふところに入れると、腰をあげた。鼻緒のゆるんだ下駄をはき、前庭から石段をふんで道におりた。

かれは、古びた石屋の家の前に立った。土間一面に石のかけらや粉が散り、その中で石屋が小さな墓石に文字を刻みつけている。半裸の体にも口のまわりをおおう無性髭にも、石の粉が白く附着している。

男が、放哉に気づき、槌の動きをとめた。色の浅黒い面長の男で、筋肉質の体をしていたが、中腰で仕事をしているためか腰が曲っている。男は、鉢巻をとき、頭をさげた。老眼鏡をかけているが、飛び散る石片が当るらしくレンズにひびが入り、鍍金《めっき》したように鈍い光を放っていた。

放哉は、新たに南郷庵の住人になった者であることを告げ、挨拶した。近くに人家はなく、石屋は唯一の隣人と言える。男が律義そうな人物であることに、かれは安堵した。

男は、上り框《がまち》に坐るように言い、自分は傍の木箱に腰をおろした。井泉水から島の人の情は篤いときかされていたが、初めて訪れる自分を温く招じ入れてくれた男の態度が嬉しかった。

障子越しの薄暗い部屋に、人の気配がし、古びた盆に茶碗をのせた女が出てきて、坐ると放哉に無言で頭をさげた。女が番茶を入れた茶碗を放哉の前に置くと、男が立ってきてふちの欠けた自分の茶碗を手にした。女は、盲目であった。腰をあげ、柱に手をふれると部屋の中に入っていった。

放哉は、男と島のことを話しながら、石屋の生活を想像した。茶碗を受けとった時の男の表情には、妻に対するさりげないいたわりが感じられた。かれは、石を刻みつづけ、妻を養っている。姿はみえぬが、子供もいるのだろう。貧しい石屋夫婦には、互に身を寄せ合って生きている人間らしい生活がにじみ出ている。

妻の馨の洋装姿が、不意に思い起された。満州で生活していた頃、馨は洋装をして外人たちの集る西洋料理店にも臆すことなく入っていって、ナイフやフォークを操って食事をとったりしていた。

馨は勝気で、別れてから井泉水のもとに寄食していた放哉に送ってきた手紙には、

「私は、必ず職業婦人としてお金をもうけ、あなたを引取って、昔日の華やかな生活をさせてあげます。それまで待っていて下さい」

と、書いてあった。

冷淡な妻と思っていたが、放哉はその手紙に感動した。自分には、働くことによって金銭を得る気力も体力もすでに失われている。世俗的な職業について時間的に拘束されるよりも、句作のみに専念して生きてゆきたかった。

かれは、東洋紡績工場の女子工員寮寮母として働く妻に、その手紙がどれほど自分の気持を明るくさせたか、と感謝の意を伝え、引取ってくれるという言葉をかたく信じて、その日のくるのを待っているという返事の手紙を出した。さらに嬉しさの余り井泉水に妻の手紙の内容をつたえると、井泉水は、

「君の細君はえらいね。君も長火鉢の前でやにさがっている髪結の亭主のように、丹前の用意もしておかなくては……」

と言って、笑った。

放哉は、真剣な表情で、

「本当にその通りだと思う。馨が引き取ってくれるのを待ちますよ」

と、答えた。

しかし、放哉の手紙に馨からの返事はなく、その後、便りを出してもなんの反応もなかった。馨が自分の返事に失望したのかとも想像したが、放哉は、馨の手紙に偽りはなく必ず自分を引取ってくれる日がくるにちがいないと思った。

石屋夫婦を眼にして、放哉は、馨に手紙を書き、小豆島に来て南郷庵に落着いたことを報せておかねばならぬことに気づいた。石屋は、黙って茶を飲んでいる。放哉は、立ち上ると道に出て小走りに庵にもどり、少し硬くなった筆に墨をふくませて、紙に文字を書きつらねた。自分を引取ってくれる時には南郷庵に連絡して欲しいと書き、その日がくるのを待っていると記した。

かれは、再び庵を出ると、石屋に引き返した。男は、再び槌をふるっていた。

「申訳ないが、これを郵便局に出してもらいたい」

放哉は、封書三通、葉書一枚をふところから出し、切手代を渡した。

男はうなずき、受取ったが、一通の封書の宛名が井上一二であることに気づき、

「これも郵便で送るのですか」

と、いぶかしそうに眼鏡をあげた。一二の家は淵崎村で、歩いて十分ほどで行ける。それなのに切手まで貼って郵便局に配達を依頼することが理解できかねるようだった。

「そうだ、切手を貼って郵便局に出してくれ」

放哉は、わずらわしそうに答えると、石屋の家を出た。金銭はどこかから入ってくるし、切手代金まで倹約する気などなかった。

かれは、庵にもどると畳の上に仰向きに寝ころんだ。

馨のことが、思われた。結婚したのは明治四十四年一月で、かれは二十七歳、馨十九歳であった。それから十四年、二人の関係は戸籍上では夫婦であっても歪みに歪んだものになっている。別の地に住み、かれの送る手紙に馨は返事も寄せなくなっている。なぜ馨と別れてしまったのだろう、とかれは自問する。あえて言えば、子供のような甘えた気持で別れを口にしただけにすぎず、それを馨があっさりと承諾し、今さら打消すこともできず、妻のもとからはなれてしまったのだ。

結婚してから数年の間、かれは八歳下の馨が妻として稚く思え、苛立つことも多く、

妻を叱りてぞ暑き日に出で行く

などという句も作った。

しかし、年を追うにつれて馨には人間としての落着きが備わり、些細なことでは動じぬような逞しさを身につけていった。放哉に荒い言葉を浴びせかけられても泣くことはせず、かすかに口もとをゆるめて黙っている。馨との年齢差はほとんど感じられず、逆に馨の方が自分よりも年長であるような錯覚に襲われることすらあった。そうした傾向は、別離の頃にはゆるぎない定着したものになっていた。

放哉は、妻の前で卑屈になるのを感じるようにもなっていた。妻にすがって生きたい気持も強く、時折り拗ねてみたいような心の動きもある。妻に別れを口にしたのは、そうした小児的な感情からであった。妻に対する思いは、別れてから一層つのった。妻と会話を交し、食事をし、その体を抱きしめたいと思う。

妻の住込む寮の場所も見当がついていて、訪れてゆけば会えることはわかっていた。が、妻は、見すぼらしい姿をした自分に顔をしかめそうな気がするし、かれもそのような姿を妻に見せたくはなかった。東洋紡績の工場の近くまで行ったことはあるが、妻に愛想をつかされることが恐しく引返してきたこともあった。

結婚後しばらくは、夫婦らしい生活がつづいたが、次第に、正常さを欠き、変形して、遂には別の地で生きるようになっている。石屋夫婦は、おそらく自分よりも長い結婚生活をつづけているのだろうが、男と盲目の妻との間には、自分たちとは対照的な夫婦らしいいたわり合うような雰囲気が感じられる。

放哉は、自分の過去をかえりみた。生れたのは明治十八年一月二十日、父信三は鳥取地方裁判所書記で三十五歳、母なかは二十九歳であった。かれは次男で秀雄と名づけられたが、長男直諒は五年前に病死し五歳上の姉並がいた。家は、鳥取県邑美《おうみ》郡吉方町にあった。

七歳で立志尋常小学校に、四年後、鳥取高等小学校に入学、鳥取尋常中学校に進学した。学業成績は最優秀で、読書を好んだ。かれの詩心は、鳥取の町とそれを彩る風光によって培《つちか》われた。近くの源太夫山、久松山にしばしば登り、山頂で弁当を開き、町とその周辺にひろがる景色を眺めた。町の中を流れる袋川のほとりに坐って書物を読み、魚鱗のひらめきを見つめた。遠足で海岸線に伸びた広大な砂丘にも行った。草木の全くない砂丘に、かれは、地の果てに足をふみ入れたような空恐しさを感じた。

十八歳の三月、鳥取県第一中学校を卒業、東京の第一高等学校文科一部甲（英語）の入学試験を受け、合格した。同級に安倍能成、小宮豊隆、藤村操、野上豊一郎、一年上級に荻原藤吉（井泉水）、阿部次郎がいた。かれは、中学時代から俳句に興味を持っていたので一高俳句会に出席するようになった。会の中心人物は愛桜子と号していた荻原藤吉で、内藤鳴雪《めいせつ》、河東碧梧桐《かわひがしへきごどう》、高浜虚子《きよし》らの著名な俳人が招かれ、指導をうけた。かれは、荻原と知って、句作をつづけ、そのかたわら運動も好み、殊に漕艇には熱心で漕艇部に属し隅田川でオールをひいた。

かれは、自分が友人たちから好意をいだかれていることを知っていた。少年時代は稀にみる秀才として周囲から注目されていたが、高ぶる風はなく友だちからも親しまれていた。姉の並が琴の稽古に行くと、かれは提灯を手に夜道を迎えに行くのが常であった。

一高に入ったかれは、幾分老成した風があり、重厚な性格が同級生に畏敬の念をいだかせた。かれは酒を飲むことも知ったが、終始明るく、乱れることは皆無であった。酔うと詩を吟じたが、その美声は友人たちを驚かせた。また、籍を置いていた弁論部の演説会ではユーモアにみちた話をし、聴衆を爆笑させたこともあった。その間、「校友会雑誌」に「俺の記」という長い随筆を書き、文才が話題にもなった。

その頃までのかれは、好ましい性格の秀才であったが、二十一歳の九月、東京帝国大学法学部に入ってから急にかれの日常にいちじるしい変化がみられるようになった。酒をあおるように飲み、それに溺れるようにもなった。

あの頃が、おれの一つの岐路だったのかも知れない……放哉は、畳に寝ころんで前庭の松の幹をながめながら胸の中でつぶやいた。

大学を卒業する頃には、大酒飲みと言われ、酒席で人にからむようにもなっていた。その変化は、周囲の者たちを驚かせ、郷里の両親を嘆かせた。

なぜそのような変化がみられるようになったのか。友人の中には、それが失恋のため自暴自棄になったからだと言っている者もいた。それは、たしかに失恋と言えるものかも知れなかった。相手は、沢芳衛であった。

芳衛は、放哉の母なかの弟である軍人の娘で、いわばかれの従妹に当る。沢一家は大津市に居を構えていたが、放哉が十六歳の折に鳥取に移ってきて互に知り合った。かれが一高の二年生に進級した年、芳衛は日本女子大学国文科に入学、東京の伝通院前にある鳥取県出身の女子学生の面倒を見ていた坂根利貞の家に下宿した。放哉の妻馨は利貞の次女で、当時十歳であった。

その年、芳衛の兄静夫も四高を卒業して東京帝国大学医学部に入学し、放哉はこの兄妹と親しく交った。夏に帰省するのも三人一緒で、郷里では毎日のように会い、放哉と静夫が文学の話をするのを芳衛は傍に坐って耳を傾けていた。

放哉は、芳衛に愛情をいだきはじめ、句を作る折に芳衛の芳をとって芳哉という雅号を初めて使った。そして、その年の十月、芳衛に愛情を告白し、結婚を申込んだ。尾崎、沢両家では同意する動きもあったが、芳衛の兄静夫は、強硬に反対した。二人は従兄妹であり、医学的にみて血族結婚は絶対に避けるべきだ、と主張した。

落胆した放哉は、芳衛を誘って江の島に小旅行を試み、岩本楼に一泊した。が、理性の強い芳衛は肉体的に結ばれることを婉曲《えんきょく》に拒み、放哉も思い切った態度に出ることもせず、従兄妹として夜を過した。

静夫の反対の態度は変らず、放哉は、芳衛に静夫が反対する理由を諒解したという意味を伝えるため、

諾

我過まてり。

秀

沢芳様

と、絵葉書に書いて送った。

この出来事が、かれの変身の唯一の原因だと友人たちは噂し合い、その後、かれが雅号の芳哉を放哉と変えたこともその現われだと言っていた。

たしかに、それはにがい思い出ではあったが、静夫の反対は十分に理解でき、結婚は愛情のみでなすべきものではないことにも気づいた。従妹の芳衛との結婚を夢みたのがまちがいで、「我過まてり」とはかれの真情であった。その出来事が自分の心を傷つけたことはたしかだが、それが酒に溺れ、乱れた行為に直接結びついたとは思えない。それは、学生生活の一つの彩りに似たもので、自分の生き方を左右する力はない。

酒に乱れるのは血ではないのだろうか、とかれはひそかに思う。抑えきれぬ魔性のようなものが自分の内部に根強く巣くっていて、酒が体内に浸み入ると意志とは無関係に動きはじめる。成人し大学に入った頃、それが表面に現われてきただけで、失恋の時期とたまたま一致していたにすぎないのだろう。

内部に巣くったものは、それから二十年、自分をとらえてはなさない。かれは、庵の中で横たわりながら、血が自分を乱れさすのだ、と思った。

六

石屋は岡田元次郎と言い、町の人は元はんと呼んでいた。

放哉は、時折り窓から石屋をひそかにながめていた。石屋は、腰を曲げた一定の姿勢で槌をふるっている。鉢巻をとき、木箱に坐って茶を飲んでいることもあった。

石屋夫婦には十五、六歳の娘がいたが、娘もほとんど眼が見えぬようであった。買物に行くのは娘の役目らしく、杖をついて出てゆくと小魚などを笊《ざる》に入れてもどってくる。父親似の細面の娘であった。

翌々日は朝から小雨で、正午近く、西光寺の小僧玄妙が野菜の煮付けを丼に入れて持ってきてくれた。

「これは、うまそうだ」

放哉は受取ると、

「どうだ、少し話をしてゆかんか」

と、言った。

「仕事があって忙しいのです」

小僧は、神妙な表情で答えると頭をさげて台所の外に出て行った。

放哉は、小僧の大人びた態度が可笑しく、窓からかれの後姿を見送った。番傘をかついだ小僧が、細い道を遠去かってゆく。道の右方にひろがる西瓜畠の緑が、雨に濡れて鮮やかだった。

午後になると、一二の雇い男が、籠を背負って台所の土間に入ってきた。男は、籠の中から煮豆の入った丼と炭、味噌を取り出し、一二からの伝言で井泉水から三十二円が送られてきて保管してあることを告げた。

放哉が礼を言うと、男は、匆々《そうそう》に庵を出て行った。

かれは、机を前庭に面した座敷に据えて一二に贈り物を受けとった旨の礼状を認《したた》め、少し思案した後、炭をおこす時に使う古新聞が必要なので、
誰カニ、トヾケサシテ下サイマセンカ、イツデモヨロシウ御座イマス、御願〳〵
と、書いた。

また、「層雲」同人の小沢武二にも手紙を書き、宥玄と一二が温く遇してくれることを伝え、

今の処では、玆《ここ》で此の庵で死なしてもらひたい、とさへ思つて居ます。

と安住している旨を記した。つづいて、妻の馨は素晴しい女性で、彼女が自分を引取って華やかな生活をさせてくれる日のくるのを楽しみに待っていると述べ、

私と二人が、東京の街を自動車でとばして居るのは何年将来の事となりませうか。私は此期待に生き又此の期待をもつて死ぬかも知れません。……久しぶりに妻のノロケを書かしてもらひました。御許し下さいませ。

と、書き、再び石屋に投函を依頼した。

翌日、放哉は、遠くからかすかに鈴の音が近づいてくるのを耳にした。音は近づいてくると、前庭に入ってきたようだった。

寝ころんでいたかれは半身を起すと、前庭をうかがった。眼の前に白い衣に頭陀《ずだ》袋を首にかけ金剛杖をついた夫婦者らしい五十年輩の男女が、姿を現わした。

放哉は、坐り直し、浴衣の衿を合わせた。思いがけぬお遍路の訪れであった。

「お蠟を……」

菅笠をかぶった男が、頭をさげると言った。

身を硬くしていた放哉は、うろたえたように立ち上ると蠟燭台を男たちの前に運んだ。

お遍路は、小さな蠟燭を一本ずつ立てると合掌し、頭を垂れてなにか祈っていた。そして、赤い納札を置き、頭陀袋から一銭銅貨を取り出すと札の傍にのせ、再び頭をさげると蠟燭台の前をはなれた。

鈴が振られ、放哉は、かれらが松の傍を消えるのを見送った。男の尻の部分には白布、女の尻には紺絣の当て布が縫いつけられ、少し土が附着していた。鈴の音は、窓の外の道を遠くなっていった。

放哉は、立つと納札を大師像の前に置き、銅貨を手にした。庵の住人として初めて得た収入で、嬉しくてならなかった。

その日、かれはまた一二に葉書を書き、咳がとまらぬので風邪薬を買いたいこと、そのほか原稿用紙、半紙、火消し壺も求めたいので、井泉水から送られてきた三十二円のうち前借金をのぞいた二十二円の中からいくらかの金を届けてもらいたい、と記した。それに付記して、其ノ時ニ例ノ古新ブン紙モイツシヨニ御願出来レバ有難ウ存ジマス。

と、書きとめた。

また、井泉水宛にも近況を伝える手紙を書き、さらに親戚の小倉康政夫婦宛に、秋も近いので浴衣一枚で過すわけにもゆかず、着古しの冬シャツと袷《あわせ》を無心する手紙を書き送った。

かれが封書を手に石屋へ行き投函を頼むと、石屋は呆れたように放哉を見つめた。わずか六日間に封書五通、封緘葉書一通、葉書二通を書いて郵送するかれを、いぶかしんでいることはあきらかだった。

放哉は、無償で用事を頼むことにためらいを感じ、墓石に刻みつけられている文字を見た。型通りの字であったが、自分の字の方がうまい、と思った。

「私が文字を引受けよう。字を書くことが商売なのだ」

かれが言うと、石屋は、

「手間がはぶけて助ります」

と、欠けた歯をみせて嬉しそうに言った。

かれは、前庭にもどるとつるべを鳴らして井戸の水をくんで飲み、海をながめた。まばゆい陽光があふれていたが、秋の気配がかすかに感じられるようであった。

咳がとまらず、体が熱をおびている。腹もかすかに痛んだ。食欲がなく、かれは味噌汁だけで朝食をすまし、午食には麦粉を水でといたものと梅干を口にした。

翌日の午後、人の気配がし、かれは半身を起した。前庭に白絣の着物を着、カンカン帽をかぶった一二が立っていた。放哉は、思わぬ一二の訪れに驚き、部屋に座ぶとんを置いて入るようすすめた。

一二は、カンカン帽を手に座ぶとんの上に坐り、風呂敷包みの中から米を入れた袋と古新聞の束を取り出し、さらに懐中から財布を取り出した。

「井泉水先生から送られてきたお金の残りが二十二円ありますが、どれほど御入用でしょうか。すべてお渡ししてもよいのですが……」

と、言った。

「それでは、十円ほどいただきましょう。残りの十二円はあずかっておいて下さい」

放哉は、自ら金銭その他をとどけてくれた一二の好意に恐縮した。

かれは、一二の差し出した十円を押しいただくと、机の上に置いた。

「実は、困っているのです」

一二が扇子の動きをとめた。

放哉は、かれの顔を見つめた。

「あなたをおあずかりしたことが、果してよかったかどうか。頼ってこられたのでお引受けすることはしましたが、それがかえって御迷惑なことになるのではないか、と心配しているのです」

一二は、背筋を正しく伸ばした姿勢で、扇子を閉じ、膝の上に置いた。

「どのような意味でしょうか」

放哉は、不安に襲われた。

「この庵の経済のことです。御承知のように庵の収入は三、四月頃にやってくるお遍路からもらうお金だけで、それも百円程にしかなりません。その中から蠟燭代などの原価を引いた五十円ぐらいが一年の収入ということになります。それでは、生活することができませんでしょう？」

放哉は、顔色を変えた。年に五十円といえば、月に四円余で、米がわずか四升ほどしか買えない。

「それだけではとても生きてはゆけません」

かれは、吐息をつくように言った。

「そうだと思います。今までこの庵に住んでいた人は、葬式があれば行って手伝い、その家で晩飯を食べさせてもらったりして、なんとかやっていたようですが、あなたにはそんなことはできませんでしょうし……」

一二は、扇子を使いはじめた。

放哉は、視線を畳に落した。葬式の手伝いと言えば、棺桶をかついだり墓穴を掘ったりするのだろう。代償に家の台所の隅に坐り、飯を食べさせてもらうのか。自分は「層雲」の有力同人であり、そこまで身を落したくはなかった。やはりこの島になど来ず、台湾へでも行けばよかったのかも知れぬ、と思った。

一二も宥玄も、生活はなんとかなると言ってくれていたのに、一二は、そのことを忘れたように自分の力で生きてもらわねばならぬとほのめかしている。たしかに自分は一二にとって面識もない他人であり、生活をみてもらう間柄でもない。そうした自分が、味噌、醬油の実、炭、煮豆を寄越せと手紙を書き、金をとどけろ、古新聞も欲しいと次々に要求することに、一二とその家族は不快を感じているのかも知れない。

しかし、自分は肺を病む身で、重い棺桶をかつぐことも墓穴を掘る体力もない。月に四円で暮せということは、死ねと言うに等しい。そのようなことを口にする一二が、恨めしかった。

放哉は、泣きたくなった。麦粉や豆を主食に梅干、ラッキョウを副食にして細々と生きている自分に、一二の言葉は酷にすぎる、と思った。

どうにでもなれ、と、かれは胸の中でつぶやいた。葬家で飯を食べさせてもらうために棺桶などかつぐ気にはなれなかった。そんなみじめなことをするおれではない。東京帝大卒の法学士であり、尾崎放哉という俳人である自分が、食物を口にしたいために墓掘りなどできるか、と思った。しかし、月に四円という収入を思うと、体が地底に沈んでゆくような萎縮感にとらわれた。眼前に坐る一二が、尊大な存在に思えた。

かれの頭は錯乱した。自分の力でなんとか生きる道がないか、と思案した。

「四円で生きねばならぬのは辛いことだが……」

かれは、落着きを失った眼をしばたたくと、

「芋のお粥でも食べてゆけば、やれないことはないかも知れません。もし、出来ることなら夜でも子供たちに英語かなにかを教え、小遣い銭ぐらいはかせぎたい」

と、弱々しい口調で言った。

「それは無駄なことです。子供に教えたいと言っても、それは都会でのことで、この島ではお金を出して子供に英語を習わせようとする家など一軒もありません。尋常小学校に子供を通わすことさえできぬ家が多いのです」

一二は、言った。

放哉は、口をつぐんだ。自分の修めた学問が、この島ではなんの意味もないことに気づいた。かれは、なにかにすがりたかった。

「西光寺さんは、後二、三ヵ月すれば、他に庵が一軒あくかも知れぬ、と言ってくれたことがありますが……、そこは、悠々と一年食べてゆけるだけの米が入るという」

かれは、うわごとのように言った。

「あてにはできません。そのような庵があることはきいていますが、収入の多い庵が空くはずがない。住んでいる人が、出るものですか」

一二は、断定するように言った。

「それなら、どうしたらいいのです」

放哉は、拗ねた眼をして問うた。

「妙案はありません。どうです、二、三ヵ月避暑でもするような気持で過してみては……。食べ物は、私の所から運ばせましょう。その後のことについては、私が京都に行って井泉水先生に相談するか、それとも先生に島に来てもらって、西光寺さんもまじえて話し合えば、あなたが生きてゆけるいい方法が見つかるかも知れません」

一二は、淀みない口調で言った。

放哉は、顔を伏し、

「井泉水さんに、島へ来て欲しいなどとは言えませんよ。それまでして、かれに迷惑をかけたくはない」

と、つぶやくように言った。

「しかし、それ以外になにか方法がありますか」

一二は、少し苛立ったように言った。

沈黙が、ひろがった。

放哉は、畳に視線を落し、一二は前庭に眼を向けて扇子を使っている。前庭の松に油蟬がとまったらしく、啼き声が騒々しく起りはじめていた。

「よく考えてみて下さい、私も困っているのです。それでは、これで……」

一二は、立ち上った。

放哉は、下駄をはいて出て行く一二を見送った。

かれは、放心したように坐っていた。無力感が身にしみた。自分には痩せ衰えた肉体があるだけで、金銭を得る能力がないことを、あらためて強く感じた。

机の上に置かれた十円紙幣が、眼にとまった。どうせ長くはない命だ、酒以外に自分の気持をいやしてくれるものはなにもない、と、思った。死にたかった。体中に、憤りがつきあげてきた。一一一め、と、かれは胸の中で叫んだ。自分の周囲にいる者が、一人残らず冷酷な人間に思え腹立たしかった。なぜ自分のような人間を助けてくれることをせず、いじめようとするのか。

かれは、立ち上ると浴衣の紐を締め直し、紙幣をつかんだ。

下駄を突っかけると、庵の前庭から路に出た。日がわずかに傾き、路面の石が貝殻のように明るく浮き出てみえる。陽光がひどくまぶしく、太陽までが自分に敵意をいだいているように感じられた。

背後から蟬の音が肩にのしかかるように追ってくる。西瓜畠の間の道を曲ってゆくと、入江のふちに出た。

かれは、そこからはじまる家並の間に足を踏み入れ、余島米店の敷居をまたいだ。

放哉は、台の前の古びた縁台に腰をおろし、奥から出てきた中年の女に、

「ビール」

と、声をかけた。

土間づたいに家の裏手に消えた女が、井戸で冷やしたらしい濡れたビール瓶を布で拭いながらもどってくると、コップとともに台の上に置いた。そして、栓抜きでふたを何度かたたいてあけると、ビールをコップにそそいだ。

放哉は、コップを傾けた。冷たさとビール特有の刺戟が咽喉に感じられ、不意に嗚《お》咽《えつ》しそうになった。

酒だけは自分を見捨てはしない、常に苦悩をまぎらわせる酔いをあたえてくれる。この小豆島の中、と言うよりは日本の中で、いつも温く迎え入れてくれるのは酒のみだ、と、かれは思った。

一二は、庵の収入が年五十円程度にしかならないと言った。それまで庵に住んでいた者たちは、死者の出た家に行って棺桶かつぎをしたり墓掘りをして食事を恵んでもらって辛うじて生きてきたとも言った。庵に住みつきたいと願うなら、そのようなこともいとわずやるべきだ、とほのめかすような口振りだった。

無礼な奴だ、放哉は、自分の顔から血の色がひくのを意識しながらつぶやいた。「層雲」の指導的俳人として自由律俳句の秀句を数多く発表し、俳壇の注目を浴びている自分に比べて、一二は、地方在住の同人の一人に過ぎない。学問知識も自分の方がはるかにすぐれ、一二から尊敬されるべき人間なのだ。そのような自分に、棺桶かつぎをし墓掘りをさせて葬家から飯をもらえとは何事か、とかれは思った。感情が激し、かれは、コップを傾けつづけた。袂にある十円紙幣が、かれを大胆にさせていた。かれは、瓶をからにすると、新たにビールを注文した。

数日前に作った句が、思い返された。

之でもう外に動かないでも死なれる

それは、夕照に輝く前庭をながめていた時、自然にうかんできた句であった。乏しい食物しか口にできぬが、一二、宥玄の好意でなんとか日を過せることが幸せに思えた。死は、近い将来訪れてくる。死は恐ろしいが、この島で息絶えることが自分にはふさわしいようにも感じられた。

しかし、その句の心境は、今はない。月に四円余の収入しかないと宣告された自分には、生きてゆくことなどできるはずもない。一二は、自分が荷厄介になり、島から出て行けと告げに来たのだ。そこには、かれの母や妻の思案も働いているのだろう。こんな島などにいられるものか、初め予定した通り台湾に行って、野垂れ死にした方がましだ、と思った。

かれは、黙々とビールを飲んだ。店の主人の妻らしい女の視線が、時折り自分に向けられるのに気づいていた。かれは、ビールを追加する折に声をあげることはせず、女に視線を据えてからになった瓶をふってみせる。その度に、女は家の裏手にまわっていった。

ガラス戸に西日がまばゆく当っていたが、それも薄れ、女が踏台にのって電灯をともした。

蚊が顔のまわりを飛び交い、かれは手ではらいつづけた。飲むだけ飲んで、それで死んでしまえばいい、それがおれらしい往生だ、と思った。体に酔いがまわってきたが、頭は冴えている。昼間、カンカン帽を手に庵で坐っていた一二の端正な姿を思い出す度に、憤りと恨みがつき上げてきた。

初めて西光寺に赴き、蠟燭の灯に自分を見つめていた宥玄の眼も、思い起された。それは、あきらかに流浪する自分に対する憐れみにみちた眼であったが、蔑みの光もふくまれていたようだ、と、かれは顔をゆがめながら反芻した。

寺の住職などろくな奴はいない、とかれは思った。

妻と別れた後、身を置いた京都の一燈園は、かれにとって理想郷のように思い描かれていた。それだからこそ衰弱した体で、きびしい園の生活にも耐えぬいた。園で食事は一切出ず、放哉たちは托鉢に歩きまわって労働の報酬として食事を恵んでもらっていた。起床は五時、寒中にも火鉢や火種はなく、読経後、筒袖の粗末な着物を身につけて托鉢に出る。家々をまわって便所掃除、草むしり、引越しの手伝い、炭切り、薪割り、障子張りなどをさせてもらい、米屋の荷車をひいて電車道で危うく轢《ひ》き殺されそうになったこともある。それは晴雨に関係なくつづけられ、帰園後、再び読経し薄いふとんにくるまって眠った。

そのような生活にも耐えたのは、自分の肉体を酷使して死んでしまえという拗ねた気持と、一燈園の主宰者西田天香に対する畏敬からであった。天香は、光明祈願、懺悔奉仕、下座奉仕を唱え、大正十年に出版した「懺悔の生活」は百版を越えるほどの評判になり、多くの心酔者を得ている。倉田百三が入園し、「出家とその弟子」を書いたことでも知られていた。

しかし、入園した放哉は、天香が憧れていた人物とは異っていることに気づき、次第に嫌悪すら感じるようになった。天香は、しばしば各地に旅行して講演をしていたが、放哉はそのことに批判的であった。一燈園の主宰者は、園にとどまって集ってくる者たちに道を説けばよく、各地を講演して歩き廻り崇拝者に取りかこまれて悦に入っているようなことは好ましくない、と思った。

放哉は、天香の講演会のお供をして多くの聴衆とともに話をきく機会があったが、天香が必ず「自分は中学も出ていない身で……」と述べることに不快感をいだいていた。中学校を出ようと出まいと、人間の価値に変りはない。天香がそのようなことを口にするのは、学歴がないことを自己宣伝の具に利用しているように思えてならなかった。聴衆は中学校を出るどころか小学校も卒業すらしていない者が多いはずなのに、それを意識もせぬらしい天香の思慮の足りなさに苛立ちも感じていた。

天香が舞鶴に講演旅行に赴いた時も随行したが、天香は、放哉が浮かぬ顔をしていることに気づいたらしく、

「尾崎さん、あなたは私が地方で講演するのをどう思っていますか」

と、たずねた。

放哉は、即座に、

「私としては非常に面白くないと思っています。一燈園でじっと坐っておられるあなたを欲します」

と、答えた。

天香は苦笑していたが、放哉は近い将来天香のもとから離れることになるだろうと思った。天香が原稿を書き出版することも、売名のための行為に感じられた。

かれが一燈園を去る決意をしたのは、天香から宣光社という一燈園の財物事業の経営をしている機関の会計主管を依頼されたことが動機になった。東京帝国大学法学部を卒業し保険会社の要職についていた放哉を、天香は願ってもない適役と思ったはずだが、会社を追われ妻とも別れた放哉には、そのような仕事につく気は微塵《みじん》もなかった。それらを避けるために、孤独な托鉢生活に入ったのだ。

かれは一燈園を去ると京都知恩院内の常称院の寺男になった。そこでも、寺の雑事をし托鉢にも出掛けていたが、酒がその寺から追われる原因になった。

或る夜、泥酔したかれは、住職と肉体関係のある中年の女と道で会い、寺に帰った。住職は夜道を二人が連れ立って歩いてきたことを不快に感じたらしく、顔をこわばらせていたが、放哉は、

「おい、和尚、土産だ」

と、呂律の乱れた声で持っていた折詰を住職の前に突き出した。

その態度に住職は感情を損ね、井泉水を呼ぶと、

「尾崎さんには、出てもらうことにします」

と、告げた。

放哉は、腹立たしかった。女は未亡人で、住職が女から金銭もまきあげているとい

う噂もある。そのような住職のもとでこれ以上働く気にはなれなかった。

常称院を出たかれは、兵庫の須磨寺に堂守として入った。しかし、ここにも俗事が待ちかまえていた。インゲン様と呼ばれる寺の和尚と他の三人の住職が対立し、互いに寺の会計を手中にしようと激しく争い、寺の使用人も二派にわかれた。放哉はインゲン様の役僧に世話になっていたことから、かれがインゲン様側の法律顧問的存在なのではないかと疑われ、追われてしまったのである。

かれは、いったん一燈園にもどってから福井県小浜の常高寺に寺男として住みついた。が、その寺もかれに安息をあたえてはくれなかった。寺は多くの借財をかかえていて、住職は、押しかけてくる借金取りの応対を放哉に押しつけた。放哉は、早朝に起きて寺の炊事、掃除、草とり、使い走りなどをしながら、住職のために金を借りに行ったり借金取り立ての断りをしたりしてすごした。放哉は、住職の無責任な態度と吝嗇に失望し、その寺も去った。

かれは、一燈園、常称院、須磨寺、常高寺と転々とする間に宗教家に対する不信の念をいだくようになっていた。

西光寺の住職杉本宥玄は温く遇してくれてはいるが、今まで移り住んできた寺の住職たちと変りはないのだ、と、放哉はビールを飲みながら思った。年に五十円ほどの金が入るだけでは生きることなどできるはずもなく、それを知っていながら、恩をかけるように庵を斡旋してくれた宥玄が、狡猾な男にも思えた。

蚊が手足や首筋を刺すが、店の女は、蚊遣りを焚いてくれることもしない。おそらく飲んだくれの乞食坊主とでも思っているのだろう。

「いくらだ、金を払ってやる」

放哉は、店の奥に声をかけた。

女の代りに主人らしい男が出て来て、ビールの本数をたしかめ、金額を口にした。

放哉は、袂から十円紙幣を取り出すと、

「この程度の酒でおれは酔わぬ。釣銭をごまかしたりするな、いいか、おやじ」

と言って、薄笑いしながら男に渡した。

男が店の奥に入って釣銭を持って出てくると、放哉はそれを袂に入れ、立ち上った。

店の外に出ると、おぼつかない足どりで暗い道をたどった。一二め、宥玄め、おれを困らせることが面白いのか、台湾に行こう、台湾に行って死のう、こんな島になどいてやるものか、と、かれは吐き捨てるようにつぶやきつづけた。

放哉は、うどんと書いた貼紙のはられている家の前に行くと、ガラス戸を荒々しくあけた。六十年輩の小柄な女が、部屋の障子のかげから顔を出した。

放哉は、縁台に腰をおろし、

「冷酒だ」

と、言った。

老女は、すぐに土間におりてくると茶碗に酒を注ぎ、台の上に置いた。白髪の髷《まげ》が小さく、眼が子供のように張っている。老女は、部屋の端に腰をかけると、放哉の顔に時折り眼を向けていた。蚊遣りの匂いがし、蚊の羽音はしない。老女が、少女のように見えた。

酒で体の感覚が麻痺したのか、腹痛もせず、咳も起らない。肺で湧く気泡のつぶれるような音もきこえない。

父信三のことが、思い起された。父は、鳥取地方裁判所監督書記長を最後に退官し、母の死亡後、鳥取で隠居生活をしている。父に愛育された思い出はあるが、大学に入ってから互に避け合うような素気ない関係になった。さらに、大学を卒業し会社勤めをした頃から、父は、全くの他人のようになった。厳格な父は、酒に溺れた放哉に冷い眼しか向けない。自分の息子が酔態を演じるのを見るのが堪えがたいのかもしれなかった。妻の馨と別れた折にも、放哉は父に連絡すらしなかった。流浪するようになってからも、父に葉書一枚書いたことはない。他人は顔が父に似ていると言うが、そんなことも不快であった。

かれは、茶碗を空にすると、老女に、

「酒だ」

と、言った。

老女は立ち上ると、升にみたした酒を茶碗にそそぎ、再び部屋の端に行くと腰を下す。そんなことが、何度か繰返された。

かれは、夜の海を見たくなった。月が雲間から出たらしく、ガラス窓が青白い。海の中に歩いてゆけば、いつでも死ねる。自由に死をあたえてくれる海が、好きであった。

寺々を転々とした時も、かれは意識的に海が近い寺を選び、海に唯一の憩いを見出して、それが句にもなっていた。

兵庫の須磨寺では、
砂山赤い旗たてて海へ見せる
朝の白波高し漁師家に居る

高浪打ちかへす砂浜に一人を投げ出す

小浜の常高寺では、

小さい橋に来て荒れる海が見える
海がまつ青な昼の床屋にはいる
海がよく凪いで居る村の呉服屋

小豆島に来てからも海の句を作ってきたが、海を見る度に気持がなごむ。人間は自分を欺くが、海は常に寛容で、死を願えば自分の肉体をのみこんでもくれる。自分が死んでも、葬式をしてくれそうな者はいない。宥玄は僧職にあるだけに、経をあげてくれるだろうが、そんなことはどうでもよい。父は、自分の死の連絡を受けても鳥取からくるはずもなく、妻の馨も島には来てはくれまい。一二など、厄介者が消えたと喜ぶだろう。

ひっそりと海で死ぬ、それが自分には最もふさわしい死だ。死体が浜になどあがらず、潮に乗って沖に流れ、魚についばまれて消えるのが望ましい。

「勘定だ」

放哉は、老女に声をかけた。かれの顔は酔いでゆがみ、青かった。

かれは、うどん屋の店を出ると歩き出した。

月が、空にかかっている。道も家並も霜がおりたように白くみえる。かれの影は短く、石の多い道の上を動いてゆく。

両側に並ぶ家々から灯が路上に流れている。子供を叱るらしい女の声がきこえている家もあった。それらの家には、家族が共に寝起きしている。放哉は、自分がただ一人であることをあらためて意識した。このあたりが生きている限界らしい、かれは胸の中でつぶやいた。

自然に潮の香の漂い流れてくる方向へ足を向けていた。波の音も、きこえてきた。影が右方から前方の路面に移り、自分の影をふんで歩いた。よろめくたびに影も揺れる。太く短い影だった。

再び影が右方に移ると、前面に海がみえた。海面は月光で輝やき、沖に漁火が散っている。道沿いに無縁墓が傾いたり倒れたりしていて、人骨の入った俵もそのままであった。草地のはずれから、屋根の低い漁師の家がつらなっている。

放哉は、道を進み、浜におりた。砂浜に漁船が曳き上げられ、狭い舟着場には小舟がもやわれている。その附近に、人影があった。

かれは、体をふらつかせながら近づき、砂地に腰をおろした。人影は四人の子供で、坐ってなにか話し合っている。月光に、かれらの体が青白く浮び上ってみえた。

「おい、いいものをやる。こっちへ来い」

放哉は、呂律の乱れた声で言った。

子供たちの顔が、こちらに向いた。

「だれか使いをしてくれぬか。そうしたら駄賃をやる」

子供たちは、身じろぎもせずこちらを見つめている。

「金をやる、こっちへ来い」

放哉は、手招ぎをした。子供の一人が立ち上ると、放哉に視線を据えながら歩いてくる。それにつづいて他の子供たちも、腰をあげた。

近づいてきたのは十四、五歳の少年で、後につづいてきた少年たちは十歳前後であった。漁師の子らしく、顔は浅黒い。

「酒を一升買ってきてくれぬか。釣銭はやる」

放哉は、懐から紙幣を取り出した。

かれらは無言で放哉と紙幣に視線を走らせていたが、最年長らしい少年が紙幣を受け取った。

「早く買って来てくれ」

放哉は、頬をゆるめた。

少年が背を向けると走り出し、その後を一人の少年が追ってゆく。

「それからな、だれでもいい、家から茶碗を一つ持って来てくれ。借り賃を出す」

かれは、硬貨を差し出した。

少年の一人が手を出してつかむと、すぐに走り出し、家並の中に消えた。

放哉の激した感情は、やわらいでいた。自分の接する者たちは冷淡な人間ばかりだが、子供たちは例外で、指示するままに従ってくれる。金銭に対する魅力からにちがいないが、自分のために素直に応じてくれることが嬉しかった。

残された最年少らしい子供は、いつの間にかかれの前に坐っていた。

「いくつだ」

放哉がたずねると、子供は、

「七つ」

と、張った眼を向けた。

家並の間から少年が走り出てきて、かれに大きな茶碗を差し出した。少年は、荒い息をしていた。

やがて、海岸沿いの道を二つの人影が小走りにやってくるのが見えた。年長の少年が徳利をかかえ、その傍に小柄な少年が寄り添うように近づいてくる。

「早かったな」

放哉は、かれらに声をかけ、徳利を受け取った。

年長の少年が、小柄な少年の握りしめていた釣銭を手にすると、放哉の前に差し出した。

「それは駄賃だ」

放哉は、徳利の栓をあけながら言った。

少年は、口もとをゆるめると硬貨を数え、他の少年たちに渡す。かれらの眼は、輝いていた。

放哉は、茶碗に酒をみたした。うまい酒であった。少年たちは、かれの前に坐って掌の硬貨に眼を落したり、貨幣をつまんで裏返したりしている。

「いい月だ」

放哉は、つぶやいた。

ふと、舟を出して海上で月を見たい、と思った。どうせ生きていても仕方のない境遇で、酔いつぶれて海に身を沈めたかった。

「どうだ。お前たちの中で櫓を操れる奴がいるか」

かれは、少年たちをながめ廻した。

「おれ、出来るよ」

最年長の少年が、すぐに答えた。

「いい月夜だ。おれを舟に乗せて海に連れて行ってくれ。月見をしながら酒を飲みたいのだ」

放哉は、言った。

「いいよ」

少年は答えると、立ち上った。

放哉は、徳利と茶碗を手に腰をあげた。酔いで足に力が失われ、よろめいた。

少年たちが舟着場の方へ歩き、放哉もその後からついてゆく。最年長の少年が、機敏な動きで小舟に乗った。放哉は、おぼつかない足どりで小舟に移った。他の少年たちもそれにつづいた。

少年が岸に繋がれた綱をとき、岸を押した。舟がゆらりと海面に漂い出た。少年が、櫓をつかんだ。櫓の動きは、なめらかだった。月光を浴びて櫓を操る少年が、一人前の漁師にみえた。海は凪ぎ、舟の動揺も少い。浜が遠くなり、町の家並の淡い灯がひろがった。

しばらくすると、少年が櫓の動きをとめた。

海面は輝き、月光が周囲にあふれている。空を見上げると、自分の体が吸い上げられてゆくような錯覚におそわれた。かれは、茶碗を傾けつづけた。少年たちはかれが酒を飲むのを見つめている。年少の少年は、海水をしきりに手でかいていた。

海に身を投じようという気持が何度も湧いたが、濁った意識の中で子供たちを驚かせてはならぬと自らに言いきかせていた。これほど従順に従ってくれた子供たちに、刺戟をあたえるようなことはしたくなかった。

不意に、嗚咽がつき上げてきた。子供たちは酒を買いに走り、茶碗も持ってきてくれ、さらに舟も出してくれた。久しぶりに知った温い人間の情だ、と思った。月見をしたいと言って舟を出してもらったのに、身を投じてはかれらを裏切ることになる。今夜は死ねぬ、と、かれはつぶやいた。かれらの無心な表情が貴いものに感じられた。

堪えることができず、かれは声をあげて泣きだした。少年たちは、驚いたようにかれを見つめている。

年長の少年が立ち上ると、おびえたように櫓をつかんだ。舟が、浜の方向にむかって静かに動きはじめた。放哉は、肩を波打たせて泣きつづけていた。

七

翌朝、放哉は、南郷庵を出て西光寺への道をたどった。二日酔いで頭が重く、口の中が乾いている。筋肉に力が失われ、かれは時々立ちどまって休みながら歩いていった。

山門の前でしばらくためらった後に、境内へ入った。庭を掃いていた小僧の宥中が、かれに気づいて近づいてくると、

「御住職様ですか」

と、言った。

放哉は、かすかにうなずいた。

宥中が先に立って玄関に入り、放哉を奥の部屋に案内した。

宥中が去ってしばらくすると、廊下に足音がし宥玄が姿をあらわした。かれは、座ぶとんに坐ると、

「どうしました」

と、明るい声をかけてきた。

放哉は、膝に視線を落し口をつぐんでいた。身の振り方をつけたい、と思った。月に四円では生きてゆけぬし、そのような僅かな収入しかない庵にとどまることは死を意味する。飢え死にするよりは、海に身を投じるか、初めの予定通り台湾に行き、そこで野垂れ死にするか、二つの方法しかない。月の収入を口にしたのは一二で、庵の持主である宥玄からもきいておきたかった。同じ答えがもどってくれば、いったん京都にもどって金の工面をし、台湾へ落ちたい、と思った。

「どうしたのです。ひどく顔色が悪い。昨夜は、酒をやられたのでしょう」

宥玄の笑いをふくんだ声がした。

「自棄《やけ》酒です」

放哉は、顔もあげず答えた。

「自棄酒？　なにか気にさわったことでもあったのですか」

放哉は、宥玄の顔を一瞥すると再び視線を落し、低い声で一二が訪れてきたことを口にした。庵の年収は五十円ほどしかなく、生きてゆくためには、葬家に手伝いに行って棺をかつぎ、墓掘りをして食事を恵んでもらう以外にないこと、子供に英語でも教えて小遣い銭ぐらいは得たいと言ってみたが、一二に、英語を子供に教えてもらいたいと願うような家庭は島にない、と一笑にふされたことなどを述べた。

宥玄は黙ってきいていたが、放哉が口を閉じると、

「一二さんの言われた通りです」

と、答えた。

放哉は、深く息をついた。この島からはなれる以外にない、と思った。宥玄も一二と同じようにそれを望んでいるにちがいなかった。

「月四円では生きてゆけません」

放哉は、顔をゆがめ拗ねたように言った。ばかにするな、と叫びたかった。

「私もそう思います。しかし、そんなことで自棄になることはないじゃありませんか」

宥玄の言葉に、放哉は顔をあげた。宥玄も棺かつぎをし墓掘りをしろと言うのか、と思った。腹立たしかった。

「私がなんとでもします。まかせておいて下さい。食べることぐらいなんとでもなります。一二さんが心配なさるのはわかりますが……」

宥玄の眼は、澄んでいる。

放哉は、宥玄に視線を据えた。

「ただし、こんなことを私があなたに約束したことは、一二さんに黙っておいて下さい。あなたがこの島に頼ってきたのは一二さんで、私があなたを万事お世話するというのは出過ぎたことかも知れません。そのことで一二さんのお気持をそこねたくもありませんから、内密にしておいて下さい」

宥玄の言葉に、放哉は胸が熱くなるのを感じた。

宥中が、茶を持ってきた。

放哉は、涙のにじんだ眼を宥玄に向けると、

「面倒をみて下さるのですね」

と、念を押した。

「おまかせ下さい」

宥玄は、答えた。

放哉は、無言で茶を飲むと宥玄に頭を深くさげ、腰をあげた。

門を出たかれは、庵への道を歩いた。宥玄の温情が身にしみ、涙が流れ出てくる。

宥玄を呪ったことが恥しかった。

かれは、その日、庵に坐って前庭をながめていた。庵に落着けることが嬉しかっ

た。体力はおとろえ、台湾に行くことなど出来るはずもない。このまま、庵で死の訪れを迎えたかった。

その日の夕方、宥中が宥玄の手紙を持ってきた。開いてみると、世話をするから心配しないでいい、といった趣旨のことが繰返され、一二ともよく話をしておくと書かれていた。

深い安堵が湧いた。宥玄の好意に甘えていればまちがいないのだ、とかれは思った。

翌朝、かれは宥玄宛に礼状をしたため、さらに井泉水にも、「今日の手紙ハ『秘中の秘』……」という書き出しで、一二の来訪とその後の経過、さらに宥玄の好意に感泣したことを述べ、

……トニ角、此島デ死ナシテ貰ヘル事ニナルラシイデス。処デ西光寺サンニ、其辺ノ御礼状、何卒々々御夕ノミ申シマス。

と、記した。

かれは、その日から徹底した節食をはじめた。宥玄が生活の世話をすると約束して

くれたが、月収が四円という現実は変らず、経費を節約する以外になかった。朝食は焼米と梅干だけで、番茶を飲み、昼食は焼豆に塩をなめただけですました。食欲の衰えているかれは、別に空腹も感じなかった。

午後、人の訪れがあった。それは一二の家に雇われている男で、

「御主人様からお届けするように言われまして……」

と言って、背負った籠の中から蓮根、干瓢《かんぴょう》、若布《わかめ》、茄子を縁側に置くと、頭をさげて去っていった。

放哉は、涙を流した。一二は決して冷酷な男ではなく、無力な自分の身を気づかってくれているのだ、と思った。

茄子の色が鮮やかだった。

放哉は、ようやく落着きを取りもどした。いたわりの手紙を寄越し食物を届けてくれた宥玄や一二の温情を思うと、自然に涙がにじみ出てくる。自分がこの世に生をうけたのは句作をするためであり、すぐれた俳句を生むことがかれらの好意に報いる唯一の道だ、と思った。

島に来てから十日もたたぬが、折にふれて句を作り、句帖に書きとめていた。かれ

は、所属する俳誌「層雲」に発表するため、それらの句の中から百句をえらんで送ろう、と思った。かれは句帖をひるがえし、満足できる句を紙に写していった。

眼の前魚がとんで見せる島の夕陽に来て居る
足のうら洗へば白くなる
蛍光らない堅くなつてゐる
とんぼが淋しい机にとまりに来てくれた
松かさも火にして豆が煮えた

それらの句を書き移してゆくうちに、かれの筆はとまった。

之でもう外に動かないでも死なれる

また、涙が湧いてきた。一二の冷やかな言葉に動揺し、島を去らねばならぬのかと絶望的な気持になったが、宥玄の温い配慮でとどまることができるようになった。この句の通り、島から動かず死ぬことができるのだ、と思った。

出来るだけ一二と宥玄に世話をかけず生きてゆくためには、節食を自らに課す以外になく、それを実行に移し、九月一日から「入庵食記」をつけはじめた。焼米、焼豆、麦粉にラッキョウと梅干を食べるだけで、番茶をしきりに飲んだ。焼米と焼豆は硬くて少ししか食べられず、立つと眼がくらむ。頭痛もしていた。

しかし、庵にとどまるにはそのような苦しみに堪えることが必要で、今にそのような断食に近い食生活にもなれるにちがいなかった。当然、体は衰弱し、肺病に悪影響もあたえるだろうが、それは死期を早めることになり、むしろ望ましいことなのだ、とも思った。

秋の気配が感じられ、蟬の声も絶え、庵の周囲は森閑としていた。台湾に行く予定で浴衣を着ているだけなので、これから迎える秋冷の季節に備えて衣類を少しととのえなければならなかった。浴衣以外に京都の常称院で寺男として働いている時もらった道行きを持ってきているのでそれを羽織り、さらに一二の家にあずけてある十二円の金で、シャツとズボン下ぐらい買い求めたかった。

かれは、百句の俳句を書いた紙を封筒に入れて庵の前の石屋に郵送を頼むと、畳の上に身を横たえた。前庭には、西日が輝やきはじめている。かれは、庭先に蟹がはってゆくのを見つめていた。

　夜が明けると起き、日が没すると就寝することを繰返した。島に来てから、ランプを一度もつけたことはない。依然として蚊が多く、かれは、蚊帳の中で松の梢を渡る風の音や、かすかに伝ってくる波の音をききながら眼を閉じた。

　九月四日は、旧暦のお盆で、西光寺の小僧玄浄が宥玄からの贈物として魚を持ってきてくれ、かれは、それを煮て食べた。久しぶりの御馳走であった。

　夕方になると、島の人々が提灯をさげ香華を手にしてやってきた。庵の裏手は墓地になっていて、墓守りを役目とする放哉は、前庭に面した畳の上に坐り、人々と目礼を交し合った。

　かれらが墓地に入って行くと、墓所の灯籠に灯が入れられる。夜の色が濃くなるにつれて光は増し、やがて墓所全体に灯がひろがった。

　初老の女が、大師様にお供えして欲しいと言って、素麺とかぼちゃを畳の上に置いた。放哉はうなずくと、大師像の前に供えた。

　翌日、かれは早速、素麺を鍋に入れたが、煮過して団子のようになってしまった。仕方なく砂糖をつけて食べたが、「入庵食記」に「之ニ豚ヲ入レ、バ（シューマイ）也」と書きとめた。

その日、庵に一枚の葉書が舞いこみ、かれの気持を明るくさせた。それは飯尾星城子から送られてきたものであった。星城子は福岡県で文房具卸商を営み、放哉が福井県小浜町の常高寺の寺男をしていた頃から文通する間柄になっていた。かれは「層雲」に句も発表している俳人で、放哉の指導を仰いでいた。葉書には、善通寺の輜重《しちよう》隊に教育召集されているが、郷里に帰る途中、小豆島の放哉を訪れてもよいか、と書かれていた。

ひとりで日を過していた放哉は、自分を訪れてくれる者がいるかと思うと嬉しくてならなかった。島に一二と宥玄はいるが、かれらは島に来てから初めて会った人であり、遠慮しなければならぬ関係だった。それとは異って星城子は自分の句を慕う弟子ともいえる男で、欝屈していた感情を思うままに吐き出すことができるし、経済的な恵みを受けることも期待できる。

放哉は、すぐに手紙を書き、鶴首して待つと述べ、「アンタの財布におぶさつて御馳走してもらう」ことになるだろうと書き、「但しオドカス、ワケでは決してありません」と記した。

翌々日、再び星城子から自分だけではなく他の者も同行するかも知れぬが、泊る所はあるだろうか、という問い合わせの手紙が来た。

放哉は、すぐに返書をしたためた。町には、霊場がある関係でお遍路宿も普通の宿屋もあることを伝え、来島する方法としては、高松桟橋から土庄行の船に乗れば一時間余でつくと記した。そして、島についたら西光寺奥の院南郷庵はどこか、ときけば、村の人はだれでも知っているから教えてくれるはずだ、と書き添えた。

かれは、再度の星城子からの便りに、心が一層浮き立った。その日は、節食の気持がぐらつき、カボチャを砂糖で煮て食べた。そして、宥玄に手紙を書き、薩摩芋、じゃが芋、赤砂糖を無心した。

焼米、焼豆、ラッキョウ、梅干だけですまそうという気持は失せ、一二と宥玄の好意にすがって生きてゆけばよいのだ、と思った。それには、まず一二のもとに御機嫌伺いに行くべきだ、と考えた。

翌九月七日の午後おそく、かれは庵を出ると久しぶりに一二の家の門の前に立った。半月前蟬の声につつまれていた一二の家の周囲には静寂がひろがっていて、島の季節の変化がいちじるしいことを感じた。

玄関で案内を乞うと、小女が出てきて、すぐに奥に消えた。かれは、しばらく待っていた。やがて、足音がして一二が姿を現わした。

「よく来てくれました。おあがり下さい」

放哉は、胸が熱くなった。一二の言葉が身にしみ、このような状態なら今後も一二は自分の面倒をみてくれるにちがいない、と思った。

居間に入ると、一二は、

「風呂を立てました。入られたらいかがです」

と、言った。

南郷庵に住むようになってから、体を井戸の水で洗うだけで入浴は一度もしていない。かれは、礼を言って小女に湯殿へ案内してもらった。村の旧家らしく湯槽は檜作りで、湯殿は広かった。

浴衣を脱ぎ、褌《ふんどし》をはずすと、湯に漬った。かれは、深く息をついた。湯が体にしみ入るようで快かったが、すぐに湯から出ると体を洗い、再び湯につかって湯殿の外に出た。

居間に来客があり、一二と話をしていた。一二は客を謡曲の先生だと言い、客に放哉を俳人だと紹介した。夫人は留守で、小女が茶を運んでくれた。

一二は、放哉にもおだやかな眼を向けていた。放哉も、口もとをゆるめて話に加わった。

一二が放哉に顔を向けると、

「私があなたのために色々計画しても、あなたにお酒を飲まれては、すべてがぶちこわしになります、お酒だけは、くれぐれもつつしんで下さい」

と、たしなめるように言った。

あの夜、自分が酒に酔い、村の子供に舟を出させたことが、すでに一二の耳に入っているのだ、とかれは思った。もしかすると、舟の上で泣いたこともきき伝えているのかも知れなかった。狭い村なので、たちまちその夜のことは人々の間にひろまってしまっているのだろう。

放哉は、うなずいた。一二よ、つまらぬ心配はするな、とかれはひそかに胸の中でつぶやいた。あの夜の酒は、お前が飲ましたのだ、冷淡なことを口にしたから堪えきれず飲んだだけなのだ、その証拠にはあの夜以来、杯を手にしたことはない、と、かれはつぶやきつづけた。人の心の動きを察していたわりの気持を起してくれ、と、叫びたかった。夕方の気配が、庭にひろがりはじめた。謡の先生が辞去の挨拶をし、放哉も腰をあげた。

玄関に送りに出た一二は、

「明日は商用で高松に行きます」

と、空に眼を向けながら言った。

放哉は、謡の先生とは逆方向の道を歩いていった。

翌日、かれは一二の夫人宛に手紙を書いた。一二が留守のうちに無心をしておこう、と思ったのだ。

「……昨夜御主人ハ高松へ行かれる様申して居られましたが、暑い折柄御苦労様に存じます」と書き、「左の物御序にこしらへて置いて下さいませんか、私が序ニ、いただきに参りますから」として、

○ゴマ塩（ゴマヲ少々タクサン入れて下さいますれバ結構です）少々

○麦のイツタノはありますまいか（一日ニ土瓶四はい位呑みますので、麦茶の方がよからうと思ふのであります）

○針に黒イ糸。

と記し、「右三品であります。御序に御願申します。乍末筆オツ母サンへよろしく御願ひ申します」と、書いた。

かれは、封筒を懐に庵を出ようとしたが、ふと一二から蓮根をもらったことを思い出し、土間の隅におかれた蓮根を手にして石屋に行くと、封筒とともに渡した。

その日、西光寺の小僧が赤砂糖をとどけ、石屋が蓮根のお礼だと言って薩摩芋を持ってきてくれた。

残暑がきびしく、雨が降った後は息苦しくなるほどの蒸暑さであった。

かれは、郵便配達夫がくる時刻になると、庵の窓から道を見つめていた。手紙は、だれからのものでも嬉しかったが、妻の馨の手紙がこないことが淋しかった。

馨には、自分が南郷庵に住みつくようになったことを手紙で報せたが返事もない。自分が愛想をつかされた人間であることはわかっていた。生活費を得る力もなく、縁もゆかりもない、いわば赤の他人の宥玄や一二に食物その他を乞うて辛うじて生きてゆかねばならぬ身になっている。酒癖は悪く、その上、人に嫌われる肺病をわずらっている身であれば、妻に去られても仕方がない。馨が、島に落着いたことを報せる手紙にも返事を書いて寄越さないのは、これで文通が断たれた証拠のように思えた。

就寝する時、かれはしきりに馨の肉体を切なく思い起した。色白の豊満な妻の体を抱いた折の心のたかぶりがよみがえり、眼が冴える。豊かに張った形の良い乳房を思い描きながら、

すばらしい乳房だ蚊が居る

という句を作り、豊かな黒々とした髪を思い浮べながら、

髪の美しさもてあまして居る

という句も作った。馨は、今でも東洋紡績の寮母をやっているのか、それともやめて帰郷しているのだろうか。若く美しい身であるので、もしかすると再婚しているかも知れない。

体温は夕方になると必ず三十七度を越し、顔が火照り、体がだるくなる。かれは、畳の上に背を丸めて身を横たえ、前庭に眼を向けていた。稀に、墓参の人が井戸の水をくむ音がするだけで、人の訪れはない。

かれは、時折り起き上ると水を飲み、下駄をつっかけて庵の裏手に行くと雑草の上に放尿した。

八

九月十一日はお地蔵様の祭日で、その夜から宥玄の好意で庵に電灯がひかれた。豆電球がともされ、放哉は蚊帳の中に身を横たえて見上げていた。

残暑がきびしかったが、二日つづきの雨があって、急に秋らしくなった。空気も澄んで快かったが、かれの体は気温の変化に順応できず、たちまち風邪をひき、三十八度以上の熱に苦しむようになった。かれは、五十銭硬貨を手に庵の前の石屋に行き、薬屋でアスピリンを買ってもらうよう頼んだ。そして、それを飲み、机の前に坐ったり敷き放しのふとんに身を横たえたりしていた。

四日ほどたつと、ようやく熱も三十七度台になり、西光寺に行って古浴衣と足袋をもらい、浴衣を二枚重ねて着、足袋もはいた。

かれの唯一の期待は、善通寺の輜重隊に教育召集されている飯尾星城子が帰郷の途中、庵を訪れてくることであった。星城子は、友人をともなって九月二十二日にやってくるという手紙を送ってきていた。

放哉は、その日がくるのが待遠しく、星城子に何度も心待ちしているという手紙を書き送り無心も書き添えた。句作を指導してやっている星城子に対する遠慮は少なかった。

かれは、思い切って酒のことも書いた。島の酒はうまくないと述べ、

ウイスキも上等はいくらでも有りますけれ共、そんな大したものでなくてよろしいです。クラウンだの、ブラック・アンド・ホワイト、なんか失礼ですが其の辺の町には無いでせう。ズイ分高いことも高いのですから……乞食坊主がゼイタク申すガラでは御座いません。日本酒、ウイスケ、なんでも結構……只アナタと一夕少々よい気分になつて愉快に、話したい、其の材料なんですからネ。残しておいては又、毎日ボツ〳〵呑まうナンテそんなケチクサイ未練は無いんですから……

と記した。

島の少年たちに舟を海に出させた夜以来、お地蔵様の祭りの日に酒を一度飲んだだけであった。

その夜、お地蔵様の信者である老いた女五人と男三人が一升徳利を四本さげて庵にやってきた。かれらは、例年その日に庵で酒を飲む習わしだと言って、お地蔵様にお

供え物をすると部屋にあがり、焼いた小魚、あずき飯、果物などをひろげて酒を飲みはじめた。

「庵主さんも、一杯やりなされ」

老女が、徳利を手に言った。

願ってもないことで、放哉はかれらに近づくと坐り、茶碗を手にした。老女が酒をみたしてくれたが、ふと、自分の酒癖をかれらは知らぬらしい、と思った。一二に庵の経済のことを言われ、雑穀商の店とうどん屋で自棄酒を飲み、海に出した小舟の上で泣いたりしたことが、せまい村に知れわたっていると想像していたが、老女たちには警戒の気配もみられない。

かれは、茶碗の酒を口にふくみながらかれらの表情をうかがった。かれらは、よく酒を飲み、笑った。そして、放哉に、

「いつ庵をのぞいてみても机に向って勉強している。えらい庵主さんだ」

と、声をかける。そのうちに言葉もぞんざいになって、

「あんたは、なにが楽しみでこんなところにいるんだね」

などとも言う。

放哉は、老人たちに労働をつづけてきた者の逞しさを感じ、圧倒される思いだっ

た。

かれらは、執拗に放哉の茶碗に酒を注ぐ。少しでも遠慮した風をみせると、

「なんだ、この村に来て酒をことわる奴がいるか。それともおれの酒が飲めぬというのか」

と、顔をこわばらせる。

放哉は、うろたえたように茶碗を差し出す。そのうちに、この乞食坊主と言って笑いながら肩を強くたたいたり、かれの毛髪の薄れた頭をさすったりする者もいる。薄笑いを顔にうかべながら体をすくめて酒を飲んでいた。

夜半になってかれらは帰っていったが、四升の酒をほとんど飲み、徳利にはわずかな量しか残っていなかった。

翌日は深酒したため頭が痛く、徳利をかたむけて迎え酒をしたが気分は悪かった。老人たちの熱気に気押されたのか酔いもせず、いつものように歪んだ感情にもならなかったことが不思議であった。

その日から酒を口にしたことはないが、上質の酒を飲んでみたくなっていた。それも、会社勤めをしていた頃、時折り口にふくんだ舶来の洋酒を味わいたかった。文房具商の星城子は経済的に不自由のない身であるにちがいなく、手紙でほのめかせば無

理をしてでも買い入れて持ってきてくれるかも知れぬ、と思った。

村では旧暦を使っているが、かれにはその方が便利に感じられた。九月十八日は、旧暦で八月一日に当っていた。

翌々日から、かれは、夜空に月を探した。が、冴えた星が散っているだけで、月はのぼらない。空を見上げていると、星と星の間の空間から無数の光が湧き出てきて、空は星の光に満ちた。

九月二十一日の夜、ようやく蛾眉のような月が浮び上るのを見た。かれは新月を見つめていた。

かれの体調は、かんばしくなかった。風邪がぬけるどころか、さらにはげしくなるばかりであった。熱は三十七度二、三分だが、咳と痰が絶え間なく出る。頭も痛く、かれは庵の中で仰臥していた。かれは、その症状が風邪ではなく肺病が悪化しているためにちがいない、と思った。想像しているよりも死は目前に迫っているのかも知れず、もしもそれが事実なら海の中に身を投げたかった。

かれの気持を支えていたのは、星城子の来島予定が翌日であることであった。星城子とは文通だけで会ったことはないが、手紙の文面から察して遠慮なく頼れる相手に思えた。それに、上質の酒を持ってきてくれる可能性もあり、星城子のくるのが待たれた。

翌朝早く眼をさました放哉は、食事をすますと庵を出て、何度も途中で休みながら裏山に登り、海を見つめた。星城子がやってくるとすれば善通寺から高松に出て泊り、そこから定期船に乗ってやってくる。星城子に手紙で土庄町の仏崎につく船に乗ると便利だと言ってあり、朝の便か午後の便に乗ってくるはずであった。

庵に住みついてから裏山に何度か登って海をながめたりしているが、

山に登れば淋しい村がみんな見える

という句を作ったように、眼下に土庄町やそれに接した村のたたずまいが見下せる。陽がかげって、町や村の半ばは薄暗くみえた。

やがて小さな島かげから、淡い煙を吐いた小さな汽船が現われた。放哉は、石の上に腰をおろして船を見つめた。船は、水尾を弧状にひいて仏崎に近づいてくる。汽笛の音がかすかにきこえ、船は停止した。

小舟が近づき、汽船から荷が移され、その後から三人の乗客が乗り移った。それはあきらかに子を連れた夫婦者で、子供は女の背にくくりつけられていた。

放哉は、午食をとりに庵へもどることもせずそのまま石の上に坐りつづけていた。時折り船が入ってくるがそれらは荷船で、汽笛を鳴らして去ってゆく。

事情があって島に来ることをやめてしまったのかも知れぬ、と、かれは思った。手紙でウイスキーを無心し、「軍隊のホマレはうまいさうですね、民間には有りません」とホマレも持ってきて欲しいとほのめかしたりしたことで、嫌気がさしたとも思える。空に雲が多くなり、海の輝きは消え水の色が深まった。

日が西に傾いた頃、午後の便船が、朝の便船と同じように小さな島かげをまわって仏崎に近づいてきた。この船で来なければ、星城子の気持が変わって自分を訪れてくることはないだろう、と思った。

かれは、立ち上ると船を見つめた。毎日夕方近くになると発熱するが、顔が火照り体がだるく、眼が疲れて涙がにじみ出ていた。

船から碇が投げられ、浜から小舟が近づいてゆく。小舟に乗り移ったのは四人で、二人はあきらかに若い女らしく頭に赤いものがみえ、他の二人の男は和服にカンカン帽をかぶっているようだった。

小舟が岸につくと、二人の男は浜にあがり、すぐに樹木におおわれた村道の中にかくれた。星城子は友人を一人連れてくると手紙に書いてきたし、放哉はまちがいなく星城子たちだ、と思った。

かれは、急いで裏山をおり庵の中に入った。星城子は自分が肺病患者であることを知っているはずだが、出来るだけ軽症であると装いたかった。肺病は人々に恐れられ、おそらく自分が出した手紙も、受取人たちは天日にさらして消毒した上で読むにちがいなかった。もしも、自分が重症であることを知れば、星城子もその友人も早々に庵を去ってゆくだろう。

かれはだるい体で敷き放しのふとんを畳んで部屋の隅に運び、机の上に置かれた体温計と薬瓶を大師像の裏にかくした。そして、古びた手箒で畳の上を簡単に掃いた。かれは、二枚重ねた浴衣の衿もとを合わせると机の前に端坐し、句帖をひらいた。弟子とも言える星城子に、独居して句作に専念する自分の姿を見せたかった。

小窓の外で、人声がした。前の石屋でなにかたずねているらしい男の声だった。道から前庭に人の入ってくる気配がし、二人の男が姿を現わした。かれらは、カンカン帽を手にし、風呂敷包みをさげていた。体格が良く、顔が日焼けしていた。

その一人が、放哉先生ですか、と言った。放哉は、そうだ、と答えた。

「飯尾です」

男は、姿勢を正し軍隊式に腰をわずかに折って頭をさげ、他の男もそれにならった。

「星城子君か、よく来てくれた。さ、お上りなさい」

放哉は、坐ったまま言った。

星城子は他の男とともに部屋に上ってくると正坐し、

「初めてお眼にかからせていただきます。日頃から御親切に拙句を御指導いただきまして ありがとう存じます。こちらは、友人の和田豊蔵君です」

と、言った。

放哉は、和田と挨拶を交した。

星城子は、風呂敷包みをひき寄せると、中からさまざまなものを取り出し、畳の上に置いた。牛肉の缶詰、菓子、軍隊パン、梨、葡萄、鰹節一本、それにウイスキーの小瓶であった。

「ありがたい」

放哉は、口もとをゆるめそれらの品を一つ一つ手にとった。ウイスキーはブラック・アンド・ホワイトであった。

「私は下戸ですので、ウイスケにどのようなものがあるのかわからず、高松でようやく探し出しました」

星城子が、風呂敷を結びながら言った。

放哉は、小瓶であることが残念だったが、一人の教育兵として軍隊生活をしていた星城子に洋酒は高価で、無理をして買ってくれたのだろう、と思った。

かれは、久しぶりに上質の舶来ウイスキーを飲めることが嬉しく、庵を出て石屋の家に行った。

「客が二人来ている。どこか、飯屋で二人前の料理と飯を持って来させてくれ。上等のやつをな」

かれは、言った。

岡田は、うなずいた。

「飯屋への払いだが、ここらでは半季払いだろう?」

放哉の言葉に、岡田はそうですと答えた。

「いちいち払うのも面倒だ。半季払いにすると言ってくれ。あんたも知っているだろうが、私は帝大出で一流保険会社の重役もしていた。知己も多く、金はどしどし送ってきてくれる。払いの点は心配ないからな」

放哉は、無表情に言った。

「それなら、南郷庵という口座をこしらえさせ、ツケにしてもらうようにします」

岡田は、神妙な表情で言った。

放哉はすぐに庵にもどると、ウイスキーの瓶のふたをあけ、星城子たちにすすめた。が、かれらは二人とも酒は飲めぬと言い、放哉は茶碗に少しウイスキーを入れ、口にふくんだ。

「さすがだ。うまい酒だ」

かれは表情をゆるめた。今後星城子には無心もしなければならず、酒癖の悪さをみせてはならぬ、と自らに強く言いきかせた。今夜だけは身を正しく律したい、と思った。

やがて、星城子たちの夕食が飯屋の主人によって運びこまれてきた。皿には魚や野菜の煮付けが盛られ、星城子たちは箸をとった。

放哉は、葡萄や軍隊パンをつまみながらウイスキーを飲んだ。いつもの酒とちがって気持が明るくはずむ。それは星城子たちが、自分の淋しさをいやしてくれる初の来訪者であるからにちがいなかった。

話は俳句に関することが多く、放哉は自分の句を披露し、星城子が過去に送って来た句の批評をあらためて繰返したりした。星城子が、自分を俳人として尊敬していることに放哉は気分が豊かになるのを感じた。

かれは、盃を重ねるうちに感情が一層浮き立ち、筆をとると短冊に、

二人ではじめてあつて好きになつてゐる

と、乱れた字で書いた。

「どうかな？」

放哉は、星城子の顔をのぞきこむようにして短冊をしめした。

翌朝、星城子は和田とともに庵を去っていった。奇岩絶壁に樹木を配した景勝地である寒霞渓《かんかけい》を見物した後、島をはなれるという。二人は自転車を借りて寒霞渓にむかったが、放哉にはそうした体力のある星城子たちの肉体がうらやましかった。

放哉は、急にうつろな気分になった。ぼんやり坐って前夜二人が食べ残した豆腐、海老、菓子などを食べた。秋の気配が、ひとしお体にしみるのを感じた。

わずかな慰めは、下戸の星城子たちの前で酒に荒れることなく過せたことであった。深夜まで俳論を交し、「層雲」同人の作品評をしたりして時をすごした。時折り

皮肉めいたことも口に出かかったが、それも押えて星城子の顔色を変えさせるような事態には至らなかった。その会話の中で、星城子が夜の冷えを気づかい月々一俵分の炭代を贈ってくれると約束してくれたことは、放哉にとって思わぬ収穫だった。
大過なくすごせた、とかれは思った。星城子たちの前で病気が軽いように装うことをつづけたため疲労が深まったのか、体がひどくだるい。かれは坐っていることすら苦痛になって、ふとんを敷くと横になった。発熱したらしく、眼から涙がにじみ出てくる。咳と痰も激しくなった。その日は彼岸の中日で、墓参の村人が庵の前から裏手にひろがる墓地へ往き来している。かれは、身を横たえたまま、かれらの姿をながめていた。
星城子が去ってから六日目に、星城子からの絵葉書と手紙が同時に舞いこんだ。放哉は寝ながら読んだが、手紙の温い文面が嬉しく、起き上ると手拭で鉢巻をし、机の前に坐って長文の返事を書いた。その中で、炭俵のことについて念を押し、
オカゲで寒い目をせずに「炭」をつかへる事と思つて喜んで居ります。ナンデモ前の家の主人にきくと一俵一円五十銭とか云ふはなし……

と書き、さらに、

コレカラはアナタを熟知した以上勝手なことをドシ〳〵申して上げますよ。

とも記した。

かれの食欲は、ほとんど失われていた。辛うじて口に入れたいと思うのは豆腐ぐらいで、半丁ずつ買って焼米などと食べる。それ以外は茶を飲むだけであったが、下痢と便秘が交互に訪れていた。

月が次第にみち、十月二日には満月になった。

その日の午後、西光寺から小僧の宥中が使いに来た。西光寺で宥玄と一二が待っているから来て欲しい、という。用件は、見当がついていた。三日前に一二から葉書が来たが、そこには一二が京都に行って井泉水と放哉の扱いについて相談し島へ帰ってきたこと、旅行中の宥玄がもどってからそのことについて三人で話し合いたいと記されていた。宥玄が旅行から帰ってきたので、談合しようということはあきらかだった。

放哉は、ふとんから身を起すと、下駄をはいて庵を出た。

かれは、数日前送られてきた井泉水からの手紙で、一二が、自分の酒のしくじりをいくつか例をあげて井泉水に告げたことを知っていた。井泉水は手紙でそのことをたしなめてきていたが、放哉は、一二が余計なことを告げ口したことが不快だった。そして、これからの談合も、自分を小豆島から追放する内容とも想像され、不安になった。

かれは、ふらつく足どりで宥中の後について西光寺の門をくぐった。

座敷に行くと、宥玄と一二が坐っていた。放哉は、挨拶した。二人の顔におだやかな表情がうかんでいるのを眼にし、少し不安は薄らいだ。宥玄は病状をたずね、一二は京都で会った井泉水の近況を口にした。

やがて二人が、交互に放哉の扱いについて話しはじめた。一二は井泉水に会って、放哉を島に安住させるという結論を得、それに宥玄も賛同したという。

「食物など必要なものは遠慮なく言って下さい。出来るだけのことはさせてもらいます」

一二は、端然とした姿勢で言った。

放哉は、頭をさげて礼を言うと座敷を出た。

道を庵にもどるかれの顔は、ゆがんでいた。嗚咽しそうになるのを、かれは堪えた。謹厳な一二にとって、自分は酒乱の放蕩無頼の徒にみえるにちがいない。そのため、自分を島から追い出すような言葉を口にしたこともあるが、ようやく自分のことを理解しようという気持になっているらしい。どこと言って行くあてもない自分が、二人の好意で南郷庵に身を落着けるようになったことに感謝した。万事解決、かれは、胸の中でつぶやいた。涙があふれ出て頰をつたわった。

その夜、庵は、晄々とした月光につつまれた。かれは、月を見ながら祝い酒でも飲みたい気分だった。が、その日、一二が島に安住する条件として禁酒を守って欲しいと言ったことを思い出し、外に出ることはしなかった。かれは、入庵以来はじめて電灯を机の上にのばし、九時ごろまで読書をした。

晩秋から冬にかけて島に風が吹きつけるという話をきいていたが、翌日は午後から強い風が吹き、庭のはずれにあった藤棚が倒れた。放哉は、石屋の岡田に頼んで起してもらった。

その日、井泉水と一二にそれぞれ礼状を書き、井泉水への手紙には、

追つかけて追ひついた風の中

という句を、記した。

庵をつつんでいた虫の声も絶え、一層肌寒くなった。

星城子から炭代、井泉水から後援会の金として小為替で五円とサルマタ、帯、着物などが送られてきて、放哉はひどく豊かな気分になった。

星城子の手紙を読むことは、楽しかった。俳人として自分を尊敬していることが文面にあふれ、それを読むたびに心がなごむ。自信もよみがえり、星城子が自分の最良の理解者のように思え、親密感をいだいた。

かれは、星城子の手紙を読み終ると机の前に坐って返書をしたためる。自然に手紙は長文のものになり、書くことに疲れたが、星城子の送ってくる句にも懇切な批評を添えることを忘れなかった。星城子には遠慮することもなく、

アンタの句は目下一転機になつてゐる様だ。ダト云ふのは「句」が非常にマヅクなりました。「怒つてはいけませんよ」……之が非常によい事で誰でも此の非常に「マヅク」なつて作つても作つてもいやになる時を我慢して作るとずつと上つて来ます……故にお芽出度い事ですよ。

と、忠告したりした。

十月十三日には、島の氏神である八幡宮の秋祭りが村ごとにはじまり、庵にも笛や太鼓の音がきこえてきた。

正午近く、西光寺から祭りの祝いだと言って料理がとどけられ、ついで石屋の岡田が徳利に入れた酒を持ってきてくれた。かれは、料理に箸をのばしながら徳利にしばしば視線を向けた。酒を飲んで荒れれば、一二を憤らせ、宥玄の不興も買って島から追い出されることになりかねない。庵でひそかに飲むなら気づかれまいが、いったん酒が入ればそれですむとは思えない。

石屋は困ったものを持ち込んできてくれたものだ、と、かれは徳利を見つめながらつぶやいた。星城子の持ってきてくれたウイスキーを飲んだ折のことが思い起された。その夜は、気持も浮き立ちつつましく酒を楽しんだ。あらかじめ心構えをしっかり持っておけば、酒で失策をすることはないのだ、と思った。

かれは、徳利に手をのばすと、湯呑み茶碗に酒を注いだ。一二や宥玄の使いの者が不意にやってくるおそれを感じ、かれは徳利を机の下にかくして茶碗をかたむけた。酒が咽喉を越して胃にしみてゆく。

かれは、酒を口にふくみながら、あらためて島に安住できるようになったことに安堵を感じた。

島から出たくもないと云つて年とつてゐる

という句も作ったが、そのような句は今後頭に浮ぶことはないだろう。村人たちには粗食に甘んじ女気もない放哉の生き方が理解できかねるらしく、かれらはいぶかしそうな眼を向けてくる。お地蔵様の祭日に庵に来た村の老婆が酔って問うた言葉から、

なにがたのしみで生きてゐるのかと問はれて居る

という句も自然に生れた。

久しぶりに飲む酒で、酔いは早かった。体のだるさも熱っぽさもいつの間にか忘れ、気持がはずんできた。空気がひんやりしているのも快かった。

一時間ほどすると、かれは自分の体に活力のようなものがひろがっているのを感じ

はじめた。井泉水、星城子以外に手紙で句評指導をしてやっている嶋丁哉という「層雲」の誌友からも、星城子にきいたらしく炭代として二円五十銭が送られてきていた。丁哉は、大分県中津の鐘ケ淵紡績株式会社中津工場に勤務し、「層雲」中津支部の中心人物で「裸」という俳誌に拠って句作をつづけていた。かれは放哉の句に心酔し、指導をうけていたのである。

放哉は、それらの金で豆腐と解熱剤のアスピリンを買ったが、金のほとんどが手もとに残っている。

徳利の酒が、絶えた。

「久しぶりだ、出掛けてみるか」

かれは、大きな声で言うと立ち上り、行李の底から紙幣と硬貨をとり出し、袂に入れると下駄をはいた。

寺で撞《つ》く鐘の音が遠くきこえていたが、近くの寺からも重り合うように起りはじめた。村の郵便局の近くに料理屋があるが、そこに行ってみたくなった。道をたどってゆくと、村人が通りすぎる。放哉は酔っていることをさとられまいとして、にこやかに頬をゆるめて軽く頭をさげたりした。

西日がうすれ、あたりが薄暗くなった。

料理屋の前には打水がしてあった。かれは、格子戸を開けると足をふみ入れた。土間の片側に小座敷がつらなり、天井に電灯がともっていた。内部には、だれもいなかった。

かれは、小座敷にあがると手をたたいた。人の出てくる気配はない。

「客だ、だれかいないのか」

かれは、小座敷から身を乗り出し、奥に声をかけた。

のれんが動いて、化粧をした二十五、六の女が出てきた。

「酒と簡単な肴。酒はすぐにだ」

かれは、卓袱台の前にあぐらをかいた。

女は奥に入り、やがて盆に酒と肴をのせて出てきた。そして、台の上に並べると、かれの手にした盃に銚子をかたむけた。

「よろしい。燗はほどほどだ」

かれは、杯を干すと女に注ぐように差し出した。女が、再び銚子をかたむけた。

女は無言で立ち上ると、下駄をつっかけて奥に入っていった。

かれは、腹立たしくなった。客商売なのだから傍についてお酌をすべきであるのに、黙って去った女が許しがたかった。なんという無愛想な女だろう、と思った。

「おい、女。ちょっと来い」

かれは声をはりあげた。

下駄の音がして、女が小座敷の前に姿をあらわした。

かれは、薄笑いをうかべながら女の顔に視線を据え、

「つかぬことをたずねるが、この店では三杯目から手酌でという規則でもあるのかね」

と、言った。

女は顔をこわばらせると、

「私は芸者なんです。今に仲居さんが来ますからそれまでお待ち下さい」

と、髪に手をふれながら言った。しわがれた声で、口もとからサンプラをはめた歯がのぞいていた。

「ほお、芸者さんかい」

かれは、女から視線をはずすと杯の酒を口に入れ、再び女を見上げた。口もとがゆがみ、眼が光っていた。

「それでも芸者か、芋掘りみたいな面をして……。肥桶でもかついでいる方が似合う」

かれが言うと、女は顔色を変え、小座敷の前からはなれた。

馬鹿にしてやがる、かれは杯をつづけて傾けた。

「おい、酒だ。芋掘り、持ってこい」

かれは、声をはりあげた。

下駄の代りに草履の音がして、頭の禿げた小柄な男が顔を出した。

「ここのおやじか」

かれの言葉に、男はうなずいた。

「いい芸者がいるんだな、おやじ。二度もお酌をしてくれた。酒を持って来い。こんないい店で飲めて嬉しいよ」

男が立ち去りかけると、

「勘定もしてくれ。あと一本手酌で飲んで腰をあげる」

と、声をかけた。

男は、二十銭いただきます、と答えた。顔に安堵の色がかすかに浮かび出ていた。

「安いな、おやじ、一流の芸者がいる店で二十銭とはただのようだ。ところでおやじ、あの女は本当に芸者かい、芋掘りでもしているんじゃないのかい？」

かれの顔に薄笑いの表情が消え、眼に険しい光がうかんだ。

男は、無言で店の奥に入っていった。

放哉は、二本目の銚子を空にすると店の外に出た。芋掘り女の癖になにが芸者だ。かれは吐き捨てるようにつぶやいた。

風が出ていて、着物の裾がひるがえる。足の関節の力が失われ、体がふらついた。そのまま帰る気もなく、かれは道をたどると、酒と貼り紙のしてある小さな店の戸を開けた。店に客はなく、二十七、八の女が長い台の向う側で小鉢をふきんで拭いていた。

かれは、台の前に置かれた縁台に坐ると、

「酒」

と、女の顔も見ずに言った。

女は、銚子に酒を注ぎ、燗をした。

薄ぎたない店だ、かれは店の内部を見まわした。島にろくな店はなく、芸者とも言えぬ女が芸者面をしている。そのような店に有難がって通う島の男たちが愚かしく思えた。

女が、盆に銚子をのせて持ってくると酌をし、再び台の向う側に行って小鉢を拭いはじめた。

酒をふくんだかれは、

「まずい酒だな。これでも酒かい」

と、荒々しく言った。

女が、放哉を見つめた。

かれは、女に眼を向けると、

「なにか気にさわるようなことを言ったかい。まずい酒だと言っただけだ」

と言って、薄く笑った。

かれは、黙然と盃を傾けつづけ、銚子に酒が少くなると、

「おい、女。まずい酒のお代りだ」

と、女に言った。

いつもより酔いがひどく、体が左右にゆらぎ、今にも縁台から腰が落ちそうだった。銚子が、数本並んだ。放哉は、女を芋掘り女と呼んだり、お前も芸者かいと声をかけたりしながら酒のお代りをさせた。

顔をこわばらせていた女が、無言で裏口から出て行くと、六十年輩の女を伴って入ってきた。

「庵主さん」

老いた女が、気さくに声をかけてきた。

放哉は、顔を向けた。

「ひどく酔っているじゃないですか。もう、そこらで切り上げなくちゃ体に毒ですよ」

「いいこと言ってくれるじゃないか、婆さん。客にそんなことをずけずけ言えるのはなかなか出来ないもんだ。遣り手婆でもやっていたのかい」

放哉は、口もとをゆがめた。

老女の顔からおだやかな表情が消えた。

「芋掘り女に遣り手婆か。役者がそろったな」

かれは、酒を盃に注いだ。

「それなら、いつまでも飲んでいな。西光寺さんの和尚様を連れてくる」

老女は、甲高い声をあげた。

放哉は、手にした盃を台に置き、老女に顔を向けた。かれの顔がゆがんだ。宥玄は、一二のように禁酒を誓わせたりはしないが、それだけにその存在が恐しく、もしも深酔いし悪態をついていることが知れれば、不興を買うにちがいない。宥玄は、自分に南郷庵という住居をあたえてくれたし、一二とともに生活に必要な物を恵み、時折り金銭も渡してくれる。かれらに無心をして辛うじて生きている自分が、金銭を飲酒に費し、町の者を困惑させていることを知れば、温情もこれまでと、庵から去ることを命じるかも知れない。感情の抑制力が強い宥玄だけに、ひと度心に決めたことは飽くまで押し通し、自分が必死に詫びをいれても許すことはないだろう。

かれは、うろたえた。老婆が宥玄に告げれば、自分は生きる場を失う。今まであれこれと努力し辛うじて得た棲家も追われ、助力してきてくれた井泉水をはじめ多くの友人からも見放される。

「勘定」

かれは、縁台から腰をずらし、立ち上った。

女が金額を口にし、かれは袂をさぐって金銭を台に置くと、あわただしく店の戸を開けた。

かれは、よろめきながら道をたどった。素直に店を出て来たので、老婆が宥玄に告げ口をすることはあるまいと思ったが、恐怖に近い不安が体にひろがっていた。

九

翌日、一二の家から使いの者が祭礼の料理を届けてくれ、放哉はそれに対する礼状に、前夜、西光寺や石屋から料理と酒がとどき、久しぶりに酒を飲んだことを記した。もしも、老女が宥玄に告げ口をした場合、それが一二にも伝われば激怒することは確実で、あらかじめ手紙でさりげなく伝えておいた方が、穏便にすみそうな気がしたのだ。かれは、「オ許シ下サイ……コレカラは、絶対呑みません」と書いた。

絶対呑まぬ、とはその場のがれの誓いになっていたが、その日、かれは身にしみてそう思った。二日酔いとは異なった胸苦しさで、前日食べた料理が胃にそのまま残っているらしく腹がひどく脹っている。それに、咳と痰が激しく、胸が裂けそうであった。

その状態は、二日たち三日たっても変らなかった。咳が連続的に襲ってきて、かれは畳に手をつき堪えていたが、嘔吐感がつき上げてきて胃液が口から流れ出る。かれは、二包み五十銭で買った咳止めの薬を飲んでみたが、咳はやまない。夜も眠れず、息苦しかった。

それに、慢性化した便秘がさらにつのり、塩水を飲んで厠に行き長い間しゃがんでいたが、足が痺れるだけで便は出ない。これでおれもいよいよ死ぬのか、と思うと、熱いものが眼ににじみ出た。

ふとんの傍に置いておいた体温計は、深酔いした夜踏みつけてこわしてしまったので検温できなかったが、幸い熱は余りないようだった。かれは坐ったり寝たりして過した。死が間近に迫っているらしいことが恐ろしくてならなかった。

西光寺の小僧の玄浄が梨と柿を持ってきてくれたが、かれは身を横たえたまま口もきかなかった。小僧は、庭先に立って放哉を見つめていたが、やがて去った。

しばらくすると、玄浄が再び姿を現わし、座敷にあがってきて封書を差し出した。それは宥玄からの手紙で、玄浄に案内させるから、すぐに町医の診断を受けるように、とあった。

かれは眼を閉じた。二年前、満州の病院で左胸部湿性肋膜炎の診断をうけて以来、医師にみてもらったことはない。わずかに神戸在住の「層雲」同人である医師の山口旅人から、咳どめの薬を送ってもらった程度であった。かれは、肋膜炎がかなり進行し、このままでは近々のうちに死を迎えるにちがいない、と思った。肺病の死は悶死であることが多いと言われ、そのような悲惨な死は避けたかった。それに、数日来の苦しみからのがれたかったし、宥玄のすすめに従って医師のもとに行こうと思った。

かれは起き上ると、二日前に星城子が小包みで送ってくれた綿入れの着物を身につけ、下駄をはいた。小僧は無言で道を歩き、放哉はふらつく足取りでついていった。

小僧が足をとめたのは、放哉も何度かその前を通ったことのある木下医院の前であった。小さな看板には、内科耳鼻咽喉科と書かれていた。

「和尚様が木下先生にお願いしてありますから……」

玄浄は、言った。

放哉は、うなずくと格子戸を開けた。土間つづきの六畳間が待合室になっていたが、だれもいない。

薬渡し口の小窓がひらいて、髪に白髪のまじった女が顔をのぞかせた。放哉が、宥玄のすすめでやってきた尾崎だと言うと、女は診察室へと言った。

かれは、廊下に出ると、すぐ前にある薄い板のドアを押した。洗い晒したような白衣を和服にまとった男が机の傍に坐っていて、放哉を丸椅子に坐るようにうながした。木下綜長であった。

放哉は、木下に問われるままに病歴を告げ、上半身裸になった。部屋には大きな火鉢に炭が熾《おこ》っていて、温かった。

木下は、胸と背を指でたたき、聴診器をあてた。ついで咽喉をのぞき、ベッドに仰向きに寝かせると腹部を押した。

「左側の肋膜が全部癒着《ゆちやく》しているようですね。今のところ気管支炎で心配はないが、安静にして滋養のある物を食べなければいけない。咳が激しい時は、寝ていなさい」と、木下は注意し、咳どめの薬をあたえると言った。

放哉は、待合室にもどり、小窓から女が差し出した薬瓶と薬包の入った袋を受け取ると、外に出た。

かれの体は、よろめいた。危惧していたことが現実のものになった恐れが、かれをおびえさせた。木下は気管支炎だと言ったが、気休めのように思える。肋膜が全癒着していることは、病勢が極度に悪化していることをしめしている。咳も痰も肺病のためで、執拗な便秘は腸が結核菌におかされているためにちがいなかった。

帰途、かれは酒屋に寄ると一升瓶をかかえて庵にもどった。不安をまぎらせてくれるのは、酒以外になかった。どうせ死ぬ命なら、思う存分飲んでやれ、と、かれは茶碗に酒を注いで口に運んだ。

咳と痰が絶え間なく出るが、かれは、それに挑むように茶碗を傾け、時折りむせて顔を充血させた。風が強くなったらしく、雨戸が音を立てていた。

その後の二日間、かれは、ふとんに身を横たえたままだった。身を起したのは、焼米を食べに台所へ立つ時と厠でしゃがむ時だけであった。それまで毎日、葉書や封書を書いてきたが、そのような気力もなかった。かれは、すがるような思いで木下医師からもらった薬をのんだ。

三日目の朝、眼をさましたかれは咳と痰が少くなっていることに気づいた。他にこれと言った原因はなく、木下の薬がきいたとしか考えられなかった。咳に苦しむこともなく、体のだるさも薄らいだように感じられた。無養生であったのがいけない、体が悪ければ医者にかかり適当な治療をうける必要があるのだ、と、かれは自らに言いきかせた。

ふとんから這い出ると、机の前に坐った。前日、星城子からウイスキーが郵送されてきていたので、まずそれに対する礼状を書き、俳句の指導をしてやっている嶋丁哉に封書と葉書を立てつづけに書いた。首がしこり、背骨が疼《うず》いたが、語り合う者もないかれには、送られてくる書簡類を読むことと手紙を書くことが唯一の楽しみであった。

かれは、手紙を書き終えるとふとんに這い込んだ。胸が苦しかったが、咳はほとんど出ない。木下という奴は大した医者だ、と、かれは胸の中でつぶやいた。

午後、薬がわずかになったので、医院に行った。

「大分、咳も痰も少く、よくなりました」

放哉は、小窓から薬を渡してくれた女に礼を言った。

帰途、かれは乾物屋に行って卵を二個買い、袂に一つずつ入れた。その軽い重みが、体を癒《いや》してくれる貴重なものに感じられた。

かれは、句帖から五十句選んで「層雲」編集担当の小沢武二に送った。南郷庵に住みついてから句が自然に生れ出てくるようになっている。読み直してみると句に無理がなく、しかも句境が深まってきているように思えた。おれも遂にこの域まで達したか、という感慨と、おれは類い稀な詩才に恵まれているのだという自負が胸に湧く。それに、文通で句の指導をしてやっている者たちから、「層雲」に発表される放哉の句を激賞する手紙が送られてきていて、それがかれの沈みかける気持を奮い立たせる心の支えになっていた。かれは、作句にはげむためにも木下の指示に従って薬を飲み、滋養物をとりたいと思った。

かれは、町に出て生卵を買い、牛乳、バナナも求めた。食欲はほとんどなかったが、それらを薬だと思い、飲み、そして食べた。

気分の良い日がつづいたが、それも六日間だけで、再び激しい咳と痰に苦しんだ。咳込むと嘔吐がつき上げてくる。死の恐怖に堪えきれず、星城子から送られてきたウイスキーをあおった。

嘔吐しながら、かれは飲みつづけた。酔いがまわってくると、どうにでもなれ、死ぬことなど恐ろしくはない、と挑むような気持にもなる。むしろ、泥酔することが荒療治になって病気を追い払ってくれるようにも思え、ふとんに身を横たえながらウイスキーを咽喉に流し込んだ。

翌日、かれは激しい二日酔いに苦しんだ。新たな不安が湧いてきた。医師に診断を受け二度薬をもらっているが、その費用と、滋養を体につけるため卵などをツケで買っている代金が、かれを重苦しい気分にさせていた。井泉水からは後援会の援助金として、来年三月の巡礼期までという条件で、毎月五円が送られてくるようになっているが、むろんそれだけでは生活費にも足りない。宥玄が町医にかかるようすすめてくれたのだから、宥玄が薬価代を払ってくれそうにも思えたが、その保証はない。

胸算用してみると、医師への払いと滋養代あわせて七円ぐらいはかかっているように思える。それは到底自分には支払えぬ額で、基本的に自分は医師にかかり滋養物を口にできるようなブルジョアではない、と思った。

かれは、ふとんから這い出して鉢巻をすると、不安を追い払うように星城子、一二に封書、武二、丁哉に葉書を書いた。

頭が痛く、かれはふとんにもどったが、金策は星城子に頼む以外にないと思い、ふとんと机の間を往復しながら葉書を三枚書いた。その一枚に、啓、是非ネ、アンタに御願したい事があるのだが……

と書き、頭が痛いので明日にでも用件を伝える手紙を送る、と記した。

翌日は咳、痰も少くなったので、ふとんから這い出ると、机にむかって星城子宛の手紙を書いた。まず、病状について述べ、医者にかかって薬をもらい、牛乳、卵、バナナ等の滋養物を食べて療養につとめていると記した。つづいて用件に入り、

……薬代と滋養代と胸勘定して見ると、茲二週間位の間に一寸七円弱あるらしいです。之を早く払ひたし、荻原氏の後援会にもち込む事一寸……スマヌノデ、一時、大兄から、拝借願へますまいか……之は決してブツタクリは致しません。

と懇願し、毎月一円か二円返済すると約した。また、星城子以外には頼み易い者もいないのでお願いする次第、とも書き添えた。

放哉は、その書簡を石屋に持っていって投函を頼むと、再びふとんにもぐりこんだ。かれは、少し涙を流した。ようやく庵に住むことが許され安息を得ることができ

たが、病状が悪化し、星城子にまで金の無心をしなければならなくなったことが情なく、星城子への手紙に「……人生意の如くならず」とも書いた。自分には薬や滋養物の支払いをする力はない。今日かぎり薬も飲まず滋養物も口にすることはやめよう、と思った。

その日、かれは芋を入れた粥を食べ、焼き米をかんだ。

翌日は十一月一日で旧暦の九月十五日にあたり、満月を楽しみにしていたが、午後から雨が降り出し夜になってもやまなかった。かれは、再びふとんから這い出すと星城子宛の葉書を書き、

火の気のない火鉢を寝床から見て居る

という句を末尾に記した。

かれは、星城子が金の無心にどのような反応をしめすか不安になって、二日後にまた封書をしたため、今後こんなことは二度と頼まぬし、必ず返済をするから「ドウカ今回の処だけ、放哉坊を助けて下さい」と、書いた。

自分の手紙はすでに星城子のもとにつき、折返し返事を書いてくれたら、自分のもとについているはずであった。郵便は、朝、正午過ぎ、夜の三回配達されてくる。かれは小窓から外をながめていたが、配達夫は道を通り過ぎるだけで、庵の前庭に入ってくることはなかった。かれは、苛立ち、電灯の下で再び筆をとると、

啓、とんと手紙なし、まさか怒つてるワケぢやあるまいし……と思つても見るが、ツイ心配になつて又書いて見ます

……左側肋膜全部癒着。

二日夜　放哉坊

と、簡単な手紙を書き送った。

翌日も星城子からの返事はなく、また封書を送った。かれは、夜の配達便で返事がくるにちがいないと思い八時過ぎまで待ったが、その日も〒と朱書された提灯を手にした配達夫が窓の下を通り過ぎていっただけであった。

放哉は、不安に襲われた。星城子は福岡で文房具店を営み経済的にも一応安定した生活を送っているらしいが、返済のあてもなさそうな金を送る気にはなれないのかも

知れぬ。星城子は、今まで炭代や衣類その他を送ってきていて、その上、七円を無心されたことに腹立たしさを感じているとも想像された。

薬も飲むまいと心にきめていたが、病気の進行が恐しく、かれは再び服用しはじめた。もしも星城子が送金してくれなければ、薬を飲むこともできなくなる。かれは、ふとんに寝たまま、庵の庭の隅に咲く黄色い目玉菊の群を暗い表情で見つめていた。

星城子からの手紙が配達されたのは、翌日の夜であった。手紙と言っても、白紙の長い巻紙に「人間万事塞翁が馬」と書かれているだけで、七円の紙幣がはさみこまれていた。その文句は、放哉が「人生意の如くならず」と書き送ったことに対する慰めの言葉であることはあきらかだった。

放哉は、安堵した。期待通り星城子が金を送ってくれたことが嬉しく、すぐに木下医院へ行ってきれかけていた薬をもらい、とりあえず薬価代の一部として二円を支払った。

その日は気持もはずんで星城子への礼状をはじめ封書二通、葉書二通、翌日も葉書二通を井泉水らに書き送った。その中の一通に、

死にもしないで風邪ひいてゐる

という句も記した。

幸いに咳、痰が少くなり、かれは時折り起きて芋粥を作ったり、句を書きとめたりした。肌寒さが増し、かれは火鉢の傍に坐っていることが多くなった。

「層雲」十一月号がとどき、かれの句も五十句発表されていた。また、井上一二の句もあり、放哉はその数句について、「ウマイデスナ」「何れも感銘申候」「……之等、アナタの本格ぢやないですか、……兎ニ角、エライ『力』でやり出されたものですな」などと句評を記した封緘葉書を一二に送ったりした。また、句作を指導している者に句評や添削をした手紙も送った。

体の力はすっかり失われていた。豆腐売りがやってきても、台所に容器をとりにゆくのが億劫で、顔を洗うのも手が疲れ途中でやめてしまう。それでも、薬がきいたらしく咳に苦しむことも少くなり、安らいだ日々がつづいた。

かれは、多い日には数通の手紙を書いた。それに対する返書が送られてくるのが楽しく、殊に星城子には午前と午後に一通ずつ書き送ることもしばしばだった。星城子からも返書が送られてきていたが、放哉は、

今日は島は雨……淋しいな、一日、二日、アンタから手紙が来ないと、此の頃馬鹿に淋しい、手紙を下さい。匆々

と、ねだったりした。その葉書についで、さらに星城子へ長文の封書一通を午後に書き、夜、星城子から手紙が舞い込むと、電灯の下でそれに対する長文の返書を書き、疲れきってふとんにもぐりこんだ。書簡類の投函を頼む石屋は、数が多いことに呆れているようであった。殊に、近い距離に住む西光寺住職や井上一二宛の手紙もまじっていることに驚きの表情をみせていた。

送られてきた手紙の中で、「層雲」同人内島北朗の手紙は、かれを喜ばせた。京都の陶芸家である北朗は、自作の展覧会を姫路でひらき、その後、高松に行くので十一月二十六日頃に小豆島に立ち寄り放哉を訪れるという。星城子が友人とともにやってきて以来、ひとりきりで過していたかれは、北朗の手紙が嬉しくてならなかった。かれは、興奮をおさえきれず、一二に手紙を書いてそのことを伝えた。

その日は、空もカラリと晴れ、風もなく快い気分であった。発熱もせず咳もほとんど出ないので、かれは浮き立つような思いで庭の目玉菊を摘み、瓶にさして眺めたりした。

夕方、一二の家の使用人が料理を持ってきてくれた。酢でしめた小鯛、テンプラ、牛肉と上質のソースであった。小鯛をつまんでみると、調理の巧みな一二の母が作ったらしく、きわめてうまい。かれは、牛肉を醤油と砂糖で煮て食べようと思った。むろん、庵に入ってから牛肉など食べたことはない。芋粥を一日に二回食べ、時折り豆腐半丁を副食にするだけのかれにとって、牛肉は得がたい滋養物だった。かれは、火鉢に炭を加え、小鍋で肉を煮はじめた。久しぶりの肉の煮える匂いに、かれの気持はずんだ。

こんないい日は稀だ、北朗は島にくると連絡してきたし、一二の家からは牛肉がとどけられた。肉を食べるには、やはり酒だ、肉を肴に一杯やろう、とかれは思った。小窓をあけると、石屋にむかって大きな声をかけた。戸が開いて、岡田が顔を出した。

「すまんがな、酒を買ってきてくれ」

放哉は、口もとをゆるめて言った。

岡田はうなずき、家の中に姿を消すと、代りに娘が出て来て、庵の庭に入ってきた。放哉は、娘に一円紙幣を渡した。娘は、杖をつきながら庭から出て行った。西日がおとろえ、あたりが暗くなっていた。

肉が煮え、かれは、鍋に箸を伸ばし口に入れた。やわらかい肉だった。滋養が体にしみ入るようで、病気も退散しそうに思えた。

娘がもどってきて、酒の瓶を置くと去った。かれは、茶碗に酒を注いだ。点灯時間が来て、部屋の淡い電灯がともった。素晴しい夜だ、とかれはつぶやいた。

かれは、葉書を取り出すと一二に礼状を書き、酒をふくんだ。さらに、句作指導をしてやっている嶋丁哉にも葉書をしたためたが、字は酔いで乱れていた。

ふと、木下医院に行って直接木下に礼を言おう、と思った。たしかに薬は効果があって咳に苦しむこともなくなっている。滋養のある食物を口にするようになったことも、病状を好転させる原因になっているらしい。木下に感謝の意を伝え、忠告通りに生活していることを告げたかった。

かれは、立ち上った。ふらつく体で、手を伸ばすと電灯のスイッチをひねって消し、庭に出た。空に月はなく、星の光がひろがっていた。

西光寺の門前を避けて道を迂回し家並の中に入ったかれは、軒下に緑色の笠のついた電灯がともっている木下医院の前で足をとめ、格子戸を勢いよくあけた。

「木下先生。尾崎です」

かれは、大きな声で言った。

待合室に母娘らしい中年の女と女児が火鉢の傍に坐っていて、かれにおびえたような眼を向けた。薬出し入れ口の小窓がひらいて、女の顔がのぞいた。

「今晩は、尾崎です。先生はおられますか。ぜひお眼にかかりたい」

放哉は、自分の声の呂律がひどく乱れているのに気づいていた。女が、かれの姿をうかがうような眼で見つめ、窓を閉めた。かれは、柱に手を突き、体が揺れるのを防ぎながら立っていた。

白衣を羽織った木下が、待合室に姿を現わした。

「夜分、申し訳ない。お礼を述べに参上しました」

放哉は、頭をさげた。

「咳が少くなりました。薬がきいたのです。実によくきく」

「それは、よかった」

木下は、さりげない口調で言った。

「嬉しくなってやってきました。あなたは名医だ。こんな島に置いておくのは勿体ない。学校はどこです、出身校は？」

放哉は、呂律が乱れぬように注意しながらたずねた。

木下の顔に、当惑した表情がうかんだ。

「鳥取藩に代々仕えた藩医で、姉が医者を養子婿に入れて、鳥取で開業しています。私の従弟も東京帝国大学医学部を出て、沼津で医院をひらいている。いわば、医者一家ですよ」

「そうですか。実は、私の家も医者でしてね。母の実家は、鳥取藩に代々仕えた藩医

「愛知医専ですよ」

木下は、素気ない口調で答えた。

「そうですか。実は、私の家も医者でしてね。母の実家は、鳥取藩に代々仕えた藩医で、姉が医者を養子婿に入れて、鳥取で開業しています。私の従弟も東京帝国大学医学部を出て、沼津で医院をひらいている。いわば、医者一家ですよ」

放哉は、笑い声をあげた。

木下は、顔をこわばらせた。

「医大でも医専でも、大した変りはない。本人の勉強次第だ。そうでしょう？　先生」

放哉は薄笑いしながらのぞきこむような眼をして言った。

「多分……」

木下は、低い声で答え、

「患者を待たせてありますから……」

と、気まずそうな表情で言った。

「そうでしょう。御繁昌ですな、名医のもとには病む者が集る。ともかく、先生からいただいた薬のおかげで、このように外を歩くことができるようになりました。あら

ためて御礼を申し述べます。さ、待っている患者の診察をつづけて下さい。私は、これで失礼いたします」

放哉は、格子戸に手をかけて開けると道によろめき出た。

礼を言いに来たのに、迷惑そうに追いはらうような態度をとりやがって。かれは不快になった。いっそ引返して、なじってやろうかと思ったが、さすがに宥玄と親しい木下にそのようなことをすることはためらわれた。

芸者面をした芋掘り女のいる店にでもいってやるか、かれはつぶやいた。金は持ってきてはいないが、島でツケは普通のことで遠慮する必要はない。むしろ、その度に代金を払う男は蔑《さげす》まれるにちがいない、と思った。かれは、星明りの道を体を揺らせながら歩いていった。

その夜、放哉は四軒の店を飲み歩き、庵に帰ったのは夜明け近くであった。どの店でも、かれは相手を刺すような言葉を吐きつづけた。

三軒目の店では、初老の主人がかれの機嫌をとろうとしておずおずと近づき、

「庵主様は、帝大を出て大会社のお偉い重役であられたそうですね。頭休めにこの島へおいでになっておられるのですか」

と、言った。

放哉は、薄笑いすると、

「おやじ、どこでそんなおべっかをおぼえた？　頭休めとは考えたじゃないか。顔に似合わず小知恵が働くな」

と言って、店主の顔色を失わせた。頭休めとはうまい、常人の口にできる言葉ではない、と、放哉はしきりに感心するように繰り返した。

酒のお代りを頼み、店の者が黙ったまま銚子を差し出すと、

「お前は、もぐらかい。口がきけぬらしいな。表の提灯にだんまり屋と書いた方がいい。どうだ、いい考えだろう？」

と言って、不快そうに顔をゆがめたりした。

庵にたどりついた放哉は、ふとんの中に倒れるように身を横たえた。咳がひどく、かれは何度も眼をさました。

身を起したのは正午過ぎで、錐《きり》をさしこまれたように頭が痛く、体がだるかった。かれは、水を飲みに井戸へ行くと再びふとんにもぐりこんだ。

かれはまどろんだが、すぐに人声で眼をさました。前庭に西光寺の小僧の宥中が立っていた。

「なんの用だ。なにか持ってきてくれたのか」

放哉が横になったまま言うと、宥中は黙ったまま手を伸して畳に封書を置き、庭から出ていった。

かれはふとんから這い出し、封書を手にした。放哉殿と書かれ、裏には宥玄の名があった。

かれは封筒の中から手紙を取り出した。短い手紙であったが、読み進むうちにかれの顔がひきつれた。手紙には、四軒の店の者が連れ立って西光寺へやってくると、宥玄の妻に放哉が金も払わず飲みつづけ、しかも類のないほどの悪態を吐きつづけたことを訴えたとある。外出先からもどってきた宥玄はそのことを妻からきき、この手紙を書いたと記されていた。手紙には苦情をうけたことが述べられているだけであった。

放哉は、狼狽した。宥玄は、一二と異って酒を飲むことをきびしく禁じてはいない。宥玄は、口にこそ出さないが放哉に南郷庵の墓守りとしてのつつましい生活態度を求めているだけで、そのために金銭や日用品もあたえてきてくれた。そのような恵みを受けて辛うじて生きている身でありながら、四軒も店をまわって酒を飲み、その上、店の者の顰蹙《ひんしゅく》を買うような言動をとったことは、許されるべきことではないはずであった。

宥玄が気分を損ねれば、庵にとどまることなどできず、その日から飢えにおびえる身になる。病勢が悪化しているのに、薬を服《の》むどころか、雨露をしのぐ場所も失い、路頭をさ迷わねばならなくなる。放哉は、恐ろしさに身をふるわせた。宥玄が手紙で叱ることもせず、物でも投げ出すように苦情を受けたことだけを記しているのは、憤りがいかに激しいかをしめしている。すべてに寛容な宥玄だが、いったん自分を裏切るような人間だと判断した場合は容赦なく見捨て、詫びを乞うてもきき入れることはないだろう。

放哉は錯乱状態におち入り、庵の中を歩きまわったり裸足で庭におりたりした。乞食同然に身を蓆《むしろ》につつんでよろめきながら路を歩く姿や、路傍で行倒れになっている情景などが眼の前にちらついた。

かれは、机の前にくずれるように坐ると紙をひろげ、筆をとった。

啓

ナントモ申上方アリマセン、……今回丈御ユルシ下サイマセ。只、……コレカラ愈、呑ミマセン、……今一度御ユルシ下サイマセ、御目ニカ丶ル事モ面目次第ナシ、此次ニコンナ、シクジリヲヤツタラ、私カラ身ヲ引キマス。今一度御ユルシ下サイマセ、御願申シマス。面目ナクテ、御目ニカ、リニ行カレマセン、御ユルシ下サイマセ。

敬具　拝

尾崎生

かれは、「御ユルシ下サイマセ」と書きながら頭を何度もさげた。一刻も早くその哀願の手紙を宥玄に手渡さなければならぬと思ったが、西光寺へ行く勇気はない。かれは、小窓を開けると岡田に声をかけ、窓の下に近づいたかれに手紙を落し、

「西光寺の御住職に届けてくれ。すぐにだ」

と、うわずった声で言った。

岡田は放哉のうろたえた表情をいぶかしみながらうなずくと、石槌を店の中に置き、手紙を手に寺の方へ小走りに遠ざかっていった。

その日の夕方、小僧の宥中が封書をとどけに来た。宥中のかたい表情に、放哉は不吉な予感におそわれた。

宥中が無言で去ると、かれは封を切った。かれの顔は青ざめていたが、その眼にわずかに安堵の色がうかんだ。

宥玄の手紙は、今までになかった厳しい筆致だった。「去る者は追はず、来るもの

は、こばまず」という文句に、いつでも庵を去ってもよいという宥玄の自分に対する態度がかぎとれ、体が冷えた。

「貴方の淋しさを慰むるものは酒なるべし、敢て禁酒を強ゆるものに非ず、自今庵内の痛飲は之を問はず、料亭の飲酒極少量といへどもこれを禁ずるもの也」という文章に、恐れを感じた。宥玄は、禁酒を強いないが、外に出て飲むことは禁じるという。もしもそれを守らねば、一言の弁解も許さず庵から去ることを命じるだろう。

放哉は、早速筆をとると「○庵則死ストモ実行　○よく御話わかりました、……スミマセン〳〵」と手紙にしたため、再び岡田に頼んで西光寺に届けてもらった。

かれは、夜、芋粥をすすりながら、庵を追われぬために一切外出することはすまい、と、かたく自分に言いきかせた。

放哉は、ひっそりと日を過した。

海から吹きつける風が庵をきしませ、舞い上った枯葉が部屋に舞いこんでくる。相変らず咳と痰がとまらず、かれは、芋粥を食べ、身を横たえながら空に眼を向け、

ヒドイ風だドコ迄も青空

という句を句帖に書きとめたりした。

実家をついだ姉の並と婿の秀美から、島に来て以来初めての手紙が舞いこんだ。そこには体調を問い、もしも必要なら金を送る旨がしたためられていた。秀美の手紙には、医師である自分とは対照的に漂泊の身になっている義弟への気遣いが感じられ、並の文面には弟を思う温い情がにじみ出ていた。

放哉は、拗ねきった気持で返事を書いた。「オ金ハ一文モイリマセヌ」、「アナタ方ガオ金ガ出来レバ、出来ル程、私トハ遠クナル」などと書き、「之ガ、オワカレカモ知レマセン、……御長命遊ばせ。サヨナラ」と結んで投函した。

数日後、庵の前のお賽銭箱のふたをあけて金を盗む女を眼にし、ふとんから起き上ったが、女は素速く姿を消した。かれは、姉夫婦の手紙についでお賽銭を盗む女を眼にしたことに、気持が一層滅入《めい》った。

かれの心を支えてくれていたのは、京都在住の内島北朗が訪れてくれることだけであった。北朗が小豆島に立寄るのは二十六日であった。

放哉は、十一月下旬に入ると北朗が予定を繰上げて来島するかも知れぬという期待をいだき、庵を出ると裏山にのぼってゆくようになった。足がだるくしばしば息をととのえ、時には激しく咳込んで山路でうずくまることもあった。ようやく海を見下せる場所にたどりつくと、高松方面からやってくる定期船を見つめていたが、艀《はしけ》に乗り移る客の中に北朗らしい姿はなかった。

十一月二十六日になった。数日前から肩が異常に凝り、その日は殊に激しく呼吸も苦しいほどになっていた。肺病の影響によるものらしいと思ったが、かれは、北朗がやってくるのが待ち遠しく裏山へのぼっていった。

朝の船に北朗の姿はなく、正午に庵にもどって芋粥を食べ再び山路をたどった。午後の便ではまちがいなくやってくるにちがいないと思ったが、船からは貨物がおろされただけであった。

かれは、石の上に坐りつづけていた。やがて日が傾き、気温が低下した。北朗に対する憤りが胸にひろがり、かれを待ちつづけている自分が情無くなった。このように待たせるなら、いっそ来ぬ方がましだ、来てもらいたくない、と思った。かれは、暮れはじめた海に未練気な眼を向けながら山路をくだった。

肩の凝りが一層激しく、庵にもどって横になっても肩先から肺臓にかけて鉛の棒でも突きこまれたような息苦しさだった。かれは堪えきれず小窓から岡田を呼び、按摩を頼んで欲しい、と声をかけた。

電灯が、灯った。かれは、夕食をとる気にもなれずふとんに身を横たえていた。

「今晩は」

按摩が、土間に入ってきた。

放哉が返事をすると、男は杖を置き、細い柱に手をふれ、膝をつきながらふとんに近寄ってきた。

その時、再び土間の戸が開いて一人の男が柱のかげから顔を出した。北朗であった。放哉ははね起き、

「どうしたんだ。なぜもっと早く来てくれない。待ったぞ、待ったぞ」

と、甲高い声で言った。

「船の出る時間をききまちがえたので……」

北朗は、さりげなく言った。

放哉は、胸を熱くした。肩の凝りなどどうでもよく、わずかな金をあたえると按摩に帰ってもらった。

放哉は興奮し、北朗を歓待しようと思った。昼間来庵すれば仕度もできるが、夜ではどうにもならない。まず、ふとんだが、かれはふらつく体で石屋に行くと、ふとんを貸してもらうように頼んだ。また、食事も出したいと思ったが、庵には焼き米と昼

間食べ残した冷い芋粥があるだけで、北朗に出せるようなものはない。

「夕食はまだだろう」

放哉が困惑したように言うと、北朗は、

「パンを持ってきている。心配するな。ところで、五日間泊めてもらうぞ」

と言った。

放哉は何日でも泊ってくれと声をはずませ、西光寺と一二の家を訪れようと誘った。宥玄も一二も俳人の先輩である北朗を歓迎するはずで、この機会を利用して宥玄の機嫌をうかがい、一二にも久闊《きゅうかつ》を叙したいと思った。

北朗は同意し、すぐに連れ立って西光寺へ行った。宥玄は、北朗の突然の来訪に驚きながらも奥座敷へ招じ入れた。そして、すぐに小僧に命じて放哉の分もふくめた夕食を運ばせ、酒もすすめた。放哉は、宥玄の眼を意識しながら少しずつ酒を口にふくんだ。

それから一二の家にまわったが留守で、月光に明るんでいる道を庵にもどった。その間に西光寺から上等のふとんがとどけられていて、北朗は旅の疲れですぐに寝入り、放哉も眼を閉じた。

放哉にとって、それからの五日間は楽しい日々であった。句を発表した「波紋」という小雑誌から送られてきた金で酒を買い、北朗と杯を交した。些細なことにこだわらぬ北朗は、しばしば大きな笑い声をあげ、放哉と他愛ない話をする。放哉の手足が垢で黒ずんでいるのを眼にして、

「女気がないからと言っても、それでは余りにひどい」

と、笑ったりした。放哉は三ヵ月近くも入浴していなかった。北朗が来庵してから、一二は母の料理した食物を毎日とどけさせ、また、宥玄が頼んでくれたらしく、庵の裏手に住む南堀《みなんぼり》という姓の老漁師の妻であるシゲが、掃除をしに来てくれたりした。

日が過ぎてゆくにつれて、放哉は悲しげな眼をするようになった。北朗が帰る日の前夜、放哉は堪えきれぬように、

「もう少しいてくれぬか。おれ一人を残さないで欲しい」

と、哀願するように言った。

「そうはゆかないのだ。展覧会の後仕末で京都に帰らねばならない。女房をはじめ皆がおれの戻るのを待っている」

北朗は、淡々とした口調で言った。

翌日、「層雲」同人の住田蓮車が北朗を迎えに島に来て、放哉は、夕方、途中まで

二人を送った。

「体がだいぶ痩せているぞ、大事にしろよ」

北朗は、表情を曇らせると放哉の骨ばった肩をつかみ、蓮車とともに道を遠ざかっていった。

放哉は、庵にもどると息を喘《あえ》がせながら裏山への道をのぼっていった。海が眼下に見え、岸からはなれた艀《はしけ》が沖がかりの定期船に近づいてゆく。かれは、黒煙を薄く吐く船を見つめた。

船がゆっくりと動きはじめ、徐々に舳《へさき》を転じた。海面には波が立ち、船はゆれながら岬のかげにかくれていった。

かれは、放心したように岬の方向に眼を向けていた。

十

十二月六日夜十時頃、静寂を破って太鼓の鳴るような音がつづけてきこえた。

放哉は身を起し、立ち上ると小窓をあけてみた。少し欠けた月のかかっている夜空に火が尾をひいて昇ってゆき、彩り豊かな花模様をえがいて開く。夜も遅く、しかも冬なのに、どのような目的で花火があげられているのか理解できなかった。

石屋の戸が開き、寝巻姿の岡田が路上に出てきた。

「なにかね」

放哉はたずねたが、岡田は寒そうに首をすくめて無言で花火を見上げている。町の方でかすかに人声が起っていた。

路を人影が近づいてきた。庵の裏手に住む老漁師の妻シゲで、

「天子様のお孫さんがお生れになられたそうです」

と、言った。

放哉は、花火の色を眼で追っていたが、寒気に堪えきれず窓をしめるとふとんにもぐった。

北朗が逗留している間掃除をしてくれたシゲは、その後も毎日のように姿を現わし、庵の拭き掃除、下着の洗濯、手紙類の投函などをしてくれるようになった。時には、シゲより十歳年上の七十歳だという夫が魚を手にやってきてくれることもあった。放哉は、老漁師とその妻の訪れを楽しみにしていた。

放哉は、シゲに頼んで西光寺や一二の家に調味料、炭などを取りに行ってもらったり、木下医院へ薬を受けとりに行ってもらったりするようになった。

日増しに寒気が厳しく、霜柱が立ち、北西の風が吹きつのるようになった。凍《し》みるような寒さで、庭に埃《ほこり》が巻き上るのでシゲに水を撒いてもらったが、たちまち凍った。瀬戸内海に浮ぶ小豆島の冬は暖いと想像していただけに、その寒風は意外だった。が、シゲは辟易《へきえき》した様子もなく、島の冬はいつも寒く、強い風が吹く、と言った。

かれは、吹きつのる風に呆れた。ようやく衰えたかと思うと、再び風が音を立てて吹きつけてくる。戸は絶えず鳴り、障子に砂粒がたたきつけられた。

朝鮮や満州よりも堪えがたい寒さだ、と、かれは思った。それらの地では強風が吹くことは稀で、室内の煖房設備が整っているので寒さを凌《しの》ぎ易い。立てつけの悪い庵に冷い風が吹きこみ、酷寒の荒野に身を置いているような感じすらした。

寒さのためか咳と痰が一層激しくなり、咳込むと胃と腸がねじられるように苦しく嘔吐することもしばしばだった。薬もほとんどきかなくなり、シゲに手紙を託して木下医師に薬を替えてもらったが、効果はなかった。腹工合も不調で、下痢と執拗な便秘が交互に襲ってくる。体温計がないので正確にはわからなかったが、午後から夕方にかけて微熱が出るらしく、体がひどくだるくなり、眼から熱い涙がにじみ出た。

庵をのぞきに来た岡田が、火鉢に身をかがめて震えている放哉に呆れたらしく、炬《こ》燵を買うようすすめてくれた。が、一燈園に入って以来、炬燵《たつ》などにあたったことのない放哉は、墓守りには分不相応なものだ、と答えると、

「この島では、炬燵なしに暮せはしません」

と言ってきかない。

放哉は、数日間火鉢に身をかがめて過したが、寒さに堪えることができず、岡田の言葉に従った。岡田は、早速炭屋に行くと三十五銭のアンカを買い、炭団《たどん》百五十個を一円五十銭で求めて運んできてくれた。

十二月二十二日から四日間、大暴風が吹き荒れた。かれは、生きた心地もなくアンカに入って身をすくめていた。庵は粗壁で天井がなく、土間に置いた甕《かめ》やバケツの水も凍る。その烈風で、庵の土塀が一間半ほどはがれ飛び散ってしまった。

十二月二十五日の午後になってようやく風もおさまり、寒気も少しやわらいだ。

翌日も無風で天気が良く、ふらつく足どりで庭に出たりした。いつものように夜明けに激しく咳込んだが、ひと寝入りして芋粥を茶碗に軽く一杯食べた頃には、咳も少くなっていた。

ふと、入浴してみようか、とかれは思った。一日置きに井戸の水で体を拭うだけで、四ヵ月も湯に漬ったことがなく、手足や首筋には垢がこびりついている。それま

で入浴することなど考えもしなかったのに急にそのような気持になったのは、身を清めて新年を迎えたかったからであった。

掃除に来てくれたシゲに銭湯のことをきくと、午後三時頃から開くという。かれは、長く伸びた顎髭と口髭を鋏で短く刈り、シゲに石鹼を借りて銭湯へ行った。

時刻が早いため、内部には二、三人の客しかいず、かれは着衣をぬぐと古びた木製の浴槽に身を沈めた。かれは、大きく息をついた。快い気分で、今まで定期的に入浴すればよかったのに、と思った。が、長湯は喀血をうながすとも言われているので、すぐに湯からあがると、石鹼で体を洗った。手拭でこすると、皮膚からよれた垢が果しなく湧き出てくる。腕が疲れ、かれは時々手をとめて息を整えながら皮膚をこすりつづけた。

湯からあがって脱衣場にもどったかれは、越中褌を腰につけ、板壁にとりつけられた姿見に眼を向けた。

かれは、立ち竦《すく》んだ。裸身が、所々に亀裂の走っている鏡に映っている。自分のものとは思えぬほど痩せこけた体であった。肩胛骨、肋骨、腰骨などがすべて骨格図そのままの形に浮き出ている。肉というものが全く感じられぬ体であった。島に来る前は十四貫近くあったが、十貫あるかどうか疑わしい。病勢が急速に進み、肉をそぎ落してしまったらしい。

かれは、暗い眼をして着物を身につけると、三銭の湯銭をはらい、よろめくように路上に出た。

大正十五年元旦を迎えた。

その日も烈風が吹きまくり、放哉はアンカにうずくまって酒を少し飲んだ。三日前に送られてきた「俳壇春秋」正月号に寄稿されていた井泉水の随筆が思い出された。それは、内島北朗が来庵した折のことが素材になっていて、放哉が北朗を相手に酒を飲みつづけ、北朗に酒代を繰返し無心したと書かれていた。決して悪意のこもった文章ではなく、世を捨てた放哉らしい生活だと紹介されていたが、北朗が話を誇張して井泉水に伝えたことが気がかりであった。

放哉は、アンカに顎をのせて眼を閉じた。

夜、ふとんに入ってからも咳がつづくようになり、胃腸がもまれて嘔吐感がつき上げる。その苦しさで眠れぬことが多くなった。腹工合もさらに悪化し、食物を口に入れると腹部に痛みが起り、かれは突っ伏して呻き声をあげる。朝も起きる気にはなれず、起きてみてもすぐ倒れそうになるので、再びふとんに身を横たえていた。

木下医院からもらう薬を服《の》んでも咳はやまず、却って激しくなるばかりなのでやめてしまった。そして、シゲに糸瓜《へちま》の水が咳止めにきくとすすめられ、五合ほどもらって飲んでみたが効果はなかった。

かれは、胸に湿布をあてて寝たり、アンカに当ったりしていたが、一月四日の夜、五十人ほどの老婆たちが庵に押しかけてきて、かれの生活は乱された。庵に祀《まつ》られた大師の祭りの日で、老婆たちが庵で念仏をあげるしきたりになっていたのだ。放哉は身を置く場所もなく、机とアンカを台所の板の間に運んで移った。

長い間念仏の唱和がつづき、それが終ると、老婆たちは茶を飲み菓子をつまんで世間話をはじめた。庵をのぞきに来た岡田は、庵主が念仏連の老婆たちに菓子を出し、酒好きの者には酒をふるまうしきたりになっていると言うので、放哉は、かれに煎餅《せんべい》を一円分と酒を一升それぞれツケで買い求めてきてもらい、老婆たちに渡した。

老婆たちは、一層上機嫌になり、三味線をひいて歌い、踊った。放哉はその騒々しい賑いに辟易して、台所で身をすくめていた。彼女たちは、夜遅くまで騒いで帰って行った。

翌日の夜は、前夜の念仏連中とは異った老婆たちが四十人近くも集ってきて、念仏を唱和した。彼女たちは、幸い酒を求めることはせず、放哉が買った煎餅を食べただけで帰っていった。

放哉は、疲れ果てた。静かな生活をかき乱された上に、酒と煎餅で三円五十銭の借金を負わされたことが腹立たしかった。

商店への借金は旧暦の大晦日に当る二月十二日に精算しなければならず、途方にくれたかれは、星城子に「頼みます〳〵全く之はお大師さんの罪也」と書いて金の無心をする手紙を送り、井泉水にも苦情をさりげなく訴えた。

翌日から、二日間にわたって強風が吹きつのった。

雪が降り、雪片が障子に音を立てて当る。かれは、座敷よりも台所の板の間の方が風の吹きこむ度合が少いことに気づき、そこにふとん、机、アンカを移した。

朝、かれがふとんに寝たままでいると、シゲが土間の戸を開けて入ってくる。かれは、ふとんの中からシゲが火を起し湯を沸かしてくれるのを見つめている。シゲは、放哉の世話をしてくれているのに、なんの報いも求めない。シゲのみならずその夫である老漁師も魚などを持ってきてくれるが、むろん代価など要求しない。

放哉は、シゲやその夫が姿を現わすと素直な気持でありがたい、と思う。シゲは、放哉がお遍路の訪れる時期を待ち望んでいることに気づいているらしく、

「二月末にでもなれば、お遍路さんがぼつぼつ姿を見せ、お金も落してゆきます。島

がにぎやかになります」

と、言ったりした。

かれは、お遍路が庵にやってきた時どのように扱えばよいかをシゲに問うた。シゲは、お遍路が庵で昼の弁当を使うこともあるので茶の接待をし、庵主は鉦《かね》をたたいて蠟燭を買うお遍路に、

「おロウ一ちょう。先祖代々家内安全」

と大きな声をはりあげねばならぬ、と教えてくれた。

放哉は、蠟燭を売ることぐらいはできるが、衰え切った体で茶を入れたり掃除をするなどということはできそうになかった。

「シゲさん、その時は手伝ってくれないか。お礼は出すから……」

かれは、哀願するような眼をして頼んだ。

シゲは、困惑したように表情を曇らせた。お遍路がやってくる時期になると、シゲは、例年広島屋というお遍路宿に頼まれて働きに行く。それをことわるのは難しいが、放哉が病人でもあるので、宿の主人に話して諒解を得てみる、と言った。

「頼むよ、シゲさん。二人で仕事を分担して大いにやろうじゃないか。おロウ一ちょう、先祖代々家内安全と声を張りあげて蠟燭を売るから、シゲさんはお茶の接待をし

てくれ。やろうじゃないか、シゲさん」

放哉は、声をはずませて言った。

咳はいっこうにやまず、夜も息苦しくて眠れない。医師の木下が腹立たしくてならなかった。三ヵ月も薬を服《の》ませながら、咳がとまるどころか逆に激しくなっている。ボロクソ医者め、かれは咳こみながら叫んだ。

シゲが、咳止めにはキンカンとクチナシの実を氷砂糖で煮たものがいいと言って、持ってきてくれた。放哉は、喜んでそれをもらい受け、火鉢で煮て、日に三回ずつ箸ですくってなめたが、それも効果はなかった。

星城子に無心した三円五十銭がとどき、また井泉水からも同額の金が送られてきた。放哉は、それぞれ礼状を書き送った。

かれのもとには、句の指導をしてやっている嶋丁哉や「層雲」同人の山口旅人らから短冊が三十枚も送られてきていて、それに句を書いて欲しいと頼まれていた。書いて送れば幾許《いくばく》かの謝礼が得られるはずであったが、かれには書く気力も体力もなく、放置したままであった。

星城子から送金があった翌日、二十四枚の短冊が送られてきて、そこにも丁哉らと同じ依頼状が添えられていた。

放哉は、しばしば生活用品を送ってくれたり金の無心にも応じてくれる星城子の依頼をこばむわけにもゆかず、翌日、夜明けにふとんから這い出すと、鉢巻をしめて井戸に行き硯を洗った。一気呵成に書いてしまおうと、机に向い、短冊に筆を走らせた。星城子は二十枚の短冊に句を書いてもらうことを望んでいて、四枚は書き損じを予想した余分のものであった。

坐っていることすら苦痛で、たちまち首筋がしこり、肩が凝ってくる。かれは、しばしば、アンカに入って身を横たえ、気力をふるい起して机にもどることを繰返しながら、長い時間を費して二十枚の短冊を、さらに他の同人から送られた銀色の短冊一枚も書き終えた。かれは、疲れきってしばらくふとんの中で寝ころんでいた。咳が出るたびに内臓が激しく揺れる。かれはふとんにもぐり、肩を喘がせていた。

この機会に他の依頼も果してしまおうと思い、机に向うと、丁哉らから頼まれた短冊を三十枚、書き上げた。

かれは、それらを小包みにし、宛名を書いた。すでに、日が西に傾きはじめていた。

シゲが、土間から入ってきた。彼女は、放哉の顔を驚いたように見つめて立ちすくんでいる。放哉は、自分の顔に激しい疲労の色が浮び出ていることに気づいた。

かれは、とぎれがちの声で四個の小包を郵便局に持っていってくれるようシゲに頼むと、ふとんにもどった。眼を閉じた。このまま死を迎えるような予感が、胸の中にひろがった。

放哉は、土間で粥を作っているシゲの姿をながめていた。

前日、多くの短冊を書いたことがたたり、夜間の咳は今までになくひどく、ふとんに突っ伏して肩を波打たせた。呼吸が苦しく肺臓が引き裂かれそうにさえ思え、しばしば胸をさすって涙を流した。木下医院からもらった咳止め薬はきかず服《の》むのをやめてしまっているが、そのような効果もない薬をあたえた木下が腹立たしくてならなかった。藪医者め、馬鹿医者め、とかれは咳込みながら叫びつづけていた。

シゲが、土間から上ってくると粥の入った茶碗を枕許に置いた。副食物は、彼女が家から持ってきてくれた味噌漬であった。

放哉は、腹ばいになって粥を食べた。塩味が適度にきいていてうまかったが、すぐに腹部に疼くような痛みが起ってきた。かれは、起き上ると柱につかまりながらふらつく足どりで裏手の厠に行ってしゃがみこんだ。

部屋にもどった放哉は、シゲが炭団を入れてくれたアンカにうずくまった。胸の中で、しきりに気泡の湧くような音がしている。肺臓の一部が破れて息がもれているようにも思える。咳が絶え間なくつき上げ、その度にかれは背をまるめ、肩を波打たせた。

木下に対する憤りがつき上げてきた。かれは、机を引き寄せると手紙を書きはじめた。薬は、いっこうにきかず却《かえ》って咳が激しくなるばかりなのでやめてしまったが、医者なら患者の症状に適した薬が処方できるはずではないか、と詰《なじ》った。また、医院まで歩く力がなくなっているから庵に来て診て欲しい、と記した。

かれは、それを封筒におさめると、掃除をしているシゲに木下のもとへ持ってゆくよう頼んだ。

シゲはすぐに出て行き、しばらくするともどってきた。木下は風邪で寝ていて往診できず、その代りに新しい薬を調合してくれた、と言って粉薬の袋を差し出した。

放哉は、礼を言い、アンカに額をのせ、粗壁に眼を向けた。壁には新聞から切り抜いた連載小説の挿絵が貼りつけてある。畳の上に坐った女が、袂を顔にあてて泣いている絵であった。少しはなれた壁には嶋丁哉が自ら描き送ってくれた俳画も貼ってあった。それは砂浜の蟹に三人の少年が尿を放っている図で、その飄々とした図柄が面白く、粗壁が絵の砂浜のつづきのようにも感じられた。

夕方、再び粥を食べた後に木下からもらった薬を飲んだが、それは効果があった。その夜、かれは久しぶりに咳きこむこともなく熟睡でき、翌朝早速、木下に礼状を書き、この薬を変えることなく今後もあたえて欲しいと懇願した。

その日は快晴で風もなく、かれは上機嫌だった。このような状態がつづけば、春を迎えた頃には体もかなり恢復しているのではないだろうか、とも思った。かれは、アンカに入って時折り頬をゆるめながら眼を薄く閉じたりしていた。

しかし、午後の便で送られてきた星城子からの葉書に、かれは気分を甚しく損われた。青白い顔が激しくひきつれ、眼が険しく光った。葉書は、四日前放哉が星城子から郵送してもらった金銭のことにふれていた。放哉は、一月四、五日の両日のお大師様の日に、庵に集った島の老婆たちに酒、煎餅をツケで買って贈ったが、放哉にはそれを払う金などなく、星城子と井泉水に無心の手紙を書き、それぞれ三円五十銭ずつ送ってもらった。

「――拝啓　俳壇春秋、の正月号を御覧になりましたか。」

その葉書は、星城子が三円五十銭送ってくれたことに対して放哉が書き送った礼状への返事であった。星城子は、井泉水の「困つた話」の中で放哉が内島北朗に酒代を無心したという記述にからめ、放哉が星城子に金の無心をする手紙に「頼みます〳〵

全く之はお大師さんの罪也」と書いたことをあげ、お大師様が「保証人の三円五十銭も、結局は酒代になつたのでせう。呵々」とあった。ついで「……嘘を言ふことが嫌ひといふことは、嘘を言ふことが好きといふことに成るでせう。呵々」と、結ばれていた。

放哉は顔色を変えた。星城子は、放哉がお大師様の日のことを口実に酒代を手に入れようとしたと思いこんでいる。ありもしない、連念仏のことなどをでっち上げて、それを種に金を送らせ酒を飲んでいると嘲笑している。

放哉は、それまで多くの金品を送ってくれた星城子に感謝の気持をいだきつづけていたが、その文面に激しい憤りを感じた。俳句の指導をしてやっている年下の星城子にからかわれ蔑まれたことが堪えがたかった。星城子のために多くの短冊を書いて送ったことが愚かしくも思えた。

かれは、ふるえる手で墨をすると、星城子に手紙を書いた。

啓

此ノハガキ、拝見……放哉甚、気持が悪いので、失礼ですが、御かへし申します。(同封して置きます)、此のハガキ、甚不まじ目なハガキと拝見しました。放哉ハ未ダ、三円五十銭いただくのに、お大師サンを保証人に立てて嘘ついてアンタに御願申す程のダ落して居ない考也。……今迄、放哉はアンタに不まじめな手紙カイタ事は無し。

△例の頑強な「咳」で身心疲労の処へ短冊モ、ウンと書いて……益〻弱つて居る処へ、コンナ、不まじめナハガキを見て、非常に、気持がわるくなりました。……「酒」が呑ミタケレバ、酒が非常ニ呑ミタイカラ――内密ニコレ丈送ツテクレト、アンタの事故、放哉ハエンリヨしませんから請求しますよ。……何を苦しんで、三円五十銭ヲ「嘘」ツイテ、ヒソカニ酒にしませうかだ、ソンナ放哉と思つて居たのですか？

放哉は、筆を走らせながら眼に涙をうかべていた。金銭がないから馬鹿にされる、とかれは思った。人の情にすがらなければ、一日も生きられぬ自分が情無かった。かれは、星城子の葉書を同封し、手紙をシゲに投函するよう託した。

無風の日がつづき、放哉はうつろな気分で過した。腹の具合が悪く酒を飲む気持など起らなかった。かれは、時折り口惜しさで涙ぐんでいた。

一月二十日は誕生日で、放浪の旅に入ってからすでに四年がたったことに気づいた。妻と暮していた頃は必ず尾頭付きで赤めしが膳に出され、酒を飲んだ。かれは、赤めしの代用にシゲに一枚三銭五厘の油揚をきざんだ混ぜ御飯を作ってもらい、茄子の味噌漬、ラッキョ、梅干を副食物にして食べた。侘しい誕生日だ、とかれは思った。

その日、星城子から電報が来、翌日には、強風の中を郵便配達夫が外套の裾をばたつかせながら手紙と葉書をとどけてくれた。いずれも放哉の怒りに驚き、詫びを乞う内容だった。それにつづいて、餅や封筒などを入れた小包もとどいた。

放哉は、電報が来た時はそれを投げ捨てたいような気持であったが、葉書と手紙を読み、さらに小包をひらいて中から現われた贈物を眼にすると涙ぐんだ。かれは、星城子宛に、

啓、電報、手紙、ハガキ共に拝見、……万事相済ミ打切りと御承知下サイマセ。……放哉ハ悟ツタ人間デハナイカラ、人間並ニ癪ニ、サハル時ハサハルガ、ソノ時切リデ、忘レテシマイマス。ケロリとします。……万事打切リ、天空快濶ナリ……

と書き、送ってくれた物の礼を述べた。

その日は、日没後も風が吹きつのり、それから四日間、烈風が庵をゆすりつづけた。咳は薬のおかげで少くなったが、寒気とだるさに堪えきれず、アンカの上に掛ぶとんをかけて身を横たえ、午後になると机の前に坐り、手紙を書き、俳句を書きとめた。食欲はなく、食事は朝と夕方の二食になっていた。食べ残しの凍った粥を煮直したり、餅を焼いて食べた。

かれは、木下医院からもらっている薬の代金が気になりはじめた。薬をのまなければ咳に苦しまねばならず、中止するわけにはいかない。

ふと、神戸在住の「層雲」同人の山口旅人のことを思い起した。旅人は医師で、木下医院からあたえられている薬と同じようなものを無料で送ってくれることも十分に考えられる。放哉は、もしそうしてくれるなら安んじて薬をのむことができる、と思った。かれは、早速、木下医院からもらった粉薬を同封し、依頼の手紙を旅人に送った。

咳は少くなったが、腹の具合は芳しくなかった。五日間も便秘したままなので、シゲに下剤の瀉利塩《しゃりえん》を薬店で買ってきてもらい服んだ。幸い便があったが、逆にひどい下痢が起り、その夜から翌日の深夜まで、何度も寒い厠に通うことを繰返さねばならなかった。

薬はシゲが三日置きに木下医院へもらいに行ってくれていたが、一月末、シゲが医院からの請求書を持ってきた。金額は十六円であった。

放哉は、頭をかかえた。払う金はなく、今までと同じように他人にすがらねばならない。その後、星城子とは親しく手紙をやりとりしているが、葉書一件のことがあるので無心はできず、宥玄に「少なからざる金額でありますが何卒《なにとぞ》御厚志ニアマエて拝借」いたしたいと書き、井泉水にも「今回ノ十六円丈けはナントかして作つてもらへますまいか」と懇願した。

それから二日後の午後、庵に木下が黒い診療鞄を手に姿をあらわした。木下は、土間に立ったままアンカにあたっている放哉を無言で見つめていた。その顔には、放哉が別人のように痩せこけ顔色も悪くなっていることに驚いているらしい色が浮び出ていた。

放哉は、木下に頭をさげながらも往診を受けたことでさらに金銭的な負担を負わされることが憂鬱だった。と同時に、木下がきてくれたことに安堵も感じていた。

木下は部屋に上ってくると、風邪をひいて往診できなかったことを詫び、ふとんに横たわるように言った。放哉は、傍のふとんに仰向きになった。

木下が聴診器をとり出し、胸部にあてた。聴診器の先端が氷のように冷たかったが、移動するにつれて温まっていった。木下は放哉の半身を起させ、背に聴診器を当てた。かれは、放哉に時折り深く呼吸するように言ったりした。口中がのぞかれ、腹部が指で丹念に押された。木下の真剣な表情に、放哉は薬がきかぬと詰った手紙を出したことを悔いた。

木下は、自覚症状をたずねながら体温計を放哉の腋の下にさし入れた。放哉は無熱だという淡い期待をいだいていたが、水銀柱は三十七度七分をしめしていた。診断は、終った。

放哉は、仰向きに寝たまま木下の口からもれる言葉をきいていた。湿性肋膜炎が治りきらず肺結核合併症になっているという。

「気長に薬をのんで、あせらずに安静を保つよう心掛けることです。それから、病いに勝つため滋養のあるものを食べて下さい。牛乳、卵などを大いにとるように……」

木下は、暗い眼をして言った。かれは、貧しい放哉にそのような指示をあたえても無意味であることを知っているようだった。

放哉は、薬代のことを切り出した。自分には払うことが困難だが、神戸で医者をしている友人が、処方箋さえ木下からもらえれば、同じ質の薬を送ってやるという手紙が来たことを話した。

木下は不快がる風もなくうなずくと、

「それでは、早速、処方箋を作ってお渡ししましょう」

といって、黒鞄を手に庵を出ていった。

その日、放哉はシゲに木下医院へ処方箋を受け取りに行ってもらうと、山口旅人に郵送した。

咳は少くなっていたが、体温が三十八度近くもあることに放哉は沈欝な気持になった。疲労が日増しにつのり、坐っているのも苦痛で、病勢がとみに進んでいるのを意識した。

その夜、かれは、夢の中で妻の馨の乳房をかたくつかんでいた。白い乳房は豊かに隆起し、乳暈は淡い桃色をおびている。腿は付け根に近づくにつれて肌理《きめ》こまかく、かすかに湿り気をふくんでいる。指に、恥毛がふれた。かれは、乳房と乳房の間に顔を埋めた。

眼をさました。全身に汗がふき出ていた。かれは、夢精しているのを感じながら闇の中で眼を開け閉じしていた。

十一

放哉は、句をまとめて俳誌「層雲」に送ることを繰返していたが、自分の気持が冴えた形で表出されるようになっているのを感じていた。病勢が悪化してゆくのに、句が生色を増してゆく。自分の内部から雑なものがそぎ落されているような気がした。

咳をしても一人
なんと丸い月が出たよ窓
くるりと剃つてしまつた寒ん空
庵の障子あけて小ざかな買つてる
松かさそつくり火になつた
昔は海であつたと榾《ほた》をくべる
とつぷり暮れて足を洗つて居る
墓のうらに廻る
赤ん坊ヒトばんで死んでしまつた

他人の句の拙さ浅さが気になって、腹立たしさも感じるようになった。句作指導をしてやっている丁哉からしばしば句が送られてきていたが、それまで経済的な援助をしてもらっているという意識から厳しい批評をすることは控えていた。が、そのような遠慮も忘れて容赦ない批評を書き送り、

雪の山脈雪につらなる……雪の山脈故に雪に連なるのは、あたり前ぢやありませんか。（火山）にでも連なるなら、面白いがどこが面白いのです、凡又凡

草枯れ無縁の墓原……陳腐又陳腐

ぬけ道やぶに入る木橋……これ丈では（へー）といふ丈ですよ。ぬけ道をやぶに入る……そこに木の橋があつたですか？　（へー）……と申すだけで新し味も狙ひ処も無し、凡又凡

と、酷評したりした。

そのような折に、一通の分厚い手紙が舞いこんだ。「層雲」に句を発表したことのある山下一夫という会員からで、多くの句が同封されていた。

手紙の文面を眼で追っていた放哉の顔に薄笑いの色がうかび、それは不快の色に変った。山下は句の批評を乞い、その中で秀れたものがあったなら、東京のいずれかの雑誌に発表したいので斡旋して欲しい、と書かれていた。放哉は、すぐに筆をとると、「あなたの句を見る気はありません、どなたか他の方に見てもらつて下さい、句はお返しします」と簡単に書きとめ、句をつらねた紙をそのまま封筒に入れ、返送した。

他人の世話をうけて辛うじて生きている自分に、頼ってくる者がいるのかと思うと可笑しかった。と同時に、第三者の助力を求めて句を一流雑誌に発表し、それによって俳人としての位置を得ようとしている山下の心情がさもしく、不愉快だった。

新しい薬の効果はつづいていて、咳に苦しむことはなかった。が、体がひどくだるく、顔を洗うのも疲れて途中でやめてしまう。木下は、滋養物をとらねばならぬと言っていたが、それを入手する金はなかった。

放哉は、深い息をついた。かれが最も口にしたいのは牛肉で、高い滋養のあるその食物が体に活力をあたえてくれるはずだった。シゲにたずねてみると、百匁《もんめ》四十五銭もしていて、かれには到底手のとどかぬ額であった。

かれは、牛肉のことを思う日が多くなった。東京で食べた牛鍋の肉の煮える匂い、歯ざわり、舌にひろがる味が思い起される。口にしたい欲望は日増しにつのり、それを食べなければ病気が一層悪化するような気さえした。

星城子への無心は、葉書一件のことがあって以来していない。星城子からは、贈物がとどけられたりして、放哉も礼状や消息を書き送っているが、星城子の手紙には、再び放哉を刺戟すまいという配慮がはたらいていてぎごちなく、放哉もそれを意識して必要以上にくだけた手紙を送ったりしている。葉書のことは、二人の間で跡をひいていた。

星城子に無心することはためらわれたが、牛肉を食べたいという欲望に打ちかつことができず、筆をとった。病気に滋養物が必要であることを長々と述べた後、

……君の商売の方の都合でも、少々うまく行つて、少しの（ポケット、マネー）でも残つた時（若しそんな時があつたら）、そして、放哉ノ事を思ひ出してくれたらホンの折々……思ひ出したときに其、ポケット、マネーの幾分を……所謂滋養物……牛肉代として、送つてくれませんか……と云ふ御願也。……特別に考へてくれなくてもよいですよ、必ず〳〵……心配してくれますな。

只前述の様な場合が、アツタラ……其の時々……少しを割いてくれませんか。

かれは、冷汗を流しながら手紙を書くと、封筒に入れた。

また、「層雲」同人の住田無相にも「将来、アンタの御不自由なさらぬ程度でお金がありましたら、イクラでも結構、牛肉代に送って下さいな。待ってますよ」と依頼した。

二日後の二月九日、星城子から牛肉二百匁代として九十銭が送金されてきた。放哉はシゲに早速百匁の牛肉を買ってきてもらい、牛鍋風にして食べた。胸に思い描いていた通りのうまさで、かれは半ば以上をその後の食事用に残した。

その日は、旧暦の十二月二十七日で、風もなく暖かだった。

かれは、庭に植えられた水仙の花がひらいているのに気づいた。季節が移り、やがて梅の花も咲くだろう。直立した茎の上に開いたひんやりした水仙の花を、かれは見つめた。菜の花が咲き、その中をお遍路が鈴を鳴らして歩く情景が思い描かれた。

その日、木下医院から使いの者が封書をとどけに来た。ひらいてみると、薬代十六円にその後の薬代を加算した十八円二十五銭の請求書で、至急支払って欲しい、と書かれていた。島での支払いは旧の大晦日で、まだ四日ある。大晦日に、とは書かず至急と書かれていることに、放哉は木下が他国者である自分に不信をいだいているのを感じた。

十六円の薬代については、西光寺住職の宥玄に借金を依頼し、井泉水には後援会から郵送して欲しいと頼んでいたが、まだ日もたっていないので手もとにとどいていず、かれは困惑した。大晦日が迫っていることに恐れを感じた。薬代以外に、町の商店でツケで買物をした代金が二円五十銭ほど残っている。それらの店の者たちの催促も気がかりだった。

早急に無心できるのは宥玄だけで、かれは筆をとると窮状を訴え、井泉水からの送金があった折にはすぐに返済するから、十八円二十五銭を貸して欲しいと書き、シゲに西光寺へ手紙を持って行ってもらった。

放哉は、度重なる無心に宥玄が立腹しているにちがいない、と思った。が、その金が酒ではなく主として木下への支払いにあてるものであることを考えると、それほど遠慮する必要はないのだ、と自らを慰めた。

翌日の朝、小僧の宥中が幅の広い封筒を持ってやってきた。中を開いた放哉は、涙ぐんだ。薬代以外に商店へ支払う金も入っていた。かれはシゲに金を託すと、すべての支払いをすませてもらった。

その日は、餅をつく音が遠く近くきこえ、正月の準備を人々がはじめていることを知った。支払いもすべてすんだし、年を越せる、と思った。

夕方、小僧の玄妙が餅と白砂糖を入れた箱をかかえてきた。また、一二の家からも餅がとどいた。放哉は、人並みに正月を迎えられることに胸を熱くし、眼をしばたたいた。

その日は良いことがつづき、午後の便で薬代として井泉水から十六円の郵便為替が送られてきた。かれは、宥玄からの借金を返すため為替をシゲに西光寺へとどけてもらった。金銭のことが解決して気持が安らいでいたが、体の具合はおもわしくなかった。

翌日は、朝から風が激しく、寒さがぶり返した。腹が痛んで食欲がなく、朝食をとる気にもなれない。発熱しているらしく、午後には体を動かすのも大儀で寝たまま過した。

夕方、待ちかねていた山口旅人からの小包みが手紙とともに送られてきた。小包をあけると、注射器と薬液、それに体温計が厳重に梱包されて入っていた。手紙をひらくと、薬液は咳止めの新薬で、それを三日置きに股に注射すれば木下医院から薬をもらう必要はなくなる、とある。放哉が注射をきらうことを予測しているらしく、注射を必ず打て、打たねば殴るぞ、と書かれていた。また、体温計で一日六回計測し、それを報告するように、とも記されていた。

放哉は、涙ぐんだ。旅人とはそれほど親しい間柄ではないのに、薬液に添えて注射器具と体温計まで送ってくれ、その上、親身のこもった指示までしてくれている。殴るぞ、という文字に、医師である旅人の、気ままな暮しをしている病人の自分に対する愛情が感じられた。

放哉は、満州で肋膜炎にかかった折、カルシウム注射を何度も打たれたことを思い起した。石灰分であるカルシウムは、肺病の治癒に効果があるとされている。医学報告によれば、解剖の折、過去に肺病にかかり全快したことのある遺体をしらべてみると、肺臓の病巣に石灰分が沈着していて結締組織ができ、治癒した痕跡がみられるという。石灰を吸う石工に肺病が起らぬ、という説もあった。カルシウム注射を血管に打たれると、口中に妙な熱さが湧き、カルシウム特有の匂いがひろがる。注射一本が一円で、一日置きに打たれた記憶がある。

旅人は注射薬を送ってくれたが、それは咳をとめる薬以外に、カルシウムに似たものもまじっているのかも知れなかった。

翌日になっても腹痛はやまず、何度も寒い厠に行ってしゃがみこんだ。結核菌が腸を所きらわず侵蝕しているにちがいなく、かれは所々剝げ落ちている厠の粗壁に手をつき、頭を垂れていた。

午後、宥玄が小僧を伴って庵にやってきた。放哉は、ふとんから身を起し、手をついて度重なる好意を謝した。

「庵主として正月を迎えて下さい」

宥玄は、にこやかに言うと、小僧のかかえてきた松の枝を大師像の前に置かれた花入れにさした。そして、井戸の水を花入れに張り、像の前に餅と蜜柑を供え、輪かざりを入口の柱にかけてくれた。

「これで、正月が迎えられる。治療代のことなど気にかけぬように……。寺で払って差し上げますから、養生専一になさい」

宥玄はさりげない口調で言うと、小僧とともに庵を去って行った。

二月十三日は旧暦の元日で、風はなく暖かった。

庵の前で毎日きこえていた岡田の石を刻む音もせず、森閑としていた。午後になると遠くから三味線の音がとぎれがちにきこえてきた。

前日の午後、西光寺から御節《おせち》料理が小さな箱に入れられてとどき、一升の酒も添えられていた。酒好きの自分に、宥玄が正月らしい気分を味わわせてやりたいという好意からであった。しかし、下痢が激しく御節料理にも手が出ない。シゲは大晦日の朝から腹痛を起し、それが癒えるまでは来られぬ、と孫の男の子が伝えてきていたので、雑煮を作ってくれる者もいない。むろん作ってもらったところで、食べることはできそうにもなかった。

かれは、一升瓶を見つめた。島の者たちは、三味線をひき、酒を飲んで正月を祝っている。小豆島に来るまでは一燈園や寺々で他の人々とともに正月を迎えた。ただ一人で正月をすごすのは、生れてはじめてのことで、宥玄もその佗しさを慰めるため御節料理と酒をとどけてくれたにちがいなかった。

かれは、一升瓶を引き寄せると茶碗に注ぎ、それを火鉢の火の上に置いた。そして、酒が温まると、柱に背をもたせかけ、茶碗をかたむけた。酒が食道を過ぎ、胃に落ちてゆく。体がわずかに熱くなったが、舌に酒のうまさは感じられなかった。

二口めの酒をふくんだ時、突然、咳が突き上げてきた。かれは、畳に手をつき咳込んだ。血を吐くという予感が胸の中をかすめ、体が冷えた。口からは血ではなく、飲んだ酒が吐き出された。酒すらも遂におれを受け入れてくれなくなったのか、と、かれはつぶやいた。かれは、畳の上にひろがる酒から立ち昇る湯気に顔をつつまれながら、咳込みつづけていた。

酒が消化器に悪影響をあたえたらしく、下痢がさらにひどくなり、翌日も食物をなにも口にできず病臥しつづけていた。酒だけが自分の気持を救ってくれていたのに、その酒すら体に合わぬものになってしまっている。死が近づいた折りには、酒を思う存分飲み海に入って自ら命を断てばよい、と思っていたが、酒も飲めず、海浜まで行く体の力もなくなっている。かれは、波の音をききながらうつろな眼を天井に向けていた。

かれは、西光寺と一二の家に年始に行き日頃の好意を謝そうと思い、その旨を葉書に書き送っていたが、二日間なにも食べていないので歩くことなどできず、それぞれに詫びの葉書を書いた。

正月三日はひときわ寒気がきびしく、食欲も失われたままだった。午後、シゲが病いも癒えたらしく土間から入ってきた。

「まいったよ、シゲさん。腹がくだって、もう生きられませんよ」

放哉は、寝たまま弱々しい声で言った。

部屋に上ってきたシゲは、机の上に置かれた御節料理にも手がつけられていないことに気づくと、

「口に物を入れなければ、癒る病気も癒りはしませんよ」

と言って顔をしかめ、再び土間におりて行った。

やがて団扇《うちわ》をあおる音がして七輪の火が起り、粥の煮える甘い匂いがしてきた。その間に、シゲは、炭団をアンカに入れたり、土間で薪を割ったりしていた。

放哉は、シゲの動きを眼で追った。むろんかれには、世話になっているシゲに報酬をあたえる経済的な余裕などない。宥玄が金品をあたえているのかも知れないが、それもわずかなものにちがいない。シゲが自分の身の廻りを世話してくれるのは、自発的な無償の好意と言っていいのだろう。シゲの夫である老漁師が、時折りとれたばかりの魚介類を土間に無言で置いてゆくが、自分に向けられる漁師の眼には、気づかわしげな色がうかんでいる。かれら夫婦の温情が身にしみ、かれらがいなければ自分は生きつづけることはできないのだ、と思った。

シゲが、ふちのかけた土鍋を運んでくると粥に生卵を落してかきまぜ、茶碗に移して枕もとに置いてくれた。

「しっかり食べて下さいよ」

シゲの言葉に、放哉は腹ばいになると箸で少しずつすくった。

幸いその日は寒さがやわらぎ、粥も口にしたので少し体に力が出たようであった。

シゲは、知り合いの家で法事があるので出掛けねばならず、また夕方来る、と言って庵を出て行った。

放哉は、山口旅人から送られた体温計を腋の下にはさんでみた。十分ほどして取り出してみると、水銀柱が三十八度二分の目盛まで昇っていた。かれは、暗い気持になり、熱をはかることが恐ろしく、体温計を机の奥深くしまいこんだ。

放哉は、あらためて体がだるいのは発熱のためなのだ、と思った。それまで熱があるのを知るのが不安で体温計を買い求めることもしないできたが、いつの間にか発熱が毎日訪れるようになっているらしい。それは、肺臓の病巣が深まり拡大しているあらわれにちがいなかった。

かれは、恐怖に駆られ、旅人が送ってくれた注射道具と薬液を取り出した。その日までかれが放置したままでいたのは、注射を木下医師にしてもらえば、また治療費を支払わねばならぬからであった。旅人に薬を送って欲しいと頼んだのは、木下医院に薬代を支払わずにすむことができると思ったからだが、注射してもらうために木下の往診を乞うてはなんの意味もなくなるのだ。

放哉は、自分で打ってみよう、と思った。今まで何度か注射をしてもらったことがあるし、義兄の尾崎秀美が患者に注射するのを眼にしてきてもいるので、打つ要領はわかっていた。

かれは、薬液を注射器に吸い込ませると、左腕を露わにした。が、腕は痩せ細っていて、注射針が皮膚から直接骨に突き当るように感じられた。やむなく、腿をむき出しにしてみた。膝頭の骨が石塊の表面のように突き出ていたが、腿には筋肉の感触が少し残っている。かれは、皮膚をアルコールで拭い、思い切り強く針を突き立てた。液が注ぎ入れられるにつれて、筋肉にしこるような疼痛が起った。

針をぬき、その部分を揉んだが、指がだるくなって時々動きをとめなければならなかった。熱が高くなったらしく、全身に弛緩するような感覚が湧いてきていた。かれは、身を横たえた。初めての試みだが注射することができたことに安堵し、これからは旅人の指示通り二日置きに注射をしよう、と思った。

その日の夕方、一二の家から炭と漬物がとどけられた。

漬物を包んでいた新聞に雑誌「現代」二月号の広告がのっているのに眼をとめた放哉は、「必ず治る！　肺結核の精神的・積極療法」という療養記事が連載されていることを知った。かれは、その記事を読みたい、と思った。金銭的に困窮している自分には、精神療法が最もふさわしく、必ず治る！　という文字にすがりつきたい気持になった。

かれは、早速星城子に手紙を書き、一寸よんで見たい事が出て居るので古雑誌でもよいから「現代」を送って欲しいと書き送った。東京帝国大学卒の学歴をもつ自分が、多分に神がかりな記事を読みたがっていることを星城子に知られるのが恥しく、そのような曖昧な表現にしたのだ。

暖い日があるかと思うと、翌日は寒風が吹きつのった。腹が絶えず痛み、下痢がつづく。熱はかなりあるらしく、殊に午後になると体が熱っぽく起きているのも辛い。両肩の付け根から肺臓に鉛の棒でも突き入れられたような激しい凝りに息苦しくさえなった。

二月二十日には、再び腿に注射針を突き立てた。雨が二日にわたって降りつづき、烈風が吹きつのった。温暖な地だと想像していた小豆島が寒く、その上、風が強く吹きまくることに裏切られたような苛立ちを感じた。風は山の方から吹きおろしてくるので、風の強い日には波の音もきこえず潮の香もしなかった。

その日の夕方、激しい頭痛におそわれた。思い切って体温をはかってみると、三十九度もあった。呼吸が苦しく、今にも肺臓から血がふき出すような予感すらした。

翌日は、朝から吹雪であった。粉雪が雨戸のすき間から吹きこみ、障子に音を立てて当る。放哉は、ふとんの中で手足をちぢめ、体をふるわせていた。

翌朝、ふらつく足どりで雨戸をひらくと雪はやみ、明るい陽光がひろがっていた。一面の雪で、かれは寒さに首をすくめながら雪景色をながめた。前庭につづく墓所の石が、連なる白い茸《きのこ》のようにみえ、その形も大きさもまちまちであることが興味深かった。

小さい島に住み島の雪

自然に句が湧いた。かれは、ふとんに身を入れ、寒さにたえながら雪をながめていた。

その日の午後送られてきた嶋丁哉の手紙は、放哉の気持を明るくした。

下駄台軒迄つんで梅を咲かせ

という丁哉の句の前書きに、梅が咲いた日に……と書かれていた。

丁哉の住む大分県中津では、十分に春の気配がきざし梅の花も開いたらしい。放哉は、丁哉に、「啓、モウ梅ガ咲イテルデスカ？　羨ましいな!!!」と書き、その句を

「私ダツタラ（下駄台軒まで積んで梅咲けり）と自然ニナダラカの方をとります。如何？……」と批評した。

かれの心は浮き立った。大分県ではすでに梅が咲き、近いうちに小豆島でも花がひらくにちがいない。桃も咲き、やがて桜も花弁をほころばせるだろう。寒気に苦しんでいる自分の体も、春の訪れとともに快方にむかうかも知れない。それに、お遍路も島にやってきて、南郷庵にも金を落してゆく。すべてがいいことずくめなのだ。

かれは、庭を掃除しているシゲに声をかけた。シゲが近づいてきて、庵の端に腰をかけた。

「大分県では梅が咲いているそうですよ。このあたりももうすぐですね」

かれは、明るい眼をして言った。

シゲは、笑うと、

「この町には梅も桃も咲きはしませんよ」

と言った。

かれは、いぶかしそうにシゲを見つめた。

「潮がきつくて咲かぬのですよ。その季節になると、山の方から梅や桃の枝を女が背負って売りに来ます」

シゲは、山の方に眼を向けた。

放哉は、梅や桃が咲いたら杖にすがってでも見に行きたいと思っていただけに気落ちしたが、それらの枝をかついで山の方からやってくる女たちの姿を眼にするのもいい、と思った。

「その頃になればお遍路さんもやってきます。もうすぐですよ」

シゲは、放哉の気持を引き立てようとしたのか、それとも自分も春の到来を待ち望んでいるのか、おだやかな口調で言った。

「お遍路さんがくれば、おロウが売れる。大忙しになるね。それまでに体をもう少しよくしておかなければ……」

放哉が言うと、そうですとも、とシゲはうなずいた。

シゲが、ふと思いついたように放哉に眼を向けると、

「おロウも売れますが、庵主さんは字をよく知っているから手紙を代りに書いてやりなさい。前にここにいた庵主さんで、そんなことをした人がいましたよ」

と、言った。

放哉は、言葉の意味がわからず、頭をかしげた。

「お遍路さんには字の書けぬ人がかなりいるのですよ。その人たちが故郷へ便りを出

す時、代りに書いて、お金をいただくのです。庵主さんはよく書きものをしているから、そのくらいのことはできるでしょう」

シゲは、机の上に置かれた筆墨に眼を向けた。

放哉は、眼をかがやかせ、

「それはいいな。やりますよ、大いにやりますよ。葉書の代筆一枚につき一銭、封書二銭。三銭では高すぎますかな。いずれにしても、おロウ台の傍に紙を貼りましょう、葉書、手紙の代筆承りますと……」

と、言った。

お遍路が島にやってくる時期になれば、井泉水と北朗が作ってくれた後援会からの送金は断たれる。お遍路から受ける金銭で、その後の一年を暮さなければならぬが、おロウ代だけでは足りるはずもない。そのことを気にかけていたが、手紙、葉書の代筆を引受ければ、思わぬ額の金銭に恵まれるかも知れない。

早く暖くなればいいな、三月よ早く来い、三月よ、フレー、フレー、かれは、どんより曇った冬空に眼を向けながら胸の中で叫んだ。

二月二十七日、雨の中をシゲがやってきた。丼に赤めしが盛られ、持ってきた塩鰯を七輪で焼いてくれた。その日は、旧暦一月十五日のどんどの祝い日で、島の者たちは、各所に集って正月の飾り物を焼き、海に流すという。その行事を最後に正月も終りになるのだ。

放哉は、塩鰯をおかずに赤めしを食べた。久しぶりに口にしただけにひどくうまく、つづいてシゲが作ってくれた熱い汁粉も食べた。幸い下痢は三日前からとまり、便秘ぎみだったが、食欲があることが嬉しくてならなかった。

雨は、午後になるとやんだ。夕方、西光寺の小僧の宥中が木箱をかかえてきた。宥中は、

「おロウです」

と言って部屋の隅に置くと、庵を出て行った。箱の中には小さなボール箱が並んでいて、ボール箱のふたには小型蠟燭百二十本入りと印刷されていた。

宥中が再び木箱を運んで、部屋の隅に積みかさねた。

「こんなにたくさんの蠟燭をなににするのかね」

放哉は、お遍路が来るにはまだだし、なにか庵で祭りでもあるのだろうか、と思った。

「お遍路さんが少しですが来はじめましたので……」

宥中が、言った。

「もう来ているのかい」

放哉は、はずんだ声をあげた。

「はい、少しですが……」

放哉は、宥中を見つめた。三月に入らねば来ないと思っていたのに、予想より早いことが意外だった。かれは、ようやく蠟燭がお遍路のためのものであることに気づいた。おびただしい蠟燭が西光寺から運び込まれてきたのは、その数だけ札所まわりをするお遍路が庵にも訪れてくることを意味している。そのように庵が人でにぎわうことなど想像できなかった。

「それでは、今日にもここへお遍路さんが来るかも知れんな」

放哉は、宥中の顔をうかがった。

「そのようなことはありませんでしょう。お遍路さんがつぎつぎにやってくるのは三月半ば頃からです」

宥中は、大人びた口調で言った。

放哉は、宥中が去ると、アンカに足を入れ庭に眼を向けた。お遍路が島にやってくる時期は、眼前にせまっている。かれらはつらなって庵にやってきて、蠟燭を所望する。その度に、自分は、おロウ一ちょう、先祖代々家内安全と声をあげ、シゲは茶の接待をする。さらに字の書けぬお遍路のために、手紙や葉書も書いてやらねばならない。朝から日没まで休むひまもない忙しさになるにちがいなかった。

その時までに、早く体を良くしておく必要がある。坐っているだけでも肩が凝り、身を横たえねばならぬ体で、そのように立ち働くことなどできるはずがない。

シゲが、土間に入ってきた。

「シゲさん、おロウがたくさん来ましたよ」

放哉は、シゲに明るい表情で声をかけた。

その夜、放哉は思いがけぬ激しい苦痛に襲われた。

四日前から便秘していたが、赤めしと汁粉を食べたので腹が強く張り、厠に這って行って力んでみても便は出ない。そのうちに、遂に腸が肛門の外に出てしまい、それを紙で押しもどそうとしても入らず、血が流れはじめた。かれは、下剤の瀉利塩を服用し、ふとんの上で突っ伏して呻きつづけた。冷汗が全身に流れ、ふとんをかたくつかんでいた。

深夜、ようやく瀉利塩がきき、厠に這ってゆくと石のように固い便が出た。かれは、涙ぐみ、厠の粗壁に手をついて荒い息をついていた。ようやく腹部の苦しみも薄らいだが、肛門の痛みと出血はやまず、夜明けまで眠りにつくことができなかった。

わずかにまどろんだ頃、人声がして眼を開けると、風呂敷包みを背負ったシゲが孫の男の子と土間に立っているのがみえた。

シゲは、

「七輪の火に炭団をのせてありますから、赤くなったらアンカに入れて下さい。私は、孫を連れて高松の親戚の家に行き、夜に帰ります。船の出る時間がせまりましたから行きます」

と、気づかわしげに言うと、庵の外へ出て行った。

放哉は、心細くなった。体の自由はきかなくなってきていて、シゲに世話をしてもらわなければならぬ身になっている。入庵後、しばらくの間は岡田が雑用をしてくれたりしていたが、シゲが庵を出入りするようになってから姿も見せなくなっている。

かれは、しばらくの間天井を見上げていたが、汽笛の音を耳にしてふとんから這い出ると、柱をつかんで窓を開けてみた。朝の陽光のひろがる海面に、煙を吐いた小汽船が湾口にむかって動いてゆく。風はなく、船は凪いだ海上を岬のかげにかくれていった。

かれは、ふとんにもどると息をととのえ、土間におりた。そして、少し赤らんだ炭団をアンカに入れ、板の間にあがった。今にも膝がくず折れそうなほど足に力がなく、肛門も痛んだ。

かれは、ふとんの裾にアンカを入れると突っ伏した。便秘で苦しんだため全身から力が失せている。胸の中に気泡のつぶれるような音がしきりに起っていた。

その日、かれは、旅人から送られてきている薬液を左腿に注射した。二日置きに注射してきたが、病気の進行が不安で一昨日につづいて注射する気になったのだ。

便秘が恐しく、少し残っている赤めしには手をつけず火鉢で芋粥を煮て食べた。寒気はきびしかったが、その日で二月が終り、いよいよ待ちに待った三月に入ると思うと、気持ちが明るんだ。

かれは、久しぶりに眼にした海の色を寝ながら思い起した。故郷の鳥取の広い砂浜でながめた海の光景が重り合う。少年であった自分の体を潮の香がつつみこみ、背後の松林では風の渡るたびにざわめきが起っていた。古い城下町の道筋、川、校庭などがつぎつぎに思い起された。

父の信三はもとより姉の並からも便りはない。稀なほど謹厳実直な父は、酒癖が悪く放浪をつづけている自分を忌み嫌っている。妻の馨からも、便りはない。病状が進んでいることを報せたい気持はあるが、もしも返信がなかった折の淋しさを思うと、手紙を出す気にもなれない。馨の豊かな肢体が思われ、また夢の中でもその体にふれたかった。

かれは、終日寝たままだったが、時折り腹這いになると、頭に湧いた句を書きとめた。

雨の舟岸により来る
手袋片ツポだけ拾つた
枯枝ほきほき折るによし

それまでかれは、「層雲」の同人たちから句集を出しては、と何度すすめられたかわからない。多作の放哉に句集がないのは不自然だという者もいた。星城子もその一人で、手紙で理由をただしてきたが、放哉は、その返書に、

一生〈句集〉ナンカ作ラヌ、〈過去〉、何スルモノゾヤ、吾人ハ前進アルノミ、〈過去ノ句〉ナンカ、ナンノ足シニナリマスカ

と、書き送った。

かれは、ただ句作するだけでよく、過去に作った句をまとめて一冊の本にすることになんの関心もいだいていなかった。旧作は自分にとって脱殻《ぬけがら》同然で、かれは新しく少しでも秀れた句を作り出すことに生甲斐を感じていた。

眼をさました放哉は、その日が三月一日だと思うと嬉しくてならなかった。前年の八月に島へ来てから待ちに待っていた三月がやってきたのだ。お遍路が札所巡りをし、庵にも金銭を落していってくれる。それに、寒気と強風にさらされた島に春が訪れることは、自分の肉体を少しでも恢復させてくれるにちがいなかった。

かれは、頬をゆるめて半身を起した。寒気が感じられず、風の音もしない。

土間からシゲが入ってくると、雨戸を繰ってくれた。かれは、ふとんから這い出ると、障子をあけた。

かれの眼に、思いがけぬものが映った。靄《もや》であった。かすかに雨が落ち、靄が漂っている。土は湿っていて黒みをおびている。無風で空気が温く、淀んだような靄が庵をつつんでいた。

春だよ、春が来たんだ、かれは胸の中で繰返した。季節の移り変りはありがたいものだ、と思った。季節の大きな風車がゆっくり廻るように寒気と強風のつづいていた島にも、春が訪れてきた。三月になることを望んでいたが、三月一日に春の象徴とも言うべき靄が湧いていることに感動した。衰え切った体も、温い空気にふれて快方にむかうだろう。

その日、かれは、細い雨脚にかすむ庭をながめてすごした。

午前と午後に来信があり、小包みも送られてきたが、いずれもかれの心をなごませるものばかりであった。井泉水からの手紙には、後援会の三月分である郵便為替が同封され、住山久二からの小包みには雑誌が入っていた。また星城子からは、かねて送って欲しいと依頼しておいた雑誌「現代」二月号がとどけられた。

放哉は春の気配の訪れが嬉しく、住田無相からの手紙の返事に、

今朝早く起きた処が、モヤが辺りに下りてゐてシツトリとして無風……ア、春が来たかな、と思ひました……

と、書き、無相が放哉宛の手紙を居つづけの女郎屋で書いていることを記していた

ので、一月号の「層雲」に「蛙釣つてゐる児を見てゐるお女郎だ」という句を発表していることも書き添えた。

翌日も雨で、気温が低かったが、風はなく静かだった。便秘がまたはじまって、厠に行っても排出しない。かれは、六回目の注射を右腿に打った。

その後、旅人からは、一日に六回体温をはかって報せるように指示したのに今もって報告がないのはどうしたことか、もし実行していない場合は殴りつけるぞ、という荒い調子の手紙が来た。放哉は、発熱しているのを知るのが恐しく旅人の言いつけを守っていなかったが、久しぶりに、その日、ふとんの上に坐って体温計を右の腋の下にはさんでみた。

体温計が、ふとんの上に落ちた。かれは、体温計を拾いあげて腋の下にさしこみ、腕をかたくしめた。が、再び落ちた。左の腋の下にさしこんだが、結果は同じで、かれは、腋の下を見つめた。垢のこびりついた胸は、肉がすっかりそげ落ちて肋骨が浮き出し、皮膚がハンモックのようにくぼんでいる。腕にも肉がなく、摺子木《すりこぎ》のように細い。体温計が落ちるのも無理はなかった。

かれは、着物の裾を開き、股の間に体温計をさしこんでみた。が、腿も骨が浮き出ていて両股に力を入れてみても、体温計の先端がふとんの上に脱け落ちてしまった。

かれは、疲れきって検温をあきらめた。体が痩せこけて体温計すらはさめぬようになっていることに、暗い気持になった。体重をはかるすべはないが、もしかすると九貫匁程度しかないのかも知れなかった。

かれは、旅人に体温計をはさめぬので検温できない旨をしたためた手紙を書き送った。そして、句帳に、

　肉がやせて来る太い骨である

と、書きとめた。

翌日は、お雛祭りの日で暖かく、その上、風もなく上天気であった。シゲが家から持ってきた汁粉をあたため直してくれたが、放哉は、再び便秘で苦しむことが恐しく少し口をつけただけであった。

翌日は肌寒かったが、春の気配が確実に感じられた。

その日、かれは、

「花はいらんかね」

という売り声を耳にした。

かれは起き上ると、窓にとりついた。庵の下の道を中年の女が近づいてくる。女は、花をゴザに巻いて背負っていた。

「シゲさん。花だ、花を買いたい」

かれは、土間に声をかけた。

シゲが土間を出て行き、庵の庭に色の浅黒い女を連れてきた。土の上におろしたゴザをひらくと、猫柳、水仙、椿があらわれた。

かれは、猫柳をシゲに買ってもらった。女は、山間部の村から花を町に売りに来たのだと言いながら、ふとんの上に坐っている放哉を薄気味悪そうに見つめていた。

放哉は、シゲに猫柳を床柱の花入れにさしてもらった。

かれは、横になったまま猫柳を見つめた。柔かな感じの枝に気持がなごんだ。いかにも春らしい植物に思えた。まちがいなく冬は去ったという実感が、胸の中にひろがった。

食事は、いつの間にか正午近くに一食口にするだけになっていた。粥に卵をまぜて軽く茶碗に二杯食べると、それで腹が満ちる。シゲが、病気を追い払うにはしっかり食べなくては、と口癖のように言うが、食欲はなく、わずかにシゲが買い求めてくる牛乳を少量飲み、バナナを少し口にするだけであった。

その日も正午近くに粥を食べたが、途中でやめてしまった。かれは、顔をひきつらせ、咽喉をつかんだ。眼が大きくひらかれた。咽喉が、痛かった。粥を流しこむ時に、かなりの疼痛が走り、のみこむことができない。結核菌が咽喉にとりついたのか、とかれは思った。肺臓に病巣ができ、病勢が進むと腸がおかされ、さらに咽喉も侵蝕される。喉頭結核は肺結核の末期症状で、療養書に「喉頭結核は、現代の医学の力では絶対に不治である」と書かれているのが常であった。それを予防するにはうがいを励行することぐらいだとされているが、効果はないとも言われている。

かれは、粗壁に視線を据えた。もしも咽喉が菌におかされたとしたら、死以外にない。唾をのみこみ、咽喉骨を動かしてみると、しみるような痛みが走る。感冒で咽喉がはれて痛いのか、と思い直したが、そのような痛みとはちがう。かれは、背筋が冷くなるのを感じた。

もう少し様子を見てみよう、とかれは思った。喉頭結核なら少しずつ痛みが増してゆくはずだが、その日、突然のように痛みが起ったのは風邪で咽喉がはれたためかも知れない、とも思った。かれは、再び茶碗を手にすると痛みに堪えながら辛うじて粥を咽喉の奥に流しこんだ。

暖かい日がつづき、シゲの話によると、お遍路の姿を時折り眼にするようになった、という。が、早目に島にやってくるお遍路は、金銭を使わぬ地方の者が多く、札所で蠟燭を立てたりするようなことはしない、と言った。

「ともかくお彼岸後ですよ、お遍路さんがやってくるのは……」

シゲは、柔かい日ざしのひろがる庭に眼を向けながら言った。

旅人から手紙が来て、検温について指示してきた。腋の下で測れぬなら、体温計を口にくわえて検温しろという。腋の下の場合は十分間さしはさんでおかなければならないが、口の中では五分間でよい、とも書かれていた。

放哉は、体温計を口の中に入れることをためらった。ガラスが割れて、水銀とともに口の中にひろがったらどうしよう、と不安でならなかった。が、旅人の指示でもあるのでその通りにしてみた。

棒飴をくわえているような気がして可笑しくなり、忍び笑いをした。五分後、体温計を出してみると、三十八度三分であった。

十二

咽喉の痛みが、日増しに激しくなった。

朝食はとらず、正午近くなると食欲が少し出てくるので卵入りの粥を茶碗に軽く二杯食べるのが日課になっていたが、その粥も咽喉を越えてくれない。無理に呑みこむと堪えがたいほどの疼痛が起り、咽喉もとを抑えてうずくまった。

「どうしたんです」

シゲが、いぶかしそうに放哉の顔をのぞきこんだ。

「咽喉が痛みましてね、はれているらしくお粥が通らないんですよ」

放哉は、再び茶碗を手にしたが、咽喉の痛みが増すのが恐ろしく口にふくむ気にはなれなかった。

シゲは、

「咽喉のはれなど、気にすることはありません」

と言って、土間におりると庵の外へ出て行った。そのさりげない言葉に、放哉は、シゲにすがりつきたいような気持になった。

しばらくすると、シゲがもどってきて部屋に上ってきた。手に丼と布を持ってい
て、丼の中の粘液状のものをしゃもじですくうと布に塗りつけはじめた。
「これは、里芋と生姜にメリケン粉を入れて摺ったもので、咽喉にあてれば痛みがと
れます。芋湿布というものです」
シゲは自信にみちた口調で言い、湿布を作りおえると、ほうろくで塩を焼いた。
湿布が咽喉の部分にあてられ、その上に布袋に入れられた焼塩がのせられた。長い
布でそれらを首に固定させると、
「すぐに痛みがとれますよ」
と、シゲは言った。
放哉は、仰向けに寝たままシゲに礼を言った。
咽喉の痛みで粥もほとんど食べなくなったのに、腹痛はつづいていた。下痢はとま
っていたが、代りに強い便秘症状に悩まされ、腹部が日を追うてふくれあがり、息苦
しくさえなった。わずかに便意が起った日に三回も瀉利塩をのみ、ようやく便を排出
することができた。
シゲは、芋湿布を面倒がりもせずにつづけてくれたが、首の皮膚がかぶれただけで
効果はみられなかった。それどころか痛みはさらにひどくなって、少量の粥すらのみ

こむこともできなくなった。空腹感はあるのに、粥が咽喉を通らぬことが情なかった。

春になったのに寒気が激しく、強風の吹きつける日もあった。かれが頼りにしているのは旅人が与えてくれた注射液だけで、二日置きに注射針を左右の腿に交互に突き立てた。

放哉が粥を食べられなくなったことに、シゲは表情を曇らせていた。バナナも咽喉を越さず、わずかに牛乳を飲めるだけであった。

突然の変化に、放哉は放心状態におちいっていた。かれは、シゲが粥を煮てくれても茶碗を手にしたままシゲに眼を向ける。その顔には、悲しげな表情がうかんでいた。

「困ったことですね」

シゲは、顔を曇らせて放哉の置いた茶碗を盆にのせると土間にもどっていった。

咽喉の痛みはさらに増し、一週間後には声もかれはじめた。

かれは、愕然とした。声帯がこわれでもしたように、かすれた声しか出ない。結核菌が咽喉を思う存分むしばみはじめているのか、痛みも食事をする時だけにかぎらなくなった。シゲが持ってきてくれた蜜柑の汁を飲んだ時など、汁が咽喉にきつくしみて呻き声をあげた。かれは、咽喉を抑え、涙を流した。

三月十一日の朝、かれはシゲが土間に入ってくるのを眼にすると、

「シゲさん、ゆうべは咽喉が痛くて眠れませんでしたよ。すみませんが、木下さんを呼んで来て下さいな。こちらから伺いたいが、足がひょろひょろして歩けませんから……」

と、寝たままかすれた声で言った。

シゲは、うなずくとすぐに庵を出て行った。

やがてもどってきたシゲは、木下が午後に往診してくれることを伝えてくれた。

放哉は、眼を閉じた。木下に往診してもらえば、また治療費がかかる。その工面に苦労しなければならないが、わずかな救いは三月の中旬以降にお遍路がやってきて金銭を置いていってくれることであった。それを治療費にまわせば、当座は宥玄や井泉水らに無心をしなくてもすむ。咽喉の痛みをこのまま放置することはできなかった。

午食にシゲが粥を煮てくれたが、かれは、差し出された茶碗に手も出さず茶を飲んだだけであった。

午後二時すぎに、木下が黒い鞄をさげて庭に入ってきた。木下は、放哉が一層衰弱している様子に暗い表情をし、ふとんの傍に坐った。

「先生、咽喉が痛んで……」

放哉は、咽喉の部分に手をあてた。

木下は無言でうなずくと、聴診器を取り出し、胸にあてた。聴診器を長い間同じ個所にあてたりしながら移動させ、それが終ると骨の部分を指でたたいた。さらに腹部を押し、少し頭をかしげて指に力を入れたりした。

木下は、放哉を半身起させると、背に聴診器をあてた。放哉は、木下に向き合って坐った。

「咽喉が痛むようになったのはいつ頃からですか？」

木下が、聴診器を置いてたずねた。

放哉は、思案するような眼をしながら、

「一週間ほど前からです」

と、答えた。

木下は、放哉に口をあけさせると、懐中電灯で内部をのぞいた。入念にしらべていた木下が、電灯を消した。放哉は、木下の顔に困惑の色がうかんでいるのを眼にした。

「喉頭結核ですか」

放哉は、思い切ってたずねた。

木下は懐中電灯を鞄の中に入れると、徐《おもむ》ろに放哉に顔を向け、

「喉頭結核か、風邪か、どちらとも言えません。かなりのはれですから、食物が通らないのも無理はありませんでしょう」

と、言った。

放哉は一瞬意識のかすむのを感じた。木下の眼には、あきらかに死期の迫っている患者を見るような光がうかび出ている。結核の末期症状である喉頭結核におかされれば、自分の死は確定する。

「もしも、咽喉が菌におかされているとすれば困ることになります。が、今のところ、どうとも言えません。今日から硼酸水でうがいをして下さい。薬屋に売っていますから、ぬるま湯で三倍に薄め、日に何度もうがいするといい。その結果をみてから……」

木下は放哉の凝視をうけながら、お大事に、と言うと腰をあげた。

電灯が、灯った。

放哉は、柱の花入れにいけられた水仙を見つめた。自分の体が地底に果しなく落ち

こんでゆくような絶望感に襲われ、深く息をついた。水仙が、ほの暗い部屋の隅で白く浮び出ている。

かれは、ふとんから這い出ると、シゲが薬缶に作ってくれたうがい薬を茶碗に入れた。木下は咽喉の奥まで清めるには少量ずつ口にふくむようにと言ったが、その言葉通り放哉は少し茶碗を傾けては、うがいをした。薬液が咽喉にしみたが、それが患部に好ましい効果をあたえるのかも知れぬ、と思った。

かれは、机の前に這ってゆくと坐った。筆をとり、旅人宛の手紙を書きはじめた。喉頭結核か風邪なのか、医師である旅人に症状を訴えたかった。木下は、いずれともわからぬと言ったが、旅人ははっきりした判断を下し、その治療にふさわしい薬を送ってくれるかも知れなかった。

旅人は、毎日六回検温して報告せよと言ってきていたが、放哉はそれを守ってはいなかった。そのことについて放哉は、

熱ハ朝も昼も無熱ニシテ夜三十八度二三分ニ上ル事往々アリ

と曖昧に書き、一般症状としては、

注射のセイにて気持ハ大変によろしく平生と少しも変ラズ……けれ共只例の衰弱がヒドクテ足がヒヨロ〳〵して何モ仕事デキズ……仕事すればイキ切レガスル有様、手も足も火ばしの如し……歩行全く不自由

と、記した。

ついで咽喉のことにふれた。

茲に一問題突発……一週間程前よりノドハレテいたくめしがつかへる……喉頭結核ニ来リシニハ非ズヤ？　トテ医師大心配……今日よりウガイヲハジム、（中略）右報告、扨テドウナル事ヤラ……ノドイタクテめしが通りかねる正にガキ道也、ナホルカ？　ナホラヌカ？　千番ニ一番ノカネ合ヒ！

そこまで書いて筆を置いたが、旅人に死を恐れていると思われたくない意識が湧き、再び筆をとると末尾に、

ドン〱チャン〱　呵々

と、書いた。

肩が凝り、体がふらついた。かれは、封書の上書きをすると、ふとんの中に這いこんだ。

長い間入浴をしていないので、睾丸に湿疹がひろがっている。ふとんで体が温まると痒みが湧き、かれは天井を見上げながら指を動かした。

翌日は暖く、かれはふとんから這い出してうがいをした。

午後、宥玄が庭に姿を現わした。放哉はふとんから起き上ったが、宥玄は、

「寝たまま、寝たまま」

と、手をうごかし、庵の端に坐った。

放哉は、

「いつもお世話になり、ありがとうございます」

と言って、頭をさげた。が、その言葉はかすれ、放哉は顔をしかめた。

宥玄は、木下から症状をきいて見舞いに来たらしく、

「うがいはしていますか」

と、言った。

放哉は、さかんにやっています、と答えた。

「お遍路さんがぽつぽつ出て来ているようですな」

放哉がたずねると、宥玄は、

「お彼岸後でなければ……。しかし、今日から寺では蠟燭箱を開きました」

と、答えた。

「いよいよ戦闘開始ですな」

放哉は、明るい眼をした。

かれは、宥玄が見舞いに来たのは、木下になにか重大なことをきいたからではないか、と推測した。木下は、言葉を濁していたが、咽喉の痛みが喉頭結核によるものであると断定し、それを宥玄に伝えたにちがいない、とも思った。

放哉は、宥玄の表情からなにかを探ろうとしたが、宥玄はおだやかな眼をして早春の陽光を楽しむように庭をながめている。平生よりも機嫌がよさそうで、放哉の疑念は少し薄らいだ。

宥玄は雑談した後、腰をあげると、

「入り用のものがあったら、なんでも言って下さい。養生専一に心掛けることです」

と言って、庭から出て行った。

放哉は、ふとんに身を横たえた。島に来て以来、宥玄は嫌な顔もせず自分の面倒をみてくれている。宥玄には、自分を頼る者をひとしく庇護してやろうという気持があるらしい。それまで寺男として多くの寺に身を寄せてきた放哉は、宥玄のような僧に出会ったことはなかった。今まで接してきた僧は、金銭に対する執着と自己保身の意識が強く、中には漁色に熱中し檀家の人妻とひそかに情を交している者すらいた。宥玄は、自分を世話してくれるのに少しの代償も求めてはいない。自分を庵に置くことは宥玄にとって経済的に支出を強いられるだけであり、世間的にも決して良くは言われていないはずだった。

一二が庵にくることはほとんどなかったが、島に初めて来た頃の一二に対する反感は消えていた。一二の家からは、折にふれて炭、食物などが送りとどけられる。ころがりこんできた自分を温く遇してくれている一二に感謝の気持も強かった。

咽喉に疼痛が起るようになってから、さすがに机の前に坐ることは少くなっていた。相変らず日に二、三通の手紙が送られてきて、それを読むのが楽しみだったが、返事を書くことも思うにまかせなくなっていた。それでも、ふとんから這い出ると頭に鉢巻をして筆をとることにつとめていた。

ふと、放哉の耳にかすかな音がとらえられた。

かれは、身をかたくした。空耳か、と思ったが、まちがいなく鈴の音がしている。それは、西光寺からの道を次第に近づいてくる。宥玄が蠟燭箱を今日から開いたと言った言葉がよみがえった。お遍路が鈴を振って歩いてくる。

かれは、半身を起し、耳を澄した。鈴の音がさらに近づき、庵の下の道で絶えた。放哉は、お遍路が庭に入ってくるような予感がし、ふとんから這い出ると机の前に正坐した。

かれは、身をかたくし耳を傾けた。波の音がきこえているだけで、鈴の音は土中に吸いこまれでもしたように絶えている。鈴の音は一つではなかった。二つの鈴の音がもつれ合うように近づき、庵の庭にあがる道できこえなくなった。放哉は、二人のお遍路の気配を探った。もしかすると、遍路は草鞋《わらじ》の紐でもむすび直しているのかも知れなかった。

蠟燭を出しておかなかったことが悔いられた。お遍路が庭に入ってきても、お大師様にあげる蠟燭がなければ、金銭をもらうこともできない。かれは、部屋の隅に積み重ねられた蠟燭箱に眼を向け、這い寄ろうとした。

鈴の音が、再びきこえた。かれは動きをとめた。鈴の音は庭に入ってこず、小窓の下の道を過ぎ、次第に遠ざかってゆく。お遍路は庵の前の道で合掌しただけで、通り過ぎていったのかも知れない。

かれは、拍子抜けし、畳に手をついたまま頭を垂れていた。三月にやってくるお遍路は金も落さぬ者ばかりだといわれているが、庵の前を通りすぎていったお遍路たちもそうした類いの者たちなのだろう。シゲや西光寺の小僧の言った通りだ、と思った。

しかし、お遍路の鈴の音を耳にしたことは嬉しかった。それは本格的な春の到来を告げるものであり、人に無心することもせず金銭を手にできる時期がようやく訪れてきたことをしめしている。

かれは、ささくれた畳の目を見つめながら頬をゆるめた。

翌朝、かれは、土間に入ってきたシゲに、鈴の音が庵の前を通ったことを口にした。

「シゲさん、今日、蠟燭箱開きをしようじゃないですか。西光寺では、昨日から開いたそうだから……」

放哉は、かれた声で言った。

「ポツポツ出てきているようですが、まだ早すぎはしませんかね」

シゲは、気乗りしないように言ったが、大師像の傍にある古びた蠟燭台にはたきをかけ、蠟燭箱を取り出してきて庭に面した畳の端に置いた。

放哉は、眼を輝かせた。いつでも来いだ、と、つぶやいた。ポツポツ出てきている……とは、蚊が出はじめた表現のようで、かれは声を抑えて笑った。

うがいを丹念にしていたが咽喉の痛みは去らず、正午過ぎに粥を食べる折もしみるような痛みに苦しんだ。咳が少なくなったことが唯一の慰めで、かれは右腿に咳どめの注射を打ちつづけた。

翌日の夜明け近く、再び夢の中に妻が現われた。かれは、豊かな馨の体に抱きついて泣いた。妻の体がひどく肉付きのよいものに感じられ、自分の衰え切った体が恥しかった。体を妻の上にのせ、腿も開かせたが、それ以上のことはできなかった。妻は無言で身じろぎもせず、それが、かれを卑屈な気分にさせていた。

眼をさましたかれは、少し泣いた。下腹部は硬直もせず濡れてもいなかった。

まどろむと、庭に面した障子のひらく音がし、かれは眼を開けた。シゲが庭におり、井戸の水をくんで桶に入れている。妻の夢をみたためか、体がだるく、咽喉がかわいていた。かれは、汲みたての水を飲みたかった。

桶をさげて土間に入ってきたシゲに、かれは、声をかけようとしたが、咽喉がふさがったように声が出ない。かれは、咽喉の部分を手でおさえた。

「水」

ようやく声が出た。それはひどく細く、シゲはきこえなかったらしく七輪に火を起している。

水、と、かれは思い切り叫んだ。こちらに顔を向けたシゲが、いぶかしそうな表情をしたが、かれがまた水と言うとうなずき、茶碗に水を入れて部屋に上ってきた。

放哉は、半身を起すと茶碗を手にした。声が出ないことが恐しく、シゲにそれを訴えたかったが、咽喉までふさがった重病人と思われたくないという気持もあった。肺病はいまわしい伝染病として嫌悪され、シゲが自分の世話をやめてしまうような不安を感じた。

かれは、茶碗を傾けた。冷い水が熱をおびた口中に快かったが、飲みこもうとした瞬間、咽喉に激しい疼痛が起った。水は辛うじて咽喉を越したが、かれは茶碗を落すと咽喉をつかみ呻き声をあげた。声も出ず水すら飲めぬことに、かれは、全身が凍りつくような恐怖におそわれた。

シゲが、驚いたように白眼がちの眼を放哉に向けた。

「医者を……」

放哉が辛うじて言うと、シゲはうなずき、土間から小走りに出て行った。

かれは、体をふとんの上に横たえ、眼を閉じた。このような症状は、風邪によるものなどではない。危惧していた喉頭結核にちがいなく、医療書で眼にした「現代の医学の力では絶対に不治」という文字がよみがえった。

柱にかけられた花入れに水仙が咲き乱れている。ひしめくように十本近い水仙が茎をのばし、花弁をひろげている。不意に、新たな恐怖が体にひろがった。水仙が鮮やかな緑の茎を伸ばし花を開かせているのは、花入れの中に入れられた水によるものだ。茎の切り口から水を吸い上げることで、水仙は生命を維持している。自分の体で水仙の茎の切り口に相当するのは、口であり、水仙にとっての水は、口から入る食物と水分である。食欲はかなり前から失われて体も衰え、咽喉の痛みで粥さえ食べることもできず水さえ通らなくなっている。水仙は水を吸収できなければ枯れるが、自分もこのまま朽ちることはあきらかだった。

死にたくはない、とかれはつぶやいた。かれは、仏の名を繰り返し唱え、助けて下さい、助けて下さいと胸の中で叫んだ。

土間に、木下がシゲと姿をあらわし、部屋に上ってきた。

「どうしました」

木下は、枕もとにすわり、放哉に視線を据えた。

放哉は、咽喉が、とかすれた声で言い首を指さした。木下が、鞄から懐中電灯をとり出し、放哉の口の中をのぞきこみ、胸部に聴診器をあてた。

木下は、聴診器をまとめると、息をついた。放哉は、木下のこわばった表情を見つめた。

「喉頭結核かも知れませんね。困りましたな。あなたのように急にひどくなることは稀なんですが……」

木下は、顔をゆがめた。

放哉は、うつろな眼をして木下の言葉をきいていた。自分でもまちがいなく喉頭結核らしいと思っていたが、現実に木下の口からそのような言葉をきくと体が冷えた。

木下は、脱脂綿に赤い液をひたし、放哉の咽喉に塗ってくれた。

「うがいは億劫がらずにつづけて下さい。また、来てみます」

木下は、沈んだ声で言うと、シゲの差し出した盥で手をすすぎ、庵を出て行った。

その日、正午になって空腹を感じたが、粥は通らず、わずかに白湯を飲んだだけであった。鈴の音がきこえたような気がしたが、空耳だったらしく、裏山に吹きつける風の音がしているだけであった。

放哉は、木下に二度往診してもらったので、治療費のことが気がかりになり、井泉水に手紙を書いて咽喉の状態と食物を食べられぬことを報せ、「オ医者ニ又オ金ヲ払はねばならぬ……スミマセヌ〱――」と記した。

旅人から手紙があり、咽喉のことを気遣っていることを述べた後、放哉が発熱について「熱ハ朝も昼も無熱ニシテ夜三十八度二三分ニ上ル事往々アリ」と報告したことを激しくなじっていた。旅人は、放哉が指示通り日に六回検温することを怠っていると察したらしく「僕の送った検温器には無熱と記した目盛りはない。何度何分か正確に報せろ」と荒い調子の文章をつづっていた。

放哉は、旅人が怒っているのは親身になっているためだとわかっていたが、日に六回も口に体温計をくわえるのは情無く、「そんなに迄して生きて居たくない」と書き送った。

かれは、手紙を投函してもらってから旅人にそのような手紙を書いたことをすぐに悔いた。注射薬と道具一式に体温計まで無償で送ってくれた旅人に、自棄気味な返事を書いたことは礼を失している。いつかは切れる注射薬を旅人から送ってもらわなければ困るし、かれは早速筆をとると、重々悪かったと後悔していますからなにとぞお許しを……と記した葉書を送った。

翌日から、また冬にもどったように寒く、北風が吹きつのった。かれは、終日、ふとんに身を横たえていた。少しでも食物を口にしなければならぬが粥は通らず、生卵を二個ずつ呑むだけであった。便秘は執拗につづき、数日置きに瀉利塩をのんで辛うじて排便していた。足腰に力が失われ、厠に這ってゆく時も途中で疲れ、しばらく息をととのえるのが常であった。

かれは、このままひっそりと死んでゆくのかと思うと淋しくてならなかった。病人の臨終には妻子、肉親や親戚が見守り死水をとるが、自分には、そうした者はいない。死は近づいているようだし、親族の一人ぐらいにはそれを予《あらかじ》め報せておくべきではないか、と思った。と言って、鳥取にいる父や姉夫婦に伝える気にはなれない。たとえ自分が死んだとしても、かれらにはさしたる感慨もなく、むしろ周囲に迷惑ばかりかけて放浪してきた自分の死に安堵を感じるだけだろう。妻の馨はなおさらで、病状の悪化を伝えても、また甘え心を起していると蔑《さげす》むにちがいない。手紙を出しても葉書一本寄越さぬ馨に通知する必要もなかった。

ただ、小倉康政、まさ子夫婦とは、まだ親類としての感情が残されている。康政は三菱銀行に勤務し、馨の妹倶子と結婚した。放哉は康政の気さくな性格を好み、康さんと呼ぶような親しい間柄であった。その後、倶子が病死し、康政はまさ子と再婚したが、親戚付き合いはつづき、放哉はまさ子とも親しくなっていた。放哉が馨と別れて一燈園に入ってからも文通はつづき、康政夫婦は放哉の求めに応じて金品を送ってくれていた。が、それが馨の感情をそこね、放哉に康政夫婦へ無心するような恥しいことはして欲しくないという手紙が来た。それ以来、放哉は、康政夫婦に経済的な援助を求めることを控え、自然に文通も稀になっていた。

放哉は、小豆島に来てからかれらと数回さりげない手紙をやりとりしただけであったが、康政夫婦と馨は付き合いをつづけているらしく、康政夫婦を仲介に馨とのつながりを辛うじて保っているような安らぎも感じていた。

放哉は、小倉康政ならば病状報告を素直に受け入れてくれるはずだ、と思った。今まで長い間迷惑をかけ、しかもいやがるような態度をみせぬ康政夫婦に近況をつたえる義務がある、とも思った。

かれは、筆をとると肺病の末期に来ていて死も覚悟していることを故意に明るい文面でつづり、シゲに投函してもらった。

寒い日がつづき、かれはシゲにアンカをふとんの裾に入れてもらい、体をちぢめて寝ていた。風の音が庵をつつみ、やむ気配もなかった。

かれは、障子を開け、うがい薬を口にふくみ庭に吐き捨てることを繰返していた。綿入れを羽織っていたが寒く、体がふるえてくる。咽喉の痛みが消えることを願って一回でも多くうがいしたかったが、寒気に堪え切れず、ふとんにもどることが多かった。

三月十八日は、彼岸の入りだった。シゲも小僧の宥中も、彼岸過ぎにはお遍路が本格的にやってくると言っていたが、このような寒さではやってくるはずがない。強い風で海も波立ち、それを押して島に渡ってくるお遍路がいるとは思えなかった。

ふと、香《かぐ》わしい匂いがかすめすぎた。かれは、柱の花入れに眼を向けた。十本近い水仙の花にかすかな衰えがみえはじめているが、匂いが時折り漂ってくる。夜半眼をさました時などに、かなり強く匂う。かれは、近々と香りをかぎたかった。近いうちに水仙の花は枯れ落ちるが、それまでに思う存分匂いにふれたかった。

かれは、ふとんから這い出ると、柱に手をあて立ち上ろうとしたが、意外にも腰があがらない。露わになった脛《すね》がふるえ、膝に力を入れているのだが、体の重みを支えきれぬらしい。柱にすがりついて立とうとしたかれは、手がすべって仰向けに倒れた。再び柱に手をあて腰をあげようと試みたが、今度は横に倒れた。

物音に気づいたらしく、土間からシゲが顔を出し、放哉に近寄った。

「シゲさん、足腰がきかなくなりましたよ」

放哉はシゲを見上げ、ほとんどききとれぬしわがれた声で言った。

シゲが、放哉を抱き起した。

「足腰が立たなくなってしまいましたよ」

放哉は、再び言った。

十三

その日の夕方、小倉まさ子から手紙が来た。放哉は、体をふるわせて泣いた。手紙は、かれがまさ子の夫康政宛に末期症状をしめす病状について報せた返事で、まさ子は放哉の手紙に涙が出て仕方がなかったとある。

さらにまさ子は、放哉を大阪の病院に入れて治療させるか、それとも自分が島に行って看病したいと記していた。自分のために涙を流し、看病までしてくれる親類がいるということに、かれは感動した。

電灯がともり、かれはふとんに伏しつづけていた。咽喉の痛みで食物は摂れず、消化器の機能も衰えて頑固な便秘がつづいている。声は出なくなったし、足腰も立たなくなった。島に来た頃、病状が最悪の状態になった折には酒を思う存分飲んだ上で海に身を投じ自ら命を断てばよい、などと考えていたが、それが甘い考えだったことも知った。咽喉も消化器も酒など受け入れることはなくなっているし、むろん海際まで行く体力はない。死は、想像していたよりもはるかに執拗で、肉体を苛《いじ》めつくした上で訪れてくるものらしい。

かれは、ふとんから這い出ると机の前に坐り、まさ子宛の返事を書いた。その中で、「是非ヤメテほしい」こととして、

(一)泣かぬ事
(二)鳥取ナンカに絶対ニ申サヌ事
(三)カオルなんかに之又、絶対ニ云ハヌ事
(四)アナタの命令通りにナッテ看病してもらふ事

と、書いた。鳥取の父、姉夫婦、それに馨に同情されたくはなかった。まさ子は看病したいと言うが、夫のある身では現実に不可能で、それに自分の病み衰えた姿もみ

られたくはなかった。この点について、

……私ガ今デモ已ニヒヨロ〳〵して居て疲労して、……肉体が少しも云ふ事ヲキヽマセヌそれで……（若し愈寝込んだ時ニ）……此ノ病ニオソレヌ人で……日常ノ掃除ヤ、身ノ廻リノ世話をしてくれる人が是非入用ノワケデスガ、（中略）只今ハウラに一人おばあさんがヲリまして、之が用事の無い時ハ毎朝来てチヨイ〳〵手助をしてくれるのです……別だんオ金ヲヤラナイのです

と、事情を説明した。

また上阪して治療をうけたらどうかというすすめについては、「私ハ（死ヌ迄此ノ庵を出ない）ト云フ事ヲ承知下サイ」と簡潔に拒んだ。島に渡ってきた時から死場所は島ときめてあるし、寒気がきびしく烈風の吹きつづけることに辟易してはいるが、自分になじんだ島でひっそりと死を迎え入れたかった。

翌日は小雨が降り、寒かった。シゲは粥を煮てくれたが咽喉を通らず、生卵二個を呑みこんだだけであった。

かれは、不意に煙草がすいたくなった。それも最高級の煙草で、香わしい匂いに包

まれたかった。食欲が失われたかれは、香わしい匂いに憧れをいだいた。

その欲望はおさえがたく、久しく無心をしない「層雲」同人の小沢武二に手紙を書き、「ウマイ煙草が命がけで呑みたい、紫の煙りがかぎたい、あゝあのよい匂ひ」と訴え、満州にいた頃、無税なので愛用した英国製のスリーキャッスルか、少し値の高いM・C・Cが欲しいと無心した。満州ではスリーキャッスル五十本入り缶が五十銭であったから、東京では三円ぐらいはするだろうが、放哉に憎しみをいだかぬ同人四、五人が五十銭銀貨一つずつ出して買って送ってもらえぬか、と頼んだ。

シゲは、放哉にせかされてその手紙を投函しに出て行った。

翌朝、眼をさましたかれは、雪の気配を感じた。物音すべてが土中にでも吸いこまれたように深い静寂がひろがっている。庵も雪にすっぽり包みこまれているような気がした。

想像通り、土間に入ってきたシゲは、入口で番傘をあおらせ、土間に高下駄をたたきつけて歯につまった雪を落した。

「ひどい雪ですよ」

シゲは、白い息を吐いて言った。

放哉は綿入れを羽織ると、うがい薬の入った薬缶を手に障子に近づき細目に開けた。大きな雪片がひしめくように舞っている。夜半から降りはじめたらしく、かなりの積雪で、庭の松にも堆《うずたか》く積り、幹も白い。

かれは、うがいも忘れて雪景色をながめた。春らしい雪で、どことなくのどかにみえる。空をとざした雲も、明るみをおびている。寒さにくしゃみをしたかれは、あわててうがいをした。澄んだ冷気が咽喉の痛みをいやしてくれそうに思えた。

ふとんに這いもどると、少し体を温めてから句帖を枕もとに引寄せ、

どつさり春の終りの雪ふり

と、記した。たとえ寒気のきびしい島でも、今日は三月二十日であり、その降雪は春の終りの雪であるはずだ、と思った。

水仙は、花弁のふちが茶色くなって、次々に畳の上に落ちた。その花のかすかな匂いをかれは楽しみにしていたが、庵には土間で燃やす薪や炭の匂いと、うがい薬の匂いだけが漂っている。

木瓜《ぼけ》が欲しい、とかれは思った。かれは少年時代からその花が好きだった。どことなくぽかんとした馬鹿げきったところがいい。木瓜をながめていたら、気分も安らぐ

にちがいなかった。

放哉は、シゲに木瓜を探してきて下さい、と、頼んだ。木瓜は二メートルほどにもなる灌木で、探すといっても当然挿木した鉢植えだが、シゲは心当りがあるらしく、雪の中を出ていった。

一時間ほどして、シゲが小さな鉢に植えられた木瓜をかかえてもどってきた。植木屋が三鉢持っていて、その一鉢を二十銭でわけてもらったという。

放哉は、枕もとにおかれた木瓜をながめた。鉢の上にも木瓜にも雪が附着している。大きな蕾が二つついていて、近いうちに花が開きそうだった。かれは、一日も早く花をみたかった。

翌日は、彼岸の中日で、正午少し前に一二の家の雇人が料理をとどけてくれた。放哉は身を起し、両手をついて雇人に一二への感謝の意を述べた。空腹感が湧き、シゲに箸を持ってきてもらったが咽喉を越すはずもなく、煮た里芋の端をちぎって口に入れただけであった。

午後、旅人から葉書が来た。いつもは放哉の不養生をきびしく詰る手紙ばかりであったが、その葉書は神妙で、京都に出て入院しなければいけない、と書かれていた。放哉は、簡潔な文面を見つめた。手紙で病状を報せたが、医師である旅人は、病勢が最後の段階にまで進み、入院する以外にないと判断したのだろう。放哉は、あらためて自分の死期が迫っていることを意識した。

かれは、井泉水に、自分は庵で死ぬ覚悟なので、京都に行くことなど考えてもいないことを旅人に伝えて欲しい、と手紙に書き、旅人からの葉書も同封した。井泉水は前便で、ラジオで俳句の話を放送するため上京するとあったので、宛名を「層雲」の東京連絡所気付とした。

しかし、手紙は行きちがいになり、翌朝、井泉水からの手紙をシゲから渡された。封筒の表には、(急)と書かれ、前例がないだけに放哉は急いで封を切った。かれは、文字を追った。井泉水は、京都に来て大病院に入院し診断を受けることをすすめていた。病室のこともすぐ手配がつくので、専門医の治療を仰ぐようにしてはどうか、という。

井泉水が旅人と相談をした結論であることはあきらかだった。旅人が自分の病気が末期状態にあって、島に置くことは見殺しにするのも同然だとでも言ったにちがいなかった。

放哉は、かれらの好意が嬉しかったが、すでに自分の体がたとえ専門医の手にゆだねられても恢復する可能性がないことを知っていた。這うことも苦痛で、手を突くのも膝を立てるのも困難になっている。厠に這って行く時も疲れてしまって途中で動きをとめて横になり、しばらく休んでから再び身を起して這ってゆく。そのような体で、舟着場に行き、船に乗り、京都の病院にたどりつくなどできるはずもなかった。

第一、医療で肺病がなおるとは思えない。多くの人々が医師の治療をうけながら、次々に死んでゆく。療養書などにも薬物療法がほとんど効果がなく、わずかに精神療法に頼る以外にないとして奇蹟的に快癒した者たちの体験記がのせられているのが常だ。たとえ京都に行き病院に入っても、治癒することなど望めるはずはない。

かれは、筆をとると、病院というものに対する嫌悪を述べ、この庵で死ぬ日までを静かに過したいと強調し、「この庵……を死んでも出ない」と記した。さらに追伸として、

庵ヲ出ル事、養生ノ件……コレ切リデ、打切りにしていたゞきたし。第一、只今、余程以前カラ、足モ腰モ不自由デ、歩カレナイノデスヨ、ソンナ者ガ、一歩モ庵外ニ出ラレマスカ？　呵々。

と、結んだ。宛名は井泉水が旅行中であることを考え、井泉水・北朗の二人にし、

シゲに投函してもらった。

その文面の中で放哉は、シゲの世話になっているので京都の病院に入れてくれる金銭があるなら、その中の幾許かをシゲに礼金として送って欲しいとも頼んだ。旅人につづいて井泉水へも入院を断る手紙を出したことで、放哉は、木下に頼る以外に治療を受ける道を失ったことを感じた。

あたかもそれを知ったように、午後、木下が鞄をさげてやってきた。かれは、困惑した表情で咽喉に薬を塗り、口数も少く帰っていった。

食欲は失われていたが、午後にシゲが粥を煮てくれた。かれは、恐るおそる粥を口に入れ呑みこもうと試みた。意外にも、粥が少量咽喉を越えた。咽喉がしみて痛かったが、久しぶりに粥が食道に落ちていったことに、かれは呆気にとられた。うがい薬でうがいをつづけ、木下が咽喉に薬を塗ってくれたことが効果をしめしはじめたのかも知れぬ、と思った。

シゲは、喜び、生卵を小鉢に割って持ってきてくれた。かれは、それも呑みこんだ。

放哉は嬉しく、シゲに木下のもとへ行って報告して欲しい、と頼んだ。庵を出て行ったシゲが、すぐにもどってくると、木下が驚いたことを口にし、もう少し様子をみてからでないと判断がつかぬと言っていたとも伝えてくれた。

日がわずかに傾いた頃、放哉は、また鈴の音を耳にした。鈴の音は西光寺の方向から近づいてくる。放哉は、耳をすました。それまできいた鈴の音は、道を過ぎてゆくだけで庵の庭に入ってくることはない。かれらは、庭の入口で合掌するだけらしかった。

しかし、鈴の音は、庭に入ってきた。放哉はうろたえ、ふとんから這い出て、机の前に坐った。すり切れた衣服の襟を直し、庭に顔を向けた。

杖をつき、白い衣を着た夫婦らしい中年の男女が姿を現わした。かれらは、庵に正座している放哉に視線を据えた。

昨秋以来、初めて眼にしたお遍路であった。放哉は、体をかたくした。が、かれらの驚きをやわらげねばならぬことに気づき、頬をゆるめて黙礼した。

かれらは、無言で頭をさげると、蠟燭台に近づき、赤い札を納めた。そして、頭陀袋から小銭を出すと、小さな木箱に入れ、蠟燭を手にした。

蠟燭台に小さな灯がともった。かれらは、合掌すると、菅笠をかぶって放哉の前から消えた。

放哉の体は、熱くなった。お遍路がやってきて、金銭を置いていってくれた。長い間待ち望んでいたことが現実になったことに興奮した。これからは、お遍路が後から後からやってきて、蠟燭台に蠟燭が立ち並び、小箱に硬貨が盛り上るだろう。病気などと言っているひまはなく、蠟燭売りにつとめなければならない。寒気はきびしいが、彼岸過ぎにお遍路がやってくるという話は、事実だったのだ、と思った。

肩が凝ってきて、かれは机の前をはなれると、ふとんにもぐりこんだ。かれは、ふとんの衿から顔を出して、台に突き立てられた蠟燭の灯を消えるまで見つめていた。

夜、シゲが庵にやってきた。シゲが西光寺の前を通ると宥玄に呼びとめられ、卵を放哉のもとにとどけるよう依頼されたという。

「新しい魚でも買って食べさせてあげて下さい」

と言って、十円紙幣も渡してくれたともいう。

放哉は、涙ぐんだ。生活必需品をとどけてくれる上に医療費まで支払ってくれ、さらに金銭まで恵んでくれる宥玄の気持が嬉しかった。

放哉は、夫婦連れらしいお遍路が来て、蠟燭をあげて行ってくれたことをシゲに話した。

「大いに頑張りましょうよ。シゲさんも手助けをして下さいな」

放哉は、眼をしばたたきながら言った。

夜明けに腹痛に襲われ、かれは身を起した。激しい雨の音が庵を包みこんでいる。風も出ていて、雨が板壁に叩きつけられる音もしていた。便秘がつづいていたが、前日、粥が少量咽喉を越した時から下痢症状に変っている。少しの食物を摂取しただけで消化器は、敏感な反応をしめすらしい。

かれは、厠に行くためふとんから這い出たが、腕と膝に力がすっかり失われている。腕を立てたが、すぐに折れて顔が畳につく。膝も腰を支えることができなかった。弱ったことになった、とかれは思った。体の筋肉がすべて融けでもしたように、力が入らない。自分の体が、軟体動物にでも化してしまったように思えた。腹痛に堪えきれず、腹這いになって廊下を少しずつ進んだ。激しい疲労がひろがり、顔を廊下に押しつけ息をととのえた。厠の前に、ようやくたどりつき、板戸をあけた。

厠に入ると膝をつき、頭を粗壁に押し当てた。体中から汗がふき出し、意識がかすんだ。上の小窓からは、雨しぶきが降りかかっていた。

用を足し、腹這いになってふとんにもどったかれは、しばらく意識を失っていた。シゲが部屋を掃除しているのもおぼろげに感じられるだけであった。

シゲが、白湯を枕もとに持ってきた。放哉は腹這いになると、茶碗をかたむけた。

咽喉の痛みがかなり薄らぎ、湯は咽喉を越えてゆく。腕も膝も立たなくなったことで気分がすっかり滅入っていたが、咽喉の具合がよくなっていることに少し明るい気持になった。

午食の時には、前日よりわずかながら多くの量の粥が咽喉から流れこんでいった。シゲさん、と声をかけてみると、声のかすれも幾分薄らいだようだった。

大雨で、お遍路は遍路宿に閉じこもっているらしく、鈴の音はきこえない。シゲは、部屋の隅で縫い物をつづけていた。粥を食べたことで、腹がまた痛みはじめた。厠に行く折の苦しみがよみがえった。かれは、すでに自分の体が厠に行ける状態ではなくなっていることを知っていた。

かれは、シゲに眼を向けた。厠に這ってゆくかれを、シゲが背負ってあげますと言ってくれたことがあったが、かれは断った。謝礼もあたえず世話をしてくれているシゲに、そのようなことまでしてもらうのはためらわれたし、重病人扱いされたくないという虚栄心も働いていた。厠に背負われてゆくのが恥しくもあった。

しかし、夜明けに厠へ這っていった時のことを思うと、そのような意地も失われていた。厠の床に坐りこみ頭を壁に当てていた自分の姿は、用を足す人間のそれではない。

かれは、咳こんだ。シゲがこちらに顔を向けた。思い切って頼んでみようと思ったが、羞恥が全身にひろがった。シゲは、再び縫い物に眼を落すと、針を運びはじめた。漁師の妻らしい浅黒い顔に、深い皺がきざみこまれている。

「シゲさん」

かれは、しわがれた声で言った。シゲが、針の動きをとめた。

「こんなことを、お願いできる立場でないのは十分に知っているのですがね。その……」

かれは、顔を赤らめた。

シゲは、黙ってこちらに顔を向けている。

「そんな世話までできぬとお考えなら、どうぞ遠慮なく断ってくれてよいのですが……」

かれは、眼を閉じた。それ以上、言葉をつぐ気にはなれなかった。

「なんですね」

シゲが、いぶかしそうにたずねた。

放哉は、眼を開きシゲを見つめたが、すぐに視線をそらせた。自分には到底言えそうになかったが、厠で坐りこんでいた時のことを思うと、頼みこむ以外にない、と思った。

「まことにすまんのですがね、その……、折り入ってきいてもらえまいか、と思うのですよ」

「なんですね」

「実に恥しいことなのですが、厠へ行けなくなってしまいましてね。それで……」

放哉は、また言葉を切ったが、天井に眼を向けると、

「便器を買ってきてもらえないものでしょうか」

と、低い声で言った。

便器を買うということは、それをシゲに仕末してもらうことを意味している。血のつながりもなく謝礼も出していないシゲに、そのようなことを頼むのは不当にちがいなかった。シゲが、そのまま庵から去ってしまうような予感がした。排泄物の処理までするいわれは、シゲにない。かれは眼を閉じ、シゲの反応をうかがった。

シゲの声が、すぐにきこえた。

「なにを今さら水臭いことを言いなさいます。下のものを今日からとりましょうよ。病人なら病人らしくわがままを言って下さいな」

かれは、胸を熱くした。ふとんの中で、手を合掌の形でにぎった。顔をそらし涙ぐ

んだ。ありがたい、ありがたい、と胸の中で繰返しつぶやいた。羞恥で体が熱くなっていたが、厠に行かずにすむことに深い安堵を感じていた。

シゲは、縫い物をやめると、かれの渡した一円紙幣を手に庵の外へ出て行った。

放哉は、体をかたくしてシゲのもどってくるのを待っていた。三十分ほどすると、シゲがハトロン紙に包んだ物と空の一升瓶を手に庵へ入ってきた。

「高くなりましたね、三十銭もしましたよ」

と、シゲは言って紙をとりのぞき、ブリキ製の便器を畳の上に置いた。溲瓶《しびん》も売ってはいるが、島では一升瓶で代用する家が多いので、自分の家から瓶を持ってきたという。

シゲは、便器に古新聞を敷くと、

「いつでも良い時に使って下さい」

と言って、ふとんの裾に便器と瓶を並べて置いた。

雨のため夕闇がひろがるのは早く、シゲは番傘を手に庵の外へ出て行った。

翌日はまた寒気がぶり返し、雨はやんだが風は強かった。

寒さと風が毎日つづき、放哉は寝たきりであった。鈴の音が風の音にまじってきこえたが、庵の庭に入ってくる者はいなかった。

咽喉の具合はさらによくなり、少しずつ粥が入り、バナナも咽喉を越した。かれは、喜んでシゲに木下医師を呼びに行ってもらった。

夕方近くやってきた木下は、咽喉をのぞきこみ、たしかにはれが大分ひいている、奇蹟だ、と驚きの表情をみせた。

かれは、気持が浮き立ち、ためらいもなく馨に葉書を書いた。島に来た直後書いてから二度目の葉書であった。文面は簡潔で病状については一切記さず、ただお前の写真を一枚送ってくれとのみ書いた。かれは、たとえ咽喉が少し食物を通すようになっても、体が日増しに衰弱し病勢が進んでいることに気づいていた。死は、やがてやってくるし、その折には馨の写真を手もとに置いておきたかった。

午前に一組、午後に二組のお遍路が強風に白い衣の裾をひるがえしながら庵の庭に入ってきた。かれは、身を起すと机に手をついて坐り、やわらいだ表情でかれらをながめる。「おロー一ちょう」と、声をあげたかったが、かすれた声がかれらを気味悪がらせるにちがいないと思い、無言で坐っていた。

シゲは小まめに動き、お遍路から納札を受け、蠟燭を渡し、茶を出して天候の話をしたりしていた。

その日の夕方、小包がとどいた。小沢武二に依頼していた煙草で、青い缶に入ったスリーキャッスルであった。

かれは、早速、マッチで煙草に火を点じた。一口すったかれは、うまい、と思わずつぶやいた。高価な英国製煙草が、これほどの味であったのか、とあらためて感嘆した。紫色の煙が、ゆらぎながら立ち昇る。その煙も気品にみちているように思え、かれは陶然と煙を眼で追った。食欲も失われたかれには、煙草の味と香りが得がたい貴重なものに感じられた。

翌日は無風で、暖かかった。

かれは、ふとんから這い出ると小窓に近づき、戸を開けてみた。凪いだ海に陽光がひろがっている。海の色は、春の海らしくなごんでいる。ふと、これが海の見納めかも知れぬと思った。港に碇泊している船が、薄い煙を吐いて動きはじめた。かれは、船が岬のかげにかくれるまで窓によりかかっていた。

正午近くに三人連れのお遍路がやってきて、それにつづいて鈴が近づき、庭から入ってくる。放哉は、その度に机の前に坐る。ふらつく体をおさえて机に両手をつき、肩の凝りに堪えながらかれらに顔を向けていた。お遍路の中には、蠟燭代の小銭を置く代りに、米やいり豆を置いてゆく者もいる。夕方近くになると、放哉は疲れきっていたが、坐ることをやめなかった。

その日は八組のお遍路が来て、放哉は嬉しくてならず、一二に葉書で、
啓　お遍路サン対策戦ハ――ウラノ婆さんを助手として、ヲサ〳〵水モ、モレナイ、あり様に候。必ずや予期の成績はあげます。

と、伝えた。

しかし、放哉は、お遍路の落す金銭に不安を感じはじめていた。お遍路は、彼岸過ぎに本格的にやってくるというが、四日もたっているのに蠟燭代として受けた金はわずか十二銭に過ぎない。やがてお遍路時期は過ぎるが、その間に手にした金銭で長い一年間を暮してゆくことなど出来そうにもなかった。

かれは、今後一年間も自分が生きてゆけそうには思えなかったが、不安を感じて星城子に手紙を書いた。星城子をはじめ丁哉らに句の批評をしてやっている謝礼として星城子らが金を分担し、月に五円を送るようにしてはもらえまいか、と依頼した。

放哉……のどが、ナホツテモとても長くはありませんから……助けて下さい。……

実際、決して余命長くなしと思ひます……其ノ御同情で……どうか、丁氏とよく、無理の無い様に、イヤな気をおこさせぬ様に……打とけて御相談して見て下さいますまいか。

と、書いた。さらに、それでも不安でならず、夕方、新たに葉書を書いて重ねて頼みこんだ。

便通は日に二回ほどあったが、シゲはいやな顔もせず便器を手に厠へ行って捨て、洗った後に古新聞を敷き直してくれた。

「本当にすまないと思っていますよ」

放哉が恐縮して言うと、シゲは、

「なにをおっしゃいますか」

と、さりげなく言うだけであった。

一升瓶に小水を入れるのは難しいだろうと想像していたが、思ったよりも容易だった。ふとんの外に瓶を傾けて置き、小用をする。尿が音を立てて瓶の中に放たれる。銚子に瓶から直接酒を注ぎ入れることになれているため、尿をこぼすこともないの瓶の中の尿は常に泡立ち、黄色というよりも茶褐色に近かった。

シゲは、放哉が小用をすますと、瓶を手に厠に行く。瓶から尿をあける音がきこえていた。

かれは注射を二日置きにつづけていたが、薬液は腿を揉んでも散ることはなくなり、かたいしこりが所々に出来ていた。肉は一層薄くなっていた。

翌朝、夜の間に木瓜《ぼけ》の蕾が二つ開いたのに気づいた。一つは赤、一つは青であった。のんびりした感じのするいい花だ、とかれはあらためて木瓜をながめた。花が開くのを待ちかねていただけに、庵の空気が一時になごやいだような気がした。枝の先の方には、新たに十数個の蕾がつきはじめていた。

晴天であるためか、鈴の音が朝からきこえた。放哉は、這い出て机の前に坐る。頭髪は西光寺から借りてきてもらったバリカンで時折りシゲに刈ってもらっていたが、髭は剃らなくなっている。痩せて頬骨が突き出し青白い顔で坐っている放哉に、お遍路たちは一様に驚きの表情をみせたが、放哉は、つとめてかれらに笑顔を向けて黙礼したりしていた。

午後になると、前日坐っていた疲れでふとんから身を起すことさえ出来なかった。シゲは、小水のたまった瓶を手にしながら仰向いて寝ている放哉に、

「お遍路さんが来ても、庵主さんは起きたりせんで寝ていて下さい。私一人で間に合います。お遍路さんには、庵主さんが春風邪をひいて床についていなさると言いますから……」

と、言った。

放哉は、その言葉に気力が一時におとろえるのを感じ、その日からお遍路がきても起きることはしなくなった。シゲが愛想よくお遍路に接しているのが頼もしく思え、その動きをみているのが楽しくもあった。お遍路の中には、シゲが前年までお遍路時期になると手伝いに行っていた遍路宿を毎年常宿にしている者もいて、シゲと親しげに会話を交したりしていた。

気温があがり、台所の障子がいつも開けられるようになった。畑がみえ、その中に大きな柳が一本立っている。芽が出ているらしく、垂れた細い枝が淡緑色につつまれている。いかにも早春を思わせる色に、かれは、シゲに枝を切ってきて欲しい、と頼んだ。

シゲが柳の枝を切って、柱にかけた花入れにさしてくれた。弧をえがいて垂れる柳のしなやかな枝に、かれは視線を据えた。

十四

四月一日は春らしい日で、風もなく暖かだった。木瓜の蕾がはじけて、白い花が三輪開いた。

放哉は、お遍路が来ても起きることはせず、かれらの姿をながめていた。

前日、一二が珍しく庭から入ってきた。一二は、放哉がふとんから腿を畳の上に出して注射針を突き立てている姿に立ちすくんだ。放哉の足、はだけた胸、顔に視線を据えた。それらは、骨が皮膚におおわれただけのもので、肉体の概念からは程遠い。一二の顔には、放哉の余りに激しい体の衰えに対する驚きの表情が露わに浮び出ていた。

「足腰が立たなくなりましたよ」

放哉は、言訳をするように言ってふとんに体を横たえると、日頃の好意に対してしわがれた声で礼を述べた。島に渡ってきた直後は、一二の謹厳さがいとわしかったが、折にふれて生活に必要な物を届けてくれる一二の温情に感謝の念をいだいていた。

一二は、こわばった表情で見舞いの言葉を口にし、村のことと家業で忙しく句作する時間的余裕がないことを言葉すくなに話した。そして、放哉の顔を見るのが堪えがたいらしく、視線をそらせて墓地に眼を向けたりしていたが、やがて腰をあげると庭から出て行った。

その日、星城子と近藤次良から手紙が来て、選句の謝礼として毎月五円ずつ送ることに話をまとめたと伝えてきた。放哉は、眼に涙をうかべながら腹這いになって礼状を書いた。

放哉は、手紙を書くことに激しい疲労を感じていた。検温はやめてしまっていたが、正午過ぎになると体が熱く、頭がかすみ、眼から涙が出る。陽光がひどくまぶしく、眼を開けていることさえできない。筆をもっても指から落ちることがしばしばで、腹這いになって筆を動かしているうちに、頭をもたげていることができず枕に顔を突っ伏してしまう。封書の文面も十行が限度で、葉書に二、三行の文字を書きとめるだけであった。

四月三日は神武天皇祭で、一二の家から料理がとどけられた。が、一日に一度茶碗三分の一ほどの粥を咽喉に流しこむだけの放哉には食べることなどできず、料理をそのままシゲに与えた。

翌日には、星城子から五円の郵便為替が送られてきて、放哉は、短い礼状を辛うじて書いた。蠟燭台の傍に葉書、封書の代筆をする旨の紙をシゲに貼ってもらいたかったが、自分にはすでに筆を動かすことすらできぬことを知っていた。

かれは、ぼんやりと枕もとに置かれた鉢植えの木瓜の花や、柱の花入れにさされた柳の枝をながめたりしていた。

庭に眼を向けたかれは、墓地をへだてた低い山の背後から淡い煙がゆらぎながら立ち昇っているのを見た。かれは、枕もとにある厚紙に、

春の山のうしろから烟が出だした

と、体を横にしたまま書いた。

「どうしましたね。すっかり弱られて……」

シゲは、数日来の放哉の変化を気づかうように顔をのぞきこんだ。

「弱りましたよ、弱りましたよ」

放哉は答えたが、その声はききとれぬほど低かった。

シゲは、その日、放哉が尿を洩らしてしまったことに不安を感じていた。ずれた掛

けぶとんを直してやった時、敷ぶとんが濡れているのに気づき、ふとんをまくってみると褌も湿っていた。シゲは、褌をはずさせ、ふとんに油紙を敷いてやった。

「気をしっかり持って下さいよ」

シゲは、夕方おそくまで放哉の顔を見守っていた。

放哉は眼を閉じ、シゲが、台所の戸をひそかに開けて外に出て行く気配をうかがっていた。

闇が庵にひろがり、点灯時間が来て豆電球がともった。眼を薄くあけた放哉は、電球の中に糸みみずのように光るフィラメントを見つめていた。

その夜、シゲが西光寺に放哉の衰えをつたえたらしく、翌朝、宥玄が庵に入ってきた。

放哉は身を起すこともできず、ただ涙を浮べて頭を少し動かしただけであった。

「どうしました」

宥玄は、枕もとに坐った。

鈴の音が庭に入ってきて、シゲがお遍路の応対をしている。若い男三人で、張りのある声で念仏をとなえ、シゲに声をかけて茶を飲んでいる。かれらは、寝ている放哉に眼を向けたが、いぶかる風もなく鈴を鳴らしながら道に出て行った。

「咽喉は大分よくなりましたが、体に力がなくなりまして……」

放哉の声は、幼児のように細かった。

宥玄は、うなずいた。

「どうですね。身寄りの人に伝えては……」

宥玄は、淡々とした口調で言った。

放哉の顔がゆがみ、

「報せる者などいません」

と、答えた。

「親類がおありでしょう」

「そんなものはきらいですよ」

「そうはいきません。人間には、もしもということがある。その時に報せる先をきいておかねば、シゲさんをはじめ私たちが困る」

宥玄は、おだやかな眼でさとすように言った。

「シゲさんにはお世話になるばかりで……」

放哉はつぶやくように言うと、肩をふるわせて泣きはじめた。

宥玄は、口をつぐんだまま大師像に眼を向けていた。

泣き声がしずまり、放哉が口を開いた。宥玄は、筆をとると放哉の口からためらいがちに洩れる言葉を紙に書きとめた。大阪に住む銀行員小倉康政の氏名と住所であった。

「すっかり春になりましたし、体にもいい影響があるでしょう。元気を出して下さいな」

宥玄は、紙片を袂にしまいながら放哉の顔を見つめた。

放哉は、宥玄に顔を向けると、

「私は、この庵で一人ひっそり死にたいのです。なるべく小倉に電報など打たないで下さい」

と、涙ぐんだ眼で言った。

宥玄は、うなずいて立ち上ると庭におり、シゲと低い声で言葉を交して庭から出て行った。

その日、放哉は二度尿をもらした。かれはそれにも気づかず、シゲが家から持ってきた古布を下腹部にあてても身じろぎもしなかった。

夕方、シゲの夫が庵にやってきた。シゲが帰ってからも、夫は電灯が灯った部屋の隅に坐って、気づかわしげに放哉の寝顔を見守っていた。

翌朝、また木瓜の花が二輪ひらいた。放哉は、花にうつろな眼を向けていた。

その日は、お遍路がしばしば庭に入ってきて、道にも絶えず鈴の音が通った。シゲは、湯を何度も釜で沸かし、茶の接待をしていた。蠟燭台に小さな灯が並び、蠟の匂いが庵の中に漂った。

午食時に、シゲが、刻んだニラの入った粥を作り箸で口に入れてくれたが、放哉は、少し食べただけで眼を閉じた。シゲは、便器を放哉の尻の下に入れたままにしていたが、夕方とってみると、ニラがそのままの形と色で排泄されていた。

「シゲさん、申訳ありませんね」

便器を手に厠へ行くシゲに、放哉は細い声で言った。

シゲが去り、電灯がともった。かれは、電球のフィラメントの光に眼を向けながら、宥玄に小倉康政の住所を教えたことを悔いた。自分が危篤状態になれば、宥玄は康政のもとに電報を打ち、康政は鳥取の父や姉夫婦にも伝えるだろう。父たちや親戚の者たちは、自分を迷惑がっていて、むしろ死を喜ぶにちがいない。世の慣習で、かれらは島にやってくるかも知れないが、かれらに死に水をとってもらいたくもないし、死顔をさらしたくもなかった。かれらに知られることもなく、ひっそりと庵で死を迎え、土中に埋められたかった。墓などもいらず、犬猫の死骸のように無造作に土の穴に投げこんでもらえれば十分だった。ただ、かれは、馨の写真だけは眼にしたかった。馨に葉書を書いて依頼したことを後悔はしていなかった。会う気はないが、写真だけは手許に置いておきたかった。

かなりの発熱で、眼から涙がしきりに流れ出る。痰が咽喉にからみ、かれは弱々しく咳をした。胸に、凩《こがらし》の鳴るのに似た音が執拗に起っていた。

かれは、自然に眠りの中に入っていった。


翌朝、鈴の音で眼をひらいた。

お遍路が蠟燭をあげているようだったが、かれはその方向に顔を向けることができないことに気づいた。さらに、天井も柱の花入れの柳も見えず、眼の前に濃い靄《もや》のようなものがひろがっている。

かれが眼ざめたことに気づいたらしく、お遍路の応対を終えたシゲが、茶をいれて枕もとに坐り、かれの背の下に手を入れて半身を起させた。かれの眼には、シゲと茶碗がおぼろげに映るだけであった。

「眼が見えませんよ」

かれは言ったが、声が低く、シゲは聴きとれないらしく、

「なんですか？」

と、たずねた。

「見えないのですよ、眼が……」

かれが言うと、シゲは驚いたように眼をみはって顔を見つめ、静かにかれの体を横たえた。

放哉は、急に意識がうすれてゆくのを感じた。眠りとは異って、眼の前の靄がさらに濃く体を包みこんでくる。遠くで、蟬の鳴くような音がきこえ、それが波の音に変った。雨音にも似ている。おーい、と、だれかが呼んでいるようであった。

かれは、眼を薄くあけた。靄の中に、人の顔がかすんでみえる。シゲであった。なにか言っているようだったがきこえない。ようやく、「庵主さん、庵主さん」と言っている声が耳にできた。かれは、ようやく意識を失っていたことに気づいた。長い時間であったようでもあったし、一瞬の間であったようにも思えた。

呼吸が、苦しくなっていた。吐く息が少く、吸う息もわずかであった。肺臓が硬直して機能が失われているのか、空気も十分には吸えず吐くこともできない。

再び意識が失われ、眼の前のおぼろにかすんだシゲの顔が消えた。どれほどたった頃だろうか、眼をあけるとシゲの顔がかすかに見えた。

シゲが、

「どこか電報を打つところがあったら言って下さい。報せてあげますよ」

と、言った。

放哉は、顔をかすかにゆがめ、口を動かした。

「報せる者などいませんよ。ひとりで死にたい」

シゲは、かれのかすかな声をききとるように耳を寄せた。

放哉の眼に、涙がにじみ出た。

「私が死んだら、あんたにひとこと礼を言ってもらいたい人が五、六人いますよ。その人たちに、死んだ後、伝えてもらえばいいのです」

かれが口をつぐむと、シゲはわずかにうなずいた。

また、鈴の音が入ってきた。数人の男女が姿を現わし、シゲが枕もとをはなれた。かれらは、蠟燭をともしてお礼をおさめてから、井戸の水を飲んで道に出て行った。

シゲが粥を作ったが、放哉は口をあけることもしなかった。その眼はうつろだったが、呼吸が苦しく、時折り顔を弱々しくゆがめていた。シゲは、静かに庵を出ると西光寺に通じる道へ小走りに出て行った。

庭に夫婦らしい六十年輩の男と女が入ってきて、蠟燭をあげたが、放哉は眼を閉じたまま身じろぎもしなかった。

シゲがもどってきて、枕もとに坐った。日が西に傾き、庭に夕照があふれた。

放哉は眼をあけると、不意に起き上ろうとする気配をみせた。苦しいのかと思ったシゲは、かれの体の下に手を入れ抱き起した。

「海が見たい」

放哉の口から、細い声が洩れた。

「なにを言います、こんなに弱っているのに……。それに、眼も見えんのでしょう」

シゲは、放哉の体の軽さに薄気味悪さを感じた。

放哉が、口を大きくひらいた。激しい苦しみが起ったのか、瞼《まぶた》がふるえ、かすかな呻き声がもれはじめた。

「どこが苦しいんですか？　庵主さん」

シゲが、放哉の顔を見つめた。

放哉の開かれた唇が激しくふるえはじめ、絶叫する表情をみせた。シゲは、かれの体をゆすった。眼球が吊り上っていた。放哉の体が急にシゲの腕にのしかかってきた。

シゲは、庵主さん、と声をかけた。放哉の呼吸がみだれ、呼吸するたびに咽喉に妙な音がしはじめた。シゲは恐怖におそわれ、放哉の体をふとんの上におろすと、土間に行って草履《ぞうり》をはいた。西の空が、茜色に染っていた。

シゲは、庵の庭を走り出た。道に出ると、低地に建つ自分の家に走りこんだ。

裏手で漁からもどってきたばかりの夫が網を干していたが、シゲの血の気が失せた顔に事情を察したらしく、

「庵主さんか」

と、言った。

シゲは、放哉が異常な容体をしめしていることを口早やに告げた。夫は、網から手をはなすと、鉢巻をとき、家のふちをまわって庵の方に走っていった。

シゲは、再び道に出ると、西光寺に急いだ。夕照が衰えはじめていて、屋根や樹木の梢が明るく輝いているだけだった。道には、宿にもどるらしいお遍路が、疲れたように杖を突いて歩いていた。

西光寺は、小豆島で最もお遍路が多く訪れる寺で、船を借りきって海を渡ってくる団体がやってきた折には、お遍路が境内に入りきらず道まであふれる。その日も日没が近いのに、二、三十人のお遍路が境内にいて、小僧たちが白い衣にタスキをかけて納札の印をおしていた。

シゲは、裏手にまわると、雇い女に宥玄に伝えたいことがある、と言った。女は、うろたえたシゲの表情を眼にしてうなずくと、奥に入っていった。

やがて、宥玄が姿をあらわした。シゲは、夫に告げたのと同じことを荒い息をつきながら訴えた。

「やはり、そうか」

宥玄は、つぶやくように言った。その日の正午頃、シゲは放哉がいつもと異って意識が霞み、弱りきってしまっていることを、ひそかに宥玄に伝えていた。前日、宥玄は放哉を訪れて死が間近かに迫っているのを察していたが、シゲの連絡をうけて身内の者に報せねばならぬ、と判断した。そして、シゲが帰るとすぐに宥中を郵便局に走らせ、放哉からきき出した大阪に住む親戚の小倉康政宛に、放哉危篤の電報を打たせていた。

その反応は午後三時すぎにあって、

「カオル三ジ　フネデタツ」

という電報が西光寺に配達されてきた。発信地は大阪で、宥玄はカオルという放哉の身内の者がくることを知った。宥玄は、シゲの報告をきき危篤の電報を打っておいてよかった、と思った。

宥玄は、シゲに門の方へまわるように言い、羽織を着て玄関から出た。かれは、年長の小僧である玄浄に木下医院へ走るよう指示して、門の外に待つシゲと小走りに歩き出した。

高い樹木の梢にも陽の輝きは消え、家々から炊煙が立ちのぼりはじめていた。宥玄は、シゲとともに道を急ぎ、庵の土間から、部屋にあがった。

ふとんの上に坐ったシゲの夫が、逞しい腕で痩せた放哉を抱いていた。

「たった今、息絶えました」

漁師は、訴えるように言った。

漁師が庵に走りこんだ時、放哉は両掌で空をつかむようにし、ひどく苦しげであった。漁師が声をかけても、低い呻き声をあげるだけで返事もしない。痰でも咽喉につまったのか、呼吸困難におちいっているようであった。苦悶の様子を見かねて、漁師は放哉を抱き起した。その体は、鋼のように突っ張っていた。やがて、放哉の体の緊張がゆるんだ。漁師は、放哉の呼吸がとまっていることに気づいたという。

漁師は、静かにふとんの上に放哉の体を横たえた。

しばらくすると、土間に人の気配がして、和服姿の木下が鞄を手に入ってきた。かれは、無言で枕もとに坐ると肋骨が浮き出た放哉の胸部に聴診器をあて、さらに眼球の吊り上った眼をのぞきこんだ。

木下は、背を伸ばすと宥玄に顔を向け、「御臨終です」と言い、放哉の開いた眼を指でさするようにして閉じた。

宥玄たちは、無言で放哉の死顔を見つめた。部屋の中には、夕闇がひろがりはじめていた。

宥玄がシゲの夫と言葉を交し、死者の扱いになれている石屋の岡田元次郎を呼んでくるように言った。シゲの夫はうなずくと、庵を出て行った。

すぐに、背の曲った岡田が土間に入ってくると、合掌した。

「ひどく弱っているとはきいていましたが……」

岡田は、宥玄に暗い眼を向けて言った。

宥玄は、岡田に納棺その他の準備をして欲しい、と頼んだ。岡田は承知すると、シゲの夫とともに庵の外へ出て行った。

木下が去ると、宥玄は、大師像の前に灯明をともし、シゲに手伝わせてふとんを北枕にし枕もとの机に線香壺と蠟燭台を置いた。そして、机の前に坐ると、数珠を手にして枕経をあげはじめた。

シゲは、庵から出て行くと家から飯を持ってきて、放哉が常用していた茶碗に堆《うずたか》く盛り、箸を突き立て、机の上にのせた。香煙が流れ、線香の先端の朱の色が鮮やかに光った。薄暗い部屋の中で、灯明に淡く浮び上っている放哉の顔から徐々に苦しげな表情が消え、おだやかな死相がひろがりはじめていた。

電灯が、灯った。

シゲが、宥玄の指示で西光寺に行き、小僧の玄妙とともにもどってきた、玄妙は、土間で湯を沸かしはじめた。

岡田と漁師が二人の村人と大八車をひいてもどってきた。町には葬式とそれに附随した行事に使う道具一式をおさめた小舎があって、そこから道具を運んできたのだ。車には丸い棺桶も積まれていた。

湯灌をすることになり、部屋の畳が二枚裏返しにされた。

湯灌は身内の者がする定めになっているが、放哉の世話をしたシゲと岡田が代りにつとめることになった。かれらは、島の風習に従ってそれぞれ着物を裏返しにし、その上に藁縄でタスキをかけ、縄帯を巻いた。

二人は、放哉のふとんをのぞき、寝着をはいだ。裸身があらわになった。見守る者たちは、その異様な体に視線を据えた。肉付きというものが全くなく、骨格が皮膚におおわれているだけに過ぎない。少し前まで生きていたとは信じられないほど無残な体だった。骨の形がそのまま浮き出ている。腿には注射針の痕と薬液のしこりが紫色の斑点になっておびただしくひろがっていた。

岡田と漁師が放哉の体を起し、軽々と持ち上げると裏返しにされた畳の上に横たえた。葬具小舎から借りてきた湯灌盥に湯と水が注ぎこまれた。岡田は、左手で杓子をつかんでぬるま湯をくみ、放哉の体にかけ、シゲが骨ばった放哉の体を布で拭いはじめた。薄黒い垢が短いこよりのように果しなく湧き、シゲは何度も桶の水で垢を落さねばならなかった。

湯灌が終り、岡田は放哉の体に白い経帷子《かたびら》を着せ、手甲脚絆《てっこうきゃはん》をつけさせると、掌を合掌の形に組ませて運びこまれた棺の中に入れ坐禅の形に坐らせた。その間に、町の者の手で葬具の雪洞《ぼんぼり》、香炉、塗り椀などが並べられた。

宥玄は、再び経を読むと、玄妙を連れて庵を出、町の者たちも大八車をひいて去っていった。

玄妙がすぐもどってくると、酒と料理を板の間に置いた。シゲは、家から飯櫃《めしびつ》と茶碗を持ってきた。

土間つづきの板の間で、岡田と漁師が茶碗で酒をくみ交し、シゲも少し飲んだ。かれらは、放哉の酒癖の悪さ、封書、葉書をおびただしく書き送ったこと、病状の悪化した経過などを、棺桶に時々眼を向けながら低い声で話し合った。棺のふちからは、放哉の伸びた頭髪がわずかにみえていた。

提灯の灯が、庭に入ってきた。二人の男が、土間の入口で提灯の灯を吹き消した。宥玄からの電話で放哉の死を知った一二が、雇い男とともにやってきたのだ。

一二は、シゲたちの挨拶をうけると部屋に上り、桶に納まった放哉に合掌した。新たに灯明がともされ、線香が立てられた。かれは、机の隅に置かれた句帖を繰ったりしてしばらくの間坐っていたが、線香を立て直し合掌すると、雇い男とともに庵を出て行った。

夜が、ふけた。

岡田と漁師は酒を飲みつづけ、シゲは寺からとどけられた料理で飯を食べた。岡田と漁師が、呂律の少し乱れた声で夜守りをすることで軽く争ったが、夜守りは漁師にとって縁起がいいという主張が勝ち、シゲが孫の少年と家からふとんを運んできた。

岡田が腰をあげ、シゲも食器類を片づけて土間から出て行った。

漁師は、板の間に敷かれたふとんの上に坐って煙管《キセル》をくわえ、残った酒を飲んだ。が、しばらくすると欠伸《あくび》をし、ふとんの中にもぐりこんだ。すぐに荒い寝息が起った。

電灯の灯に、少し伏せ気味の放哉の青白い顔がほんのり浮び上っていた。花弁の開いた木瓜《ぼけ》の鉢は、窓の下に移されていた。

十五

午前一時すぎ、西光寺の玄関の戸がたたかれた。今晩は、西光寺さん、という男の声がした。

十一時近くまで納札の印を押す仕事をつづけていた三人の小僧たちの眠りは深かった。かれらは、鼾《いびき》をかいて寝入っていた。

戸をたたく音がたかまり、今晩は、という声も大きくなった。

寝返りを打った小僧の宥中が眼をさました。かれは、起き上ると部屋の障子をあけ、廊下に出ると玄関の土間におりた。

「どなた様です」

宥中が声をかけると、戸の外で、

「坂手の円タクの運転手です。お客様をお連れしました」

という男の声がした。

宥中は、戸を開けた。玄関の外に帽子を手にした中年の運転手が立ち、
「あのお客様を……」
と言って、顔を門の方に向けた。
石畳の上に、女が立っていた。星明りに女の顔が夕顔のように白く浮び上ってい
た。
女が、石畳をふんで近づくと、丁重に頭をさげ、
「夜分おそく、まことに申訳ございません。私は、こちらのお寺様に御世話になって
おります尾崎の家の者でございます。御住職様から尾崎が危篤だという電報をいただ
きましたので、急いでやって参りました」
と、言った。
大阪の小倉康政宛に放哉危篤の電報を打ちに郵便局へ使いに出された宥中は、すぐ
に女が放哉の身内の者だということに気づいた。
かれは、敷台にあがり、暗い廊下を奥の方へ歩いていった。
戸をたたく音で眼をさましていた宥玄は、宥中に廊下から声をかけられると、すぐ
ふとんをはなれ、羽織を肩にかけた。前日の午後、大阪を船で発つという電報が来て
いたので、電報に記されていたカオルという女にちがいない、と思った。大阪からの

船は土庄につかず坂手に入るので、女がそこからタクシーでやってきたことにも気づいた。

宥玄は、廊下に出ると玄関に行った。戸が半ば近く開かれていて、そこに紫色の着物を着た女が立っていた。そして、宥玄に頭を深々とさげると、再び尾崎の家の者だと言い、放哉が世話になっていることを感謝していると述べた。

宥玄は、女の姿を見つめた。妖艶な美しさにみちた女であった。背が高く、豊かな体が着物の線にあらわれている。ふくよかな気品のある顔立ちで、驚くほど色が白い。髪は黒々としていて豊かで、生え際が匂うように優雅な線を描いている。年齢は三十歳前後にみえた。

宥玄は、女が放哉とどのような血縁関係にあるのか、と思った。放哉は四十二歳で、女の若さから妻には思えなかった。

「お妹さんですか」

かれは、たずねた。

女は顔を伏し、少し黙っていたが、かすかにうなずいた。

女が顔をあげ、宥玄を見つめた。その表情に、宥玄は、女がなにを問おうとしているのかを察し、重苦しい気分になった。女は、危篤の電報を受け、放哉の臨終に間に合うように船に乗り、タクシーで深夜、寺に駈けつけてきた。そうした女に、放哉がすでに死んで納棺もすんでいることを告げるのは辛かった。

しかし、宥玄の胸には冷ややかな感情も湧いていた。放哉の病状がひどく悪化し死も間近であることは、身内の者たちも薄々ながら気づいていたはずであった。それなのに、放哉を見舞う者もなく、放哉に金品を送ることもしなかったようであった。危篤の電報をうけて初めて姿を現わした身内の女に、殊更同情することもない、と思った。親戚などきらいです、と言って親戚の住所、氏名を教えることもためらっていた放哉が哀れであった。放哉が身内の者に想像を越えるほどの迷惑をかけたことは、島に来てから八ヵ月足らずのかれの言動を考えても容易に推察できる。だからと言って、貧しくそして病んでいた放哉との縁を断っていた身内の者に好意をいだく気にはなれなかった。

「尾崎の容体は、どのようでございましょう」

女が、宥玄の顔をのぞきこむような眼をして言った。

宥玄は、息をつくと、

「お気の毒でした。夕方、息を引き取られました」

と、答えた。

女の口が、半ば開かれた。切れ長の眼が宥玄の顔に向けられ、身じろぎもしなかった。

「それではこれで……」

石畳の上に立っていた運転手が、頭をさげると門の方に歩いてゆく。門の外には、幌つきのタクシーがとまっていて、運転手がクランクをまわすと、エンジンがかかり、道を去っていった。

女は、ハンカチを取り出すと口にあてた。

「放哉さんのもとにお連れしましょう」

宥玄が、土間におり下駄をはいた。

いつの間にか起きていた小僧の玄妙が、寺の紋のついた提灯を手にし、灯をともした。そして、先に立って歩き、宥玄が門をくぐり女もそれに従った。

夜空に、星が散っていた。風はなく、波の音がかすかにきこえていた。

提灯が石の浮き出た道を進んでいった。女は、しきりに洟《はな》をすすっている。海は暗く、浜に寄せる波の白さがほのかに見えていた。

宥玄は、道から庵の庭へ入っていったが、後につづいていたひそやかな草履の音が絶えたのに気づき、振向いた。女が、庭の入口で足をとめ、口にハンカチを当てたまま庵に視線を据えている。星明りに輪廓を浮び上らせている庵の姿に、女は放哉がこのような所で日を過し、死を迎えたことに呆然としているようだった。

宥玄は、女が、そのような感情をいだくのも無理はない、と思った。放哉は庵主と言われていたが、最低限の暮しもできぬ墓守りにすぎない。常人からみれば、庵はただ雨露をしのぐだけのものにしか見えないはずであった。東京帝国大学を卒業し一流会社の要職についたこともある放哉の死場所として、庵は余りにも粗末すぎるものであることはあきらかだった。

「ここは南郷庵と言いまして、私の寺の別院です」

宥玄は、女の気持をやわらげるように言った。

女は、わずかにうなずくと庵をみつめながら庭に足をふみ入れた。

土間に入った玄妙が提灯を吹き消し、板の間に寝ているシゲの夫に声をかけた。が、漁師は寝息を立てていて起きない。玄妙が何度か肩をゆすると、ようやく眼をさました。漁師は、土間に宥玄と女が立っていることに気づき、あわてて起き上り、板の間に手をついて頭をさげた。

宥玄は、漁師に夜守りに対するねぎらいの言葉をかけ、部屋に上った。そして、放哉の遺体に合掌し、灯明をともした。

「どうぞ。仏様を拝んで下さい」

かれは、土間に身をすくめるようにして立つ女に声をかけた。

女が、白い足袋をみせて板の間にあがり、おびえたような仕種で部屋の入口に立った。女の口から叫びに似た泣き声がふき出し、畳に膝をつくと顔をおおった。激しい泣き方であった。女は肩を波打たせ、体をもだえるように動かして泣いている。

宥玄は、女の異常なほどの泣き方に呆気にとられ、女の姿をながめた。粗壁にかこわれすり切れた畳の敷かれた庵に、豊かな髪をし上質の着物を着た女が不釣合にみえた。

宥玄は、放哉にもこのような激しい嘆き方をする身内の者がいたのかと思うと、少し救われた気持になった。と同時に、女に対する非難めいた感情も幾分やわらぐのを感じた。

「お別れを……」

宥玄は、線香を立てながらうながした。

女は、うなずくと体をふるわせながら棺桶に近づいた。遺体は、背を棺の内壁にもたせかけて坐っている。女が口と鼻にハンカチを当て死顔を見つめた。眼窩《がんか》は深くくぼみ、頬骨は突き出し、鼻梁が細い。女は、再び棺の傍で膝をつくと声をしぼるように泣いた。

宥玄の胸に、ふと女は放哉の妻なのではないか、という思いがよぎった。その嘆き方には、妹が兄の死を悲しむものとは異った、肉体的にむすばれた者のみがみせる乱れが感じられる。女には、宥玄たちの眼を意識する気配がみられない。一二から放哉が妻と別れたことを耳にしていたが、その妻かも知れぬ、と思った。

が、かれは、すぐにその推測を否定した。放哉は、頭も禿げ上り四十二歳という年齢よりも老けてみえる。女は、三十歳前後で年齢的に釣合わない。それに肉付きがよく華やいだ感じのする女と放哉をむすびつけることは不自然に感じられた。

宥玄が女に焼香するよううながした。女は顔をあげ、机の前に坐ると線香を立てた。

「長旅でお疲れでしょう。今夜は、夜守りをしてくれる人がいますから、宿をとってお休みになられたらいい」

宥玄が言うと、女は素直に、はい、と答えた。

女は、宥玄の後から立つと、シゲの夫に頭をさげ、土間におりた。

提灯が、庵の庭を出て道を進んだ。少し風が出てきていて、波の音が幾分高くきこえていた。

宥玄は、西光寺の門の傍にある家の前で足をとめた。軒灯は消えていたが、すみ屋旅館という文字がみえた。

宥玄が戸をあけ、奥に声をかけると五十年輩の寝着《ねまき》をつけた女が出てきた。女と低い声で言葉を交した宥玄は、戸の外に立つ女に、ゆっくり疲れをおとりなさい、と言った。

女は、宥玄に深く頭をさげ、旅館の土間に入っていった。

翌日、女は朝食も匆々《そうそう》にすますと喪服を着て庵に行った。庵に漁師の姿はなく、シゲと岡田がいた。女は、シゲと岡田に丁重に礼を言った。

女は、放哉の妻馨で、小倉康政から放哉危篤の電話を受け、大阪を船で発ってきたのである。

春らしいおだやかな日であったので、その日は、朝から鈴の音が絶え間なく、お遍路がつづいて庵の庭に入ってくる。岡田が西光寺から借りてきた屏風で棺桶をかくし、シゲとともにお遍路から納札を受け、蠟燭代を受けとった。

「庵主さんは、お遍路さんのやってくる時期を首を長くして待っていました。お遍路さんが入ってくると無理をして坐っていましたが、最後にはそれもできず、寝たきりでした」

シゲが、眼をしばたたいて言った。

前夜、一二から井泉水に放哉の死を伝える電報が打たれ、午後、井泉水が「層雲」同人の陶芸家内島北朗とともに庵についた。かれらは、棺の中の放哉に合掌し、

「ひどく痩せた」

と言って、死顔や腕を見つめた。

かれらは、宥玄に女を妹だと紹介され、その美しさに驚きの表情をみせながら悔みの言葉を述べた。岡田の妻や近隣の者が焼香に訪れ、一二も喪服を着て姿をあらわした。その間にも、庵は鈴の音につつまれていた。

夕方の船で、遠く鳥取から放哉の姉並が二十三歳の次男秀俊とともに庵の土間に入ってきた。

その姿を眼にした馨の口から叫びに似た声がもれ、土間に走り降りると並に抱きつき、子供が駄々をこねるようにもだえながら泣き声をあげた。並も、馨の背に手をまわして泣いた。

シゲや岡田は眼をしばたたいていたが、井泉水や北朗は白けた表情をしていた。自分たち俳人仲間が放哉の身を案じて金品を贈ったりして世話をしていたのに、放哉の

身内の者は面倒をみるどころか便りすらしていない。そのような身内の者が今になって……という気持が強かった。

並が部屋にあがり、宥玄や井泉水たちに挨拶し、遺体を眼にして再び涙を流した。宥玄が、一二、シゲ、岡田たちが放哉の世話をしたことをつたえると、並は恐縮したように丁重なお礼の言葉を述べた。

並は、馨が放哉の妹とされていることを知り、一瞬怪訝《けげん》な表情をみせたが、そのまま黙っていた。庵に集っている人々の空気から考えて、かれらは音信も断っていた妻の非情に憤りをいだいているにちがいなく、たまたま妹と誤解されている馨をそのままにしておいた方がいい、と察したのだ。並は、馨の心状を十分に理解していた。人間的に正常さを欠いた放哉が、いつかは常人に立ちもどることを願って放置していた馨の態度を妥当なことだと思っていた。

身内の者がそろったので、埋葬することになった。埋葬場所は火葬場の下にある寺の檀家の墓地で、宥玄がそこを借りて仮埋葬する諒解を得ていた。宥玄は、大空院心月放哉居士という戒名をおくった。院号と居士をつけたのは破格のことで、それはすぐれた句作をつづけてきた放哉の死に対する宥玄の深い哀悼をしめすものであった。

岡田が、町の男と棺桶を荒縄でしばり、水杯を交し、丸太でかつぎ上げた。すでに夕闇は濃く、庵の戸口でシゲの焚いた棺送りの松落葉の火が赤々と光っていた。

提灯に灯がともされ、棺の後から並、馨、秀俊が歩き、宥玄が小僧と鉦《かね》を鳴らしてつづき、井泉水、一二、北朗、シゲ夫婦が従った。葬列は裏の墓地を墓石の間を縫って進み、少し高まった場所でとまった。そこには、岡田が町の男と掘った穴がうがたれていた。

宥玄が読経をし、線香がたかれた。棺は、穴の中におろされ、土がかぶせられた。町の家並の灯が見下され、夜の海には、港を出て行く定期船の灯が動いてゆくのが見えた。

土が盛られ、かれらは提灯の灯をたよりに庵の方へもどった。

馨と並は、しばらくの間、盛土の傍に立っていた。


一周忌にあたる昭和二年四月七日の前日、馨が西光寺を訪れた。馨は、放哉の死後宥玄に礼状を送り、その中で、放哉の妹かと問われたのでそのままにしていたが、妻であることをつたえていた。

放哉の棺桶は、南郷庵裏手の西光寺墓地に移され、墓も建てられていた。馨は、宥玄に放哉の遺体を火葬にし、遺骨の半分を持ち帰って鳥取の尾崎家の墓地に埋めたい、と申し出た。宥玄は、賛成した。

宥玄は、石屋の岡田にすべてを依頼した。岡田は、町の男を二人呼んできて棺の掘り出しにかかった。宥玄は、馨に火葬が終るまで西光寺で待つように言い、小僧の玄妙を連れて改葬に立ち会った。

棺桶が地上に引き上げられ、蓋がとりのぞかれた。宥玄の眼に遺体が映った。肉はとけ、帷子もずり落ち、骨の関節がはずれていて坐っていた体は崩れていた。頭蓋骨が、砕けた骨の上にのっていた。岡田が、傍の井戸で骨を洗った。骨が木箱に入れられて裏山の中腹にある火葬場に運ばれ、薪に火が点じられた。焼き上ったのは夕刻で、骨は二分されて素焼きの壺におさめられ、一方を墓の下に埋め、一方は白布につつまれて馨に手渡された。

翌日、鳥取から姉の並と毎年四国へお遍路にくる水田由歳という知人が法事に参加するため連れ立ってやってきた。シゲと岡田も加わり、宥玄の先導で墓地に行った。

馨は、戒名が三字少くなっているのに気づいた。大空院心月放哉居士の院と心月という字がけずられている。宥玄は、馨の表情を察したらしく、井泉水から放浪していた俳人の放哉の戒名としては余りにも格が高すぎるという意見が出され、宥玄もそれを容れて墓を建てる折に院号と心月という道号をのぞいた、と淡々とした表情で言った。

墓の裏面には、井泉水の寄せた文字が刻まれていた。

居士は鳥取市の人尾崎秀雄、某会社の要職に在ること多年、後其の妻と財とを捨てゝ托鉢を以て行願とす。流浪して此島に来り南郷庵を守る、常に句作を好み俳三昧に入れり、放哉は其俳号也

享年四十二歳

馨は、「妻と財とを捨て……」という文字を見つめていた。

墓参後、馨と並は、シゲ夫婦、岡田をはじめ近隣の人をすみ屋旅館に招き、饗応した。

その夜、馨たちは西光寺に泊ったが、一二が姿を現わし、言葉少く放哉の思い出を口にし合った。

翌朝、馨と並は、分骨した遺骨を手に高松経由で鳥取へ帰っていった。遺骨は、鳥取市興禅寺の尾崎家の墓地に葬られた。

その年、放哉の父信三は脳溢血で倒れ、馨が看病にあたったが八月に没し、また、

養子である並の夫秀美も三ヵ月後に他界した。

翌三年の命日に、一二が施主となって南郷庵の庭先に放哉の句碑が立てられた。句は、

いれものがない両手でうける

で、井泉水の筆によるものであった。

翌々年、航空研究所の技師であった馨の弟聡がチブスにかかって死亡し、その葬儀の夜、馨も発病した。聡から感染していたためで、二月二十四日、鳥取の日赤病院で死亡した。三十八歳であった。

その年、放哉の命日に、土地の有志によって興禅寺に句碑が建立された。碑面には、放哉の最後の句になった、

はるの山のうしろからけむりが出だした

という句が刻まれた。

あとがき

私が稚いながらも俳句に関心をいだくようになったのは、終戦後、学習院旧制高等科に入学してからである。俳文学の教授であった岩田九郎先生の芭蕉の連句についての講義が興味深く、先生を中心に毎月開かれていた句会に同好の友人たちとともに参加したり、明治以後の俳人たちの句集も読みあさるようになった。

入学して八ヵ月後、私は喀血し、肺疾患で絶対安静の身になった。病勢の進行は、二十歳という若さのためかいちじるしく、腸も結核菌におかされて半年後には体重が二十五キロも減るほど痩せさらばえた体になり、生きる気力も失われていた。そうした中で、読書が唯一の慰めであったが、活字を読むと疲労が甚しく、書籍はもとより新聞すらも読むことが不可能になった。眼がたちまち充血し、涙がにじみ出る。涙と言っても感情の動きなどとは無縁の、熱をおびた濃度の薄い液体で、閉じた瞼の裏は視神経が焼けただれたように朱色に染った。私の眼には陽光が強い刺戟であったのだ。
病床で俳句を自然に読むようになったのは、眼に負担をかけぬためであった。句を読んではは眼を閉じ、そこに描かれた世界に身をひたす。重苦しい時間の流れが、それによって幾分かは癒《いや》された。
そうした句の中で、私はいつの間にか尾崎放哉の句のみに親しむようになった。放哉が同じ結核患者であったという親近感と、それらの句が自分の内部に深くしみ入ってくるのを感じたからであった。放哉の孤独な息づかいが、私を激しく動かした。放哉も死んだのだから、自分が死を迎えるのも当然のことと受容すべきなのだ。と思ったりした。
十二年前、放哉の死んだ小豆島西光寺の別院南郷庵に行った。粗末な庵で、その前には、
いれものがない両手でうける
という句の刻まれた碑が立っていた。近くの道からは、初秋の海が見えた。碑の施主である井上一二氏宅を訪れ、土蔵の中にある放哉から井上氏に宛てた多くの書簡類も見せていただいた。
その後、荻原井泉水監修、井上三喜夫編纂「尾崎放哉全集」（弥生書房刊）などを

読んだりしているうちに放哉について書きたい気持がつのった。放哉が小豆島の土を踏み、その島で死を迎えるまでの八ヵ月間のことを書きたかったが、それは、私が喀血し、手術を受けてようやく死から脱け出ることができた月日とほとんど合致している。

私は、三十歳代の半ばまで、自分の病床生活について幾つかの小説を書いたが、放哉の書簡類を読んで、それらの小説に厳しさというものが欠けているのを強く感じた。死への激しい恐れ、それによって生じる乱れた言動を私は十分に書くことはせず、筆を曲げ、綺麗ごとにすませていたことを羞《は》じた。

放哉は四十二歳で死んだが、それを私なりに理解できるのは放哉より年長にならなければ無理だという意識が、私の筆を抑えさせた。そして、三年前、「本」(講談社発行)に十五枚ずつの連載型式で放哉の死までの経過をたどり、二十九回目で筆をおくことができた。私がその期間の放哉を書きたいと願ったのは、三十年前に死への傾斜におびえつづけていた私を見つめ直してみたかったからである。

放哉についての回想をおきかせいただいた杉本宥尚、石井玄妙、森田美枝子、嶋道夫、村尾草樹の各氏と、作品発表、出版に助力をして下さった講談社の天野敬子、小孫靖、根岸勲の各氏に厚く御礼申し上げる。

昭和五十五年早春

吉村　昭

解説

清原康正（文芸評論家）

本書『海も暮れきる』は、口語自由俳律で知られる漂泊の俳人・尾崎放哉《おざきほうさい》が最晩年の八ヵ月を過ごした小豆島を舞台に、その死の瞬間までを描いたものである。

尾崎放哉は、明治十八年（一八八五）一月二十日、鳥取県邑美郡（現・鳥取市）吉方町に生まれた。本名・秀雄。父・信三は鳥取地方裁判所書記で、五歳上の姉・並がいた。鳥取県第一中学校（現・鳥取県立鳥取西高校）から第一高等学校（一高）文科に進学した。一年上に荻原藤吉（井泉水）がいた。中学時代から俳句に興味を持っていたので、井泉水が中心人物として活躍していた一高俳句会に入って句作し、内藤鳴雪《めいせつ》、河東碧梧桐《かわひがしへきごとう》、高浜虚子《たかはまきよし》らの指導を受けた。東京帝国大学法科大学（現・東京大学）に入学後も句作を続けた。

明治四十二年（一九〇九）九月に帝大を卒業して東洋生命保険株式会社に入社し、大阪支店次長などを経て東京本社の契約課長となった。約十年間勤めたが、大酒が因で退職を余儀なくされ、学生時代の友人の推挙で、朝鮮火災海上保険会社の支配人として京城に赴任した。彼の酒癖の悪さを知る友人は禁酒を誓わせたのだが、酒に耽溺《たんでき》するようになり、肋膜炎《ろくまくえん》を患い、荒《すさ》んだ生活と怠惰な勤務がもとで、赴任一年後に退職させられる。明治四十四年に結婚した妻・馨《かおる》を連れて満州の長春に行き、湿性肋膜炎で満鉄病院に入院した。

関東大震災後の大正十二年（一九二三）十一月に、大連から長崎に帰還して妻と別れ、西田天香が主宰する京都の修養団体一燈園で托鉢生活に入った。その後、京都知恩院塔頭の常称院、兵庫県の須磨寺、福井県小浜の常高寺を寺男として転々とした。その後に小豆島にやって来て、香川県土庄町の西光寺の別院南郷庵を安住の地とし、庵主としての生活を始めたのだった。だが、その間にも肋膜炎の病勢が進行していき、来島八ヵ月経った大正十五年（一九二六）四月七日に、粗壁の古びたこの庵で四十一年と二ヵ月余の生涯を閉じた。

歿後二ヵ月の六月、荻原井泉水の編で放哉の句集『大空《たいくう》』が春秋社から刊行された。井泉水は「その人の風格、その人の境地から産まれる芸術として俳句は随一なものだと思ふ」という書き出しで、「放哉のこと」と題した「序」を寄せている。

「所謂《いわゆる》『俳趣味』といふ既成の見方からすれば、俳句らしくなくとも、その作者のもつ自然の真純さが出てゐれば、それこそ本当の俳句だ、と私は思ふ。そして、そのやうな本当の俳句を故尾崎放哉君に見出したのである」

「放哉君の句には、技巧もなく、所謂、俳趣味もない。彼とて、句作にたづさはつてから二十余年、技巧も知つてをれば趣味も知つてゐる、それを捨てて捨てきつて、かうした句境にはいつて来た」

「彼の生活はすつかり大自然と同化してゐた。さうした境地から、彼の俳句がぐんぐんと産まれ出て来た。その生活が純粋になつて初めて佳い句が出来る筈だといふ私達の考は、この放哉君を得て立派に立証されたのである」

この井泉水自身、家族を相次いで失った大正十二、三年に西国を巡る漂泊の旅に出ている。あちこちを漂泊して多くの人たちに世話をかけた放哉を物心両面にわたって庇護《ひご》し続けた井泉水の放哉に寄せる思いのほど、句の評価のありようがうかがえる。

大酒飲みで、酔えばねちねちとからんでくる酒癖の悪い放哉は、生活能力の点では全く無力な人間であった。妻とも別れ、漂泊の旅といえば聞こえはいいが、人の温情にすがって転々とする生活であった。そんな放哉の人と生涯を、吉村昭は最晩年の小豆島時代を軸として描き出している。講談社のPR誌「本」に昭和五十二年（一九七七）八月号から昭和五十四年十二月号まで連載され、昭和五十五年三月に講談社より刊行された。

この『海も暮れきる』は、後に『吉村昭自選作品集　第十巻』（一九九一年七月、新潮社）に『冬の鷹』とともに収録された。その巻の「後記」で、吉村昭はこう記している。

「この巻におさめた二編は、伝記文学という部類に入るのだろう。他の小説でも実在した人物を主人公にしているものもあるが、その人物が接した出来事が作品の主題となっていて、それに比重が大きくかかっている。

しかし、この二編は、あくまでも主人公そのものがどのように生きたかが作品のすべてになっていて、伝記文学と言っていいのだろう、と思うのである。当然のことながら、二編の主人公に対する私の思い入れは深く、その生き方に強い共感をいだいている」

吉村昭が記している「思い入れ」と「共感」とはどのようなものであるかを押さえていく前に、この伝記文学の中で吉村昭が構築している放哉像をたどってみよう。

物語は、放哉が乗った船が小豆島の船着場に着く場面から始まる。大正十四年八月、海と島にふり注ぐまばゆい陽光の描写が鮮烈だ。船から降りた放哉は、小さな風呂敷包みを手に、歯のすりへった下駄でゆっくりと歩き出す場面で、早くも放哉の屈託と迷いがとらえられている。

そして、こうした描写の後に、放哉は前夜、井泉水が開いてくれた送別会で京都にいたことが描かれている。なぜ、京都にいたのか。その描写を通して、小豆島上陸までの放哉の足跡、病気のこと、酒癖の悪さ、自由律俳句を唱えて俳誌「層雲」を明治四十四年四月に創刊した井泉水との関係、句界における放哉の注目度などが、簡潔な文体で綴られていく。尾崎放哉という俳人に本書で初めて接する読者にもよく理解できる展開となっており、主人公への関心と興味をかき立てる秀逸なすべり出しとなっている。

放哉は、「層雲」の同人で代々醬油醸造を業《なりわい》とする島の名家の当主である井上一二、小豆島霊場八十八ヵ所第五十八番の札所で由緒ある寺・西光寺の住職杉本宥玄の好意で、西光寺の別院南郷庵の庵主となることができる。この二人の庇護者たちに対して、放哉は、何かと頼み事をし、無心を重ねる。彼らが自分に接する態度によって、冷酷な人間だ、人を馬鹿にしている、と放哉の心はねじ曲がり、悪態をつき、その仕打ちを責める手紙を出す。だが、二人からの金品差し入れが届くと、あわてて詫び状や礼状を書くのだった。こうした放哉の揺れ動く心、矛盾する行動を状況が変わるごとに詳述していき、そのことで放哉の折々の心情を浮かび上がらせていく。よほどの「思い入れ」と「共感」がないと、これだけの細やかな描写はできない、と吉村昭の筆さばきに引き込まれてしまう。

放哉に関わる人物は、この二人だけではない。庵の近くに住む石屋の岡田、老漁師とその妻シゲ、耳鼻咽喉科・木下医院の木下などの島人たち、井泉水はじめ、内島北朗、小沢武二、飯尾星城子、山口旅人などの同人たち、と数多くの人物がそれぞれの関わり方を示すのである。とりわけ、放哉の下《しも》の世話まで何の報いも求めずにやってくれるシゲの献身ぶりには、胸打つものがある。彼らの好意に支えられているから生きていることができると放哉にも分かっているのだが、それでも最高学府を出て一流会社の要職にも就いていたが、職を追われ、妻にも去られて、落魄《らくはく》してこの島まで流れてきた自分には俳句の才があり、金や体力のある者が面倒を見てくれるのは当然のことではないか、という驕《おご》りの感情を持つこともある。こうした僻《ひが》みと驕りの垣間から、放哉の孤独感のありようもほの見えてくる。これだけの数の人物たちに厄介と面倒をかけながらも、放哉は彼らに支えられて生きたのだった。人を引きつける魅力とは何か、ということを放哉と彼らとの関係から考えさせられるものがある。

放哉が島にいた八ヵ月間の季節の移ろいの模様が細やかに描写されていく。瀬戸内海に浮かぶ小豆島の冬は暖かいと想像していたのに、凍《し》みるような寒い風が吹きまくることに、放哉は裏切られたような苛立ちを感じる。寒さのため、咳と痰が激しくなってくる。下痢と便秘が交互に訪れ、発熱と咽喉の痛みに苦しむといった肺病の病勢が確実に進行していく中で、放哉はせっせと手紙や葉書を書き、常に枕元に置いてある句帖に頭に浮かんだ句を書き留めていく。

この作品には、ほとんど腹這《はらば》い状態でしたためられた放哉の句が、重複分も含めて四十八句も掲げられている。予想外の気候のもとで病勢が悪化していく一方なのに、句が生色を増していることを、放哉は直感していた。自分の内部から雑なものがそぎ落とされ、自分の気持ちを冴《さ》えた形で表出することができている、という実感があった。

それらの句が生まれる瞬間が、放哉の内面を深く抉《えぐ》ることで描写されていく。例えば「足のうら洗へば白くなる」という句がある。この句が生まれ出た時の模様が描かれている。井上一二の家に入って行く時、一二の好意に慎ましく身を処さねばならぬと思った放哉は、母屋の裏手にまわり、夕闇の濃くなった井戸で足を洗う。夕景を抽象して表現するには、「裏」という文字では夾雑物《きょうざつぶつ》が入り込んできて重苦しく、「裏」

は「うら」でなければならない、と放哉は思う。こうした句作の瞬間を、放哉の生活の中から取り出し、その時の放哉の心理状況が押さえられていく。

さらには、句は示されてはいないのだが、さり気ない描写から放哉の句を想起させることもある。例えば、滋養をつけようと乾物屋で買った二個の玉子を袂《たもと》に一つずつ入れる場面が出てくる。「その軽い重みが、体を癒《いや》してくれる貴重なものに感じられた」と、吉村昭はこの時の放哉の心理に触れている。ここから「玉子袂に一つづつ買うてもどる」の句が生まれた。また、放哉が粗壁に貼った新聞から切り抜いた連載小説の挿絵に目を向ける場面が、さり気なく描写されている。これも「壁の新聞の女はいつも泣いて居る」の句につながる描写である。南郷庵に住みついてから句が自然に生まれ出てくるようになった放哉の実感を、吉村昭は的確にとらえている。

病いのこと、酒のこと、庵の不安定な経済状態のこと、自分を支えてくれる人たちへの感謝の念とそれとは対極にある恨みの情など、吉村昭の筆は放哉の日常生活をこと細かに描き、放哉の心の襞《ひだ》にまで届いている。これは前述した放哉への「思い入れ」と「共感」がなければ描き得ないものである。

吉村昭は初版の「あとがき」で、自らの肺疾患の手術と闘病生活を記した上で、放哉への親近感のありよう、放哉の書簡類を読んで自分の病床生活を題材にとった小説に厳しさが欠けていることを強く感じたことなどに触れている。先にちょっと触れた『吉村昭自選集 第十巻』の「後記」でも、「『海も暮れきる』は、私の若い頃の病気体験とかさなる」「少くとも、この作品を書いている間、私は、放哉とともにあった」と記している。

また、エッセイ「私の仰臥録《ぎようがろく》」では、「中学二年生の時に私は肋膜炎という肺結核の初期の発症に見舞われ、五年生の夏に再発し、さらに中学校を卒業してから三年後に喀血《かつけつ》して末期患者となった。幸いにして、多分に実験の趣のあった手術を受けて死をまぬがれはしたが、体はただ生きているというだけの弱々しさで、いつ再発するかもわからぬ不安にとりつかれていた」と自らの病状を記し、病床生活の時に、放哉の句と出会ったことを記している。「放哉が私と同じ肺結核患者で、句と日記、書簡類を読み、病勢が徐々に進む放哉に託して、病床についていた頃の私を書こうと思ったのである」とも記している。これが吉村昭の「思い入れ」と「共感」である。

吉村昭は平成五年(一九九三)四月七日、すなわち、放哉の命日の日に小豆島土庄町で「尾崎放哉と小豆島」と題した講演を行っている。エッセイ集『私の好きな悪い癖』(講談社文庫)に収録されていて、なぜ、放哉を書く気になったか、放哉の句の評価、自らの俳句との関わりなどについて詳しく語ったことが分かる。肺結核の手術の模様や放哉の句への共感のさまなどについても語っている。

どういう題をつけようかとずいぶん苦労したこと、どういう情景から書きはじめようかといろいろ思案したことについても触れている。書き出しの情景は小豆島に上陸するところからとし、蟬《せみ》の声を強調したという。放哉の乗った船が桟橋《さんばし》に接し、エンジン音がやんだと同時に、「蟬の声がかれの体をつつみこんできた」と描写されている。驟雨《しゅうう》のように降り注いでくる蟬の声に、「このようにおびただしい蟬の生存を許しているこの島は、自分の肺臓に巣食う菌を追い払ってくれる要素をそなえているかも知れぬ」と放哉は思う。こうした心理描写、そして胸部に当てられた聴診器の先端が氷のように冷たかったのが、「移動するにつれて温まっていった」などといった描写に、吉村昭の病気体験が基となっている「共感」の幅と深さを感じ取ることができる。

また、「放哉のそういう記録を読みながら、私は自分が病気をしていた時代のことと照らし合わせました。あ、いまどういう状態だなということがよく分かります。(略)私は、自分の過去の病歴から考えて、もう這《は》っても手洗いへ行けないはずで、私も便器を使っていたのです。そう思っていましたら、はたせるかなそういう記録を放哉が残しておりました」とも語っている。

講演では、放哉の酒癖の悪さにも触れて、「あれは生まれつきのもの」「生まれたときからの病いみたいなもの」であり、「断酒しなければダメ」とも断定している。これはある飲み屋での実体験に基づくもので、「放哉の日記を見ると、それぞれ思い当たるところがあるんですね」と語ってもいる。そして、この作品がテレビドラマ化された時に放哉に扮した俳優の演技について語り、「この小説を書くのに、ある人をモデルにしました」とも明かしている。

この講演でも、吉村昭は「私は書いている間、ずっと放哉でした」と語っている。放哉になり切った吉村昭が描く尾崎放哉像だけに、心理描写も情景描写もともにリアルな迫力をもって読む者の心に食い込んでくる。とりわけ、死の一週間前、四月一日からの日々と四月七日夕刻に訪れた死の描写には、鬼気迫るものがある。放哉の死の瞬間を看取ったのは、呼吸困難に陥って苦悶する放哉を抱き起こしてやった老漁師であった。このあと、あわただしい葬儀の模様が描かれていくのだが、荻原井泉水をはじめ、関係者たちが南郷庵に駆けつけて来る。一番最初にやって来たのは妻の馨であったのだが、ちょっとしたいきがかりから放哉の「妹」と誤解されてしまうエピソードを、西光寺住職・杉本宥玄の放哉に対する感慨をからめて描き出してもいる。伝記文学の白眉《はくび》と言っても、決して褒《ほ》めすぎにはならないだろう。

放哉の死の前後の模様から、平成十八年（二〇〇六）七月三十一日未明に膵臓がんのために亡くなった吉村昭の死のことが想い起こされた。昭和二年（一九二七）五月一日の生まれだから、七十九年と二ヵ月余の生涯であった。吉村昭は舌がんの宣告を受けた後、膵臓がんで膵臓の全摘出手術を受けていた。手術後は自宅療養を希望し、「延命治療はしない」旨を遺言状に記して、点滴の管とカテーテルポートを自ら引き抜いた、という。このことは八月二十四日に行われた「お別れの会」の席上、妻で作家の津村節子さんから明かされたものである。最期の時を自らで決めた意志的な死であった。『海も暮れきる』の初版刊行から二十六年後の作者自身の死のことを考えると、吉村昭への、そして孤独な尾崎放哉の死に対する感慨が改めてわき起こってくる。

この解説稿を書くために『海も暮れきる』を読んでいた時、横浜市にある神奈川県立近代文学館で理事会が開かれて出席したのだが、その折に平成二十三年（二〇一一）三月五日から開催されていた「荻原井泉水と『層雲』一〇〇周年記念展」を見ることができた。有力同人だった尾崎放哉のコーナーには、「お寺の秋は大松のふたまた」「竹藪に夕陽吹きつけて居る」の二句をしたためた短冊が展示され、井泉水画の「放哉葬儀のスケッチ」も添えられていた。前句は須磨時代の、後句は小豆島時代の作句である。『海も暮れきる』をほぼ読み終えていただけに、ひとしおの感慨にふけったものであった。

本書は一九八五年九月に講談社文庫より刊行されました。

|著者|吉村 昭　1927年東京生まれ。学習院大学国文科中退。'66年『星への旅』で太宰治賞を受賞する。徹底した史実調査には定評があり、『戦艦武蔵』で作家としての地位を確立。その後、菊池寛賞、吉川英治文学賞、毎日芸術賞、読売文学賞、芸術選奨文部大臣賞、日本芸術院賞、大佛次郎賞などを受賞する。日本芸術院会員。2006年79歳で他界。主な著書に『三陸海岸大津波』『関東大震災』『陸奥爆沈』『破獄』『ふぉん・しいほるとの娘』『冷い夏、熱い夏』『桜田門外ノ変』『暁の旅人』『白い航跡』などがある。

新装版《しんそうばん》　海《うみ》も暮《く》れきる

吉村《よしむら》 昭《あきら》

2011年5月13日第1刷発行
2023年3月30日第13刷発行

発行者──鈴木章一
発行所──株式会社　講談社
東京都文京区音羽2-12-21　〒112-8001
電話　出版（03）5395-3510
　　　販売（03）5395-5817
　　　業務（03）5395-3615

Printed in Japan

講談社文庫
定価はカバーに
表示してあります

KODANSHA

デザイン──菊地信義
製版───株式会社新藤慶昌堂
印刷───株式会社KPSプロダクツ
製本───株式会社KPSプロダクツ

ISBN978-4-06-276974-7

講談社文庫刊行の辞

二十一世紀の到来を目睫に望みながら、われわれはいま、人類史上かつて例を見ない巨大な転換期をむかえようとしている。

世界も、日本も、激動の予兆に対する期待とおののきを内に蔵して、未知の時代に歩み入ろうとしている。このときにあたり、創業の人野間清治の「ナショナル・エデュケイター」への志を現代に甦らせようと意図して、われわれはここに古今の文芸作品はいうまでもなく、ひろく人文・社会・自然の諸科学から東西の名著を網羅する、新しい綜合文庫の発刊を決意した。

激動の転換期はまた断絶の時代である。われわれは戦後二十五年間の出版文化のありかたへの深い反省をこめて、この断絶の時代にあえて人間的な持続を求めようとする。いたずらに浮薄な商業主義のあだ花を追い求めることなく、長期にわたって良書に生命をあたえようとつとめるところにしか、今後の出版文化の真の繁栄はあり得ないと信じるからである。

同時にわれわれはこの綜合文庫の刊行を通じて、人文・社会・自然の諸科学が、結局人間の学にほかならないことを立証しようと願っている。かつて知識とは、「汝自身を知る」ことにつきていた。現代社会の瑣末な情報の氾濫のなかから、力強い知識の源泉を掘り起し、技術文明のただなかに、生きた人間の姿を復活させること。それこそわれわれの切なる希求である。

われわれは権威に盲従せず、俗流に媚びることなく、渾然一体となって日本の「草の根」をかたちづくる若く新しい世代の人々に、心をこめてこの新しい綜合文庫をおくり届けたい。それは知識の泉であるとともに感受性のふるさとであり、もっとも有機的に組織され、社会に開かれた万人のための大学をめざしている。大方の支援と協力を衷心より切望してやまない。

一九七一年七月

野間省一

東野圭吾　むかし僕が死んだ家
東野圭吾　虹を操る少年
東野圭吾　パラレルワールド・ラブストーリー
東野圭吾　天空の蜂
東野圭吾　どちらかが彼女を殺した
東野圭吾　名探偵の掟
東野圭吾　悪意
東野圭吾　私が彼を殺した
東野圭吾　嘘をもうひとつだけ
東野圭吾　赤い指
東野圭吾　流星の絆
東野圭吾　新装版 浪花少年探偵団
東野圭吾　新装版 しのぶセンセにサヨナラ
東野圭吾　新参者
東野圭吾　麒麟の翼
東野圭吾　パラドックス13
東野圭吾　祈りの幕が下りる時
東野圭吾　危険なビーナス
東野圭吾　時《トキ》生《オ》〈新装版〉
東野圭吾　希望の糸
東野圭吾作家生活25周年祭り実行委員会　東野圭吾公式ガイド〈読者1万人が選んだ東野作品人気ランキング発表〉
東野圭吾作家生活35周年実行委員会 編　東野圭吾公式ガイド〈作家生活35周年ver.〉
平野啓一郎　高瀬川
平野啓一郎　ドーン
平野啓一郎　空白を満たしなさい(上)(下)
百田尚樹　永遠の0《ゼロ》
百田尚樹　輝く夜
百田尚樹　風の中のマリア
百田尚樹　影法師
百田尚樹　ボックス！(上)(下)
百田尚樹　海賊とよばれた男(上)(下)
平田オリザ　幕が上がる
東直子　さようなら窓
蛭田亜紗子　凜
樋口卓治　ボクの妻と結婚してください。
樋口卓治　続・ボクの妻と結婚してください。
樋口卓治　喋る男
平山夢明　魂《たま》豆《どう》腐《ふ》〈大江戸怪談どたんばたん(土壇場譚)〉
平山夢明 宇佐美まこと ほか　超怖い物件
東川篤哉　純喫茶「一服堂」の四季
東山彰良　流《りゅう》
東山彰良　女の子のことばかり考えていたら、1年が経っていた。
平田研也　小さな恋のうた
日野草　ウエディング・マン
平岡陽明　僕が死ぬまでにしたいこと
ビートたけし　浅草キッド
藤沢周平　新装版 春秋の檻〈獄医立花登手控え(一)〉
藤沢周平　新装版 風雪の檻〈獄医立花登手控え(二)〉
藤沢周平　新装版 愛憎の檻〈獄医立花登手控え(三)〉
藤沢周平　新装版 人間の檻〈獄医立花登手控え(四)〉
藤沢周平　新装版 闇の歯車
藤沢周平　新装版 市塵(上)(下)
藤沢周平　新装版 決闘の辻
藤沢周平　新装版 雪明かり
藤沢周平　義民が駆ける〈レジェンド歴史時代小説〉
藤沢周平　喜多川歌麿女絵草紙
藤沢周平　闇の梯子

星 新一 編 ショートショートの広場①～⑨
本田靖春 不当逮捕
保阪正康 昭和史 七つの謎
堀江敏幸 熊の敷石
本格ミステリ作家クラブ編 ベスト本格ミステリ TOP5〈短編傑作選002〉
本格ミステリ作家クラブ編 ベスト本格ミステリ TOP5〈短編傑作選003〉
本格ミステリ作家クラブ編 ベスト本格ミステリ TOP5〈短編傑作選004〉
本格ミステリ作家クラブ選・編 本格王2019
本格ミステリ作家クラブ選・編 本格王2020
本格ミステリ作家クラブ選・編 本格王2021
本格ミステリ作家クラブ選・編 本格王2022
本多孝好 君の隣に
本多孝好 チェーン・ポイズン〈新装版〉
穂村 弘 整形前夜
穂村 弘 ぼくの短歌ノート
穂村 弘 野良猫を尊敬した日
堀川アサコ 幻想郵便局
堀川アサコ 幻想映画館
堀川アサコ 幻想日記店

堀川アサコ 幻想探偵社
堀川アサコ 幻想温泉郷
堀川アサコ 幻想短編集
堀川アサコ 幻想寝台車
堀川アサコ 幻想蒸気船
堀川アサコ 幻想商店街
堀川アサコ 幻想遊園地
堀川アサコ 魔法使ひ
本城雅人 境界〈横浜中華街・潜伏捜査〉
本城雅人 スカウト・デイズ
本城雅人 スカウト・バトル
本城雅人 嗤うエース
本城雅人 贅沢のススメ
本城雅人 誉れ高き勇敢なブルーよ
本城雅人 シューメーカーの足音
本城雅人 ミッドナイト・ジャーナル
本城雅人 紙の城
本城雅人 監督の問題
本城雅人 去り際のアーチ〈もう一打席！〉

本城雅人 時代
本城雅人 オールドタイムズ
堀川恵子 裁かれた命〈死刑囚から届いた手紙〉
堀川恵子 死刑の基準〈「永山裁判」が遺したもの〉
堀川恵子 永山則夫〈封印された鑑定記録〉
堀川恵子 教誨師
堀川恵子 戦禍に生きた演劇人たち〈演出家・八田元夫と「桜隊」の悲劇〉
堀川恵子／小笠原信之 チンチン電車と女学生〈1945年8月6日・ヒロシマ〉
誉田哲也 Qros《キュロス》の女
松本清張 草の陰刻
松本清張 黄色い風土
松本清張 黒い樹海
松本清張 ガラスの城
松本清張 殺人行おくのほそ道(上)(下)
松本清張 邪馬台国 清張通史①
松本清張 空白の世紀 清張通史②
松本清張 カミと青銅の迷路 清張通史③
松本清張 天皇と豪族 清張通史④
松本清張 壬申の乱 清張通史⑤

松本清張　古代の終焉　清張通史⑥
松本清張　新装版　増上寺刃傷
松本清張他　日本史七つの謎
松谷みよ子　ちいさいモモちゃん
松谷みよ子　モモちゃんとアカネちゃん
松谷みよ子　アカネちゃんの涙の海
眉村　卓　ねらわれた学園
眉村　卓　なぞの転校生
麻耶雄嵩　翼ある闇〈メルカトル鮎最後の事件〉
麻耶雄嵩　痾《あ》
麻耶雄嵩　メルカトルかく語りき
麻耶雄嵩　夏と冬の奏鳴曲《ソナタ》〈新装改訂版〉
麻耶雄嵩　神様ゲーム
町田　康　耳そぎ饅頭
町田　康　権現の踊り子
町田　康　浄土
町田　康　猫にかまけて
町田　康　猫のあしあと
町田　康　猫とあほんだら
町田　康　猫のよびごえ
町田　康　真実真正日記
町田　康　宿屋めぐり
町田　康　人間小唄
町田　康　スピンク日記
町田　康　スピンク合財帖
町田　康　スピンクの壺
町田　康　スピンクの笑顔
町田　康　ホサナ
町田　康　猫のエルは
町田　康　記憶の盆をどり
舞城王太郎　煙か土か食い物〈Smoke, Soil or Sacrifices〉
舞城王太郎　世界は密室でできている。〈THE WORLD IS MADE OUT OF CLOSED ROOMS〉
舞城王太郎　好き好き大好き超愛してる。
舞城王太郎　私はあなたの瞳の林檎
舞城王太郎　されど私の可愛い檸檬
真山　仁　虚像の砦
真山　仁　新装版　ハゲタカ(上)(下)
真山　仁　新装版　ハゲタカII(上)(下)
真山　仁　レッドゾーン(上)(下)
真山　仁　グリード〈ハゲタカIV〉(上)(下)
真山　仁　ハーディ〈ハゲタカ2・5〉(上)(下)
真山　仁　スパイラル〈ハゲタカ4・5〉
真山　仁　シンドローム〈ハゲタカ5〉(上)(下)
真山　仁　そして、星の輝く夜がくる
真梨幸子　孤《こ》虫《ちゅう》症《しょう》
真梨幸子　深く深く、砂に埋めて
真梨幸子　女ともだち
真梨幸子　えんじ色心中
真梨幸子　カンタベリー・テイルズ
真梨幸子　イヤミス短篇集
真梨幸子　人生相談。
真梨幸子　私が失敗した理由は
真梨幸子　三匹の子豚
松本裕士　兄弟〈追憶のhide〉
円居　挽　原作　福本伸行　カイジ　ファイナルゲーム　小説版
松岡圭祐　探偵の探偵
松岡圭祐　探偵の探偵II

宮城谷昌光　湖底の城〈呉越春秋〉八
宮城谷昌光　湖底の城〈呉越春秋〉九
宮城谷昌光　俠骨記〈新装版〉
水木しげる　コミック昭和史1〈関東大震災〜満州事変〉
水木しげる　コミック昭和史2〈満州事変〜日中全面戦争〉
水木しげる　コミック昭和史3〈日中全面戦争〜太平洋戦争開始〉
水木しげる　コミック昭和史4〈太平洋戦争前半〉
水木しげる　コミック昭和史5〈太平洋戦争後半〉
水木しげる　コミック昭和史6〈終戦から朝鮮戦争〉
水木しげる　コミック昭和史7〈講和から復興〉
水木しげる　コミック昭和史8〈高度成長以降〉
水木しげる　敗走記
水木しげる　白い旗
水木しげる　姑《クー》娘《ニャン》
水木しげる　決定版 日本妖怪大全〈妖怪・あの世・神様〉
水木しげる　ほんまにオレはアホやろか
水木しげる　総員玉砕せよ!〈新装完全版〉
宮部みゆき　新装版 震える岩〈霊験お初捕物控〉
宮部みゆき　新装版 天狗風〈霊験お初捕物控〉

宮部みゆき　ICO《イコ》—霧の城—(上)(下)
宮部みゆき　ぼんくら(上)(下)
宮部みゆき　新装版 日暮らし(上)(下)
宮部みゆき　おまえさん(上)(下)
宮部みゆき　小暮写眞館(上)(下)
宮部みゆき　ステップファザー・ステップ〈新装版〉
宮子あずさ　看護婦が見つめた人間が死ぬということ
宮本昌孝　家康、死す(上)(下)
三津田信三　忌《い》館《かん》〈ホラー作家の棲む家〉
三津田信三　作者不詳〈ミステリ作家の読む本〉(上)(下)
三津田信三　蛇《じゃ》棺《かん》葬《そう》
三津田信三　百《ひゃく》蛇《じゃ》堂《どう》〈怪談作家の語る話〉
三津田信三　厭魅《まじもの》の如き憑くもの
三津田信三　凶鳥《まがとり》の如き忌むもの
三津田信三　首無《くびなし》の如き祟るもの
三津田信三　山魔《やまんま》の如き嗤《わら》うもの
三津田信三　水魑《みづち》の如き沈むもの
三津田信三　密室《ひめむろ》の如き籠《こも》るもの
三津田信三　生霊《いきだま》の如き重《だぶ》るもの

三津田信三　幽女《ゆうじょ》の如き怨むもの
三津田信三　碆霊《はえだま》の如き祀るもの
三津田信三　魔偶《まぐう》の如き齎《もたら》すもの
三津田信三　シェルター 終末の殺人
三津田信三　ついてくるもの
三津田信三　誰かの家
三津田信三　忌《い》物《ぶつ》堂《どう》鬼《き》談《だん》
道尾秀介　カラスの親指〈by rule of CROW's thumb〉
道尾秀介　カエルの小指〈a murder of crows〉
道尾秀介　水の柩
深木《みき》章子《あきこ》　鬼畜の家
湊かなえ　リバース
宮内悠介　彼女がエスパーだったころ
宮内悠介　偶然の聖地
宮乃《みやの》崎桜子《さきさくらこ》　綺羅《きら》の皇女《ひめみこ》(1)
宮乃崎桜子　綺羅の皇女(2)
三國青葉　損料屋見鬼《けんき》控え 1
三國青葉　損料屋見鬼控え 2
三國青葉　損料屋見鬼控え 3

講談社文庫 目録

薬丸 岳 Aではない君と
薬丸 岳 ガーディアン
薬丸 岳 刑事の怒り
薬丸 岳 天使のナイフ〈新装版〉
薬丸 岳 告 解
山崎ナオコーラ 可愛い世の中
矢月秀作 A《ア》C《ク》T《ト》〈警視庁特別潜入捜査班〉
矢月秀作 A《ア》C《ク》T《ト》2 告発者〈警視庁特別潜入捜査班〉
矢月秀作 A《ア》C《ク》T《ト》3 掠奪〈警視庁特別潜入捜査班〉
矢野 隆 我が名は秀秋
矢野 隆 戦《いくさ》始末
矢野 隆 乱
矢野 隆 長篠の戦い〈戦百景〉
矢野 隆 桶狭間の戦い〈戦百景〉
矢野 隆 関ヶ原の戦い〈戦百景〉
矢野 隆 川中島の戦い〈戦百景〉
矢野 隆 本能寺の変〈戦百景〉
山内マリコ かわいい結婚
山本周五郎 さぶ〈山本周五郎コレクション〉
山本周五郎 白石城死守〈山本周五郎コレクション〉
山本周五郎 完全版 日本婦道記(上)(下)〈山本周五郎コレクション〉
山本周五郎 戦国武士道物語 死《し》處《しょ》〈山本周五郎コレクション〉
山本周五郎 戦国物語 信長と家康〈山本周五郎コレクション〉
山本周五郎 幕末物語 失蝶記〈山本周五郎コレクション〉
山本周五郎 逃亡記 時代ミステリ傑作選〈山本周五郎コレクション〉
山本周五郎 家族物語 おもかげ抄〈山本周五郎コレクション〉
山本周五郎 繁《しげ》 あ ね〈美しい女たちの物語〉
山本周五郎 雨 あ が る〈映画化作品集〉
柳田理科雄 スター・ウォーズ 空想科学読本
柳田理科雄 MARVEL マーベル空想科学読本
靖子靖史 空《くう》色《しき》カンバス〈瑞空寺《ずいくうじ》凸凹《でこぼこ》縁起《えんぎ》〉
安本由佳・山本理沙 不機嫌な婚活
平尾誠二・惠子・山中伸弥 友 情〈平尾誠二と山中伸弥「最後の約束」〉
山手樹一郎 夢介千両みやげ(上)(下)〈完全版〉
夢枕 獏 大江戸釣客伝(上)(下)
唯川 恵 雨 心 中
行成 薫 ヒーローの選択
行成 薫 バイバイ・バディ
行成 薫 スパイの妻
柚月裕子 合理的にあり得ない〈上水流《かみづる》涼子《りょうこ》の解明〉
吉村 昭 私の好きな悪い癖
吉村 昭 吉村昭の平家物語
吉村 昭 暁 の 旅 人
吉村 昭 新装版 白い航跡(上)(下)
吉村 昭 新装版 海も暮れきる
吉村 昭 新装版 間宮林蔵
吉村 昭 新装版 赤 い 人
吉村 昭 新装版 落日の宴(上)(下)
吉村 昭 白い遠景
横尾忠則 言葉を離れる
与那原 恵 わたぶんぶん〈わたしの「料理沖縄物語」〉
米原万里 ロシアは今日も荒れ模様
横山秀夫 半 落 ち
横山秀夫 出口のない海
吉田修一 日曜日たち
吉本隆明 真 贋
吉本隆明 フランシス子へ

2022年12月15日現在